纯美童趣 悲悯情怀 叩问人性 直面现实

每一篇小说开始前，叶弥就已经站在生活和人性的底线之上，她知道事情本来如此或必会如此，她不抱什么幻想。因此小说的南南吾周，其实就是生活里踟蹰的隐隐可响，如同已乙深处一缕飘忽不定的危险气息……

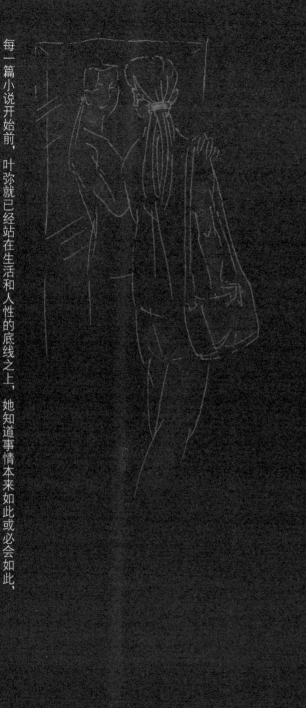

恨枇杷

Henpipa

叶弥 / 著

21 二十一世纪出版社
21st Century Publishing House
全国百佳出版社

图书在版编目（CIP）数据

恨枇杷 / 叶弥著 . -- 南昌 : 二十一世纪出版社 ,2011.12(2022.4重印)
（21世纪小说馆）

ISBN 978-7-5391-7060-2

Ⅰ.①恨… Ⅱ.①叶… Ⅲ.①中篇小说 – 小说集 – 中国 – 当代
②短篇小说 – 小说集 – 中国 – 当代Ⅳ.① I247.7

中国版本图书馆 CIP 数据核字 (2011) 第 248797 号

恨枇杷

叶弥 / 著

策　　划	张　明	
责任编辑	文　欢	
出版发行	二十一世纪出版社	
	（江西省南昌市子安路 75 号　330009 ）	
	www.21cccc.com　cc21@163.net	
出 版 人	张秋林	
经　　销	新华书店	
印　　刷	北京金康利印刷有限公司	
版　　次	2012 年 4 月第 1 版　2022 年 4 月第 3 次印刷	
开　　本	700mm × 1000mm 1/16	
印　　张	19	
字　　数	225 千	
书　　号	ISBN 978-7-5391-7060-2	
定　　价	29.00 元	

赣版权登字—04—2012—76

如发现印装质量问题，请寄本社图书发行公司调换 0791-86524997

出版前言

　　这这是一个令人激动、亢奋又无奈、伤感，一个"神马都是浮云"、令人无法把握和逆料的信息娱乐化时代；一个挟带着无以伦比的超能力量，真正以迅雷不及掩耳之势便能瞬间瓦解和改变所需要的一切，令人百感交集却又身不由己，连真实的人生都能被摇晃的前所未有的浮躁时代。

　　所幸还有小说——这个文学门类中最坚不可摧的艺术形式，依然用它对人生悲悯的宽容和抚慰，让人的心灵还能保有一丝清澈和真诚。虽然文学板块在信息浪潮的强烈冲击下，不可遏制地发生着巨大的变化，但文学的真正重心和意义却是无法逆转的。

　　小说是叙事的艺术，要有真实的情感和人生感悟。它所要传达的永远是应该直达内心的深刻的思想性，只有这样，小说才会具有永恒的生命力。

　　新世纪的文学发展至今，已整整是第十个年头。面对纷繁复杂、剧烈变化的当下时代，小说家们无疑遭遇了前所未有的文学创作挑战。怎样挖掘和表现当下社会情状下的真实生活和思想，是他们所面临和思考的。带着这样的使命和情感，我们策划出版"21世纪小说馆"系列。

启动"小说馆",力图囊括当下具有广泛影响力及切合当下市场因素的新锐作家和重要作家的代表作品,以当下风格、当下气派和文学价值观上的当下立场,来展示历史进程、社会变迁、当下生存与现实画景,尤其是表现思想的表情、真实的人性、人民对生活的自己的理解和安排。

挂一漏万,偏颇缺失也在所难免。但在当下的市场经济和社会转型下,这项文学工程将尤其警惕审美趣味的走低、语言的粗陋及想象力、原创力的匮乏,而特别倡导当代作家对社会责任的承担、对现实敏锐大胆的把握、对人精神深处犀利而透彻的挖掘、对当下国人复杂而多彩生活的表现、对未来乐观而坚韧的希望、以及对优美汉语言的精心重铸、传承启后。

如此,这方"馆"将会是欣欣向荣的中国文学事业的一个缩影,是生机勃勃的转型期中国小说界的一件雅事盛事,其文学价值和社会意义,相信只会随时间的推移而日益彰显。

静下心来,用一颗善感的心去阅读它们,去感受当下世相人生的脉动,则每颗心灵必多一份丰沛润泽。观照别人的人生心性,享受不可多得的愉悦,这或许是生命发酵的催化剂,生命便得以多出了酿造人生的时间。

是为前言。

目录

恨枇杷

灯在暮色里一下子亮了。在黑夜还没有真正来临之前，灯火主宰了城区。大街小巷，灯光灿烂。灯下的一切都是温柔而罗曼蒂克的。每一天都有这一刻，每一刻都无比新鲜。

城中一角，有一盏灯迟迟未亮，男人、女人和孩子在白天残留下来的薄薄的余光里吃饭。后来，性子急躁的男人把筷子一甩，说：

"开灯吧，咱不省那个钱。在黑里头喝酒，好像喝多少都喝不醉。喝不醉有什么意思？"

没有人回答他的话。

过了片刻，女人慢悠悠地说：

"你昨天还说要省电费。"

男人说：

"行了，我最近说话的态度是不好，我也知道你多嫌我。这样吧，我到明月寺当和尚去吧。"

女人还是不接他的话茬，说：

"不开灯有个好处，闭上眼睛就像在梦里一样。"

他们的儿子带着不成熟的声调插话：

"我倒了大霉了，这辈子碰上你们俩，成天云里雾里，醉里梦里，没有一个是有脑子的。"

然后，儿子伸手到墙上打开开关，灯亮处，我们看见了这一家三口，男人和女人都是中年人，儿子亦是一个大小伙子。他们的家简陋到寒酸，但是十分整洁，墙角处放着一盆漂亮的开着橙色大花的君子兰。

男人叫孔学文，爱喝酒，他自称是孔子的后代。女人叫梅洛水，她说她是一个梅精，是梅花的后代。但是她从来不喜欢梅花，院子里曾经长出一株复瓣腊梅，被她连根刨掉，种了一棵枇杷树。许多年过去，枇杷树长得枝繁叶茂，年年结果。果子熟了的时候，她就小心地带梗采下来，放到一只小竹篮里，在每一只果子的梗上，系上红丝线，分给巷子里的孩子。她这么做，有人感动，有人说她做作。但是不管怎么说，大家都认为她是一个举止优雅的女人，哪怕她下岗了，哪怕她穷，她的优雅态度还是一直维持着的。就此而言，她是个不简单的女人。

她此刻拉着一张白脸。

孔学文小心地问她："明天是观音菩萨生日，你是不是和你妈一道去止水庵烧香？"梅洛水短促而生硬地说道："你说什么来着？烧香？不去。我现在算是明白了，神是没有立场的。"他们的儿子孔早放下饭碗，奇怪地看了母亲一眼，没敢说什么。孔学文问："谁告诉你神是没有立场的？自己穷不能怪别人。"他说话间把酒杯放到身后的橱里，表示他已经没有兴趣喝酒了。

但是梅洛水又把酒杯从橱里拿了出来，倒了一杯，喝下去。紧跟着倒了一杯，一仰脖子又灌了下去。孔学文抢过杯子，一甩手，杯子在地上一声脆响，碎了。

没人说话。三个人悄无声息地各吃各的饭。

生活早就呈现了异样：家里越来越安静；以前的轻松气氛没有
了；三个人吃东西越来越少；夫妻之间几乎不看对方的眼睛；像火
一样暗暗燃烧着的焦虑；女人烧了七、八年的香，突然轻率地否定
了自己的行为。她的否定让丈夫感到惊奇：凭她这么一个平常的女
人，有什么资格否定自己？是不是有什么人在背后教唆她？

接下来，梅洛水接听了两个电话——两个女人的电话。这两
个女人都是她害怕的人。

她接听第一个电话时，一度无意识地把电话从耳朵边拿开。
孔学文提议道："如果我是你的话，不想听，就不听了。"梅洛水
苦笑了一下，把话筒轻轻捂上，谨慎地、略带神经质地说："是孙
娅琴。"她又白了丈夫一眼，说，"我想听。我好久不见她了，真
有点想她。"孔学文在鼻子里哼了一声。他知道她口是心非，但是
他不敢去戳穿她。如果他戳穿她，她就会提醒他，说他也经常说谎。
是的，他确实经常说谎，他甚至喝得酩酊大醉的时候都能告诉陌
生人：他是一个厂的厂长，厂里有几百号人等着他发号司令……他
离了两次婚，现在是第三任老婆，前两个都不好打发，给了一大
笔钱才让她们离开他。现在这个，当然是年轻貌美，她带来了大
笔嫁妆……

孙娅琴是梅洛水所在车间的负责人，梅洛水是出纳。当然现在
都不是了。先是她们那个车间被上级策略性地撤销，后来上级的上
级连她们的厂都卖掉了。她们下岗回家，原先的车间被新老板战略
性地恢复，顶替她们的是一大批年轻力壮工资低廉的女孩子。

孔学文放下筷子，看着自己的女人小心谨慎地嘴对着话筒，
心里十分迷惑。他不懂这些女人之间的关系，她们早已不是上下级，
但是为什么孙娅琴对梅洛水还具有某种权力？而梅洛水也一如从

前那样地紧张？

这是两个女人在电话里的对话——

孙娅琴说："我说的这件事非常重要，你认真听好啦。"

梅洛水奉承地说："是的，你说的事总是很重要的。"

"你应该清楚，我们车间全体下岗以后，到现在没有一个人找到一份体面的工作。我们年纪大了，力气也没有了。王小素你知道吧，她三十多岁，以为自己比我们年轻，就能赚大钱，结果呢，去做野鸡——最下等的盒饭鸡，专门接待工地上打工的外地人，搞一次五块钱，刚好买一盒盒饭。我听人家说，十年前外地民工搞一次野鸡付十块钱，到现在不涨反退……总而言之，我们这时候应该依靠国家。为了改善命运，我们决定，明天下午一点钟在市政府门口集合，静坐示威。你一定要来哦，记住，带好一瓶水。"

梅洛水还没有回答，孙娅琴就挂上了电话。就是说，孙娅琴的话只是一个通知，她对梅洛水具有无可争议的权力，她甚至不需要听到回答？

电话刚挂上又响了，梅洛水机械地抓起电话。一个让她更紧张的女人在里面嚷嚷道："我们办的是一件大事，你千万不要迟到。你总是慢吞吞的……你从小就像温吞水。"

没等梅洛水说话，电话又挂上了。毫无疑问，这个女人与孙娅琴一道，对梅洛水具有某种权力。

孔学文忍不住问："又是谁？"

"钱彩虹。"

"她们都来找你干什么？"

"明天下午一点钟到市政府大门口……静坐。"

梅洛水面无表情地坐下来继续吃饭，摆出一副老僧入定的姿态。孔学文叹息一声，他了解妻子，他知道她此刻一肚子的恼火，不愿意说出来，却要假装大度。

儿子孔早站起身，端着饭碗去看电视了，他不想参加即将来临的家庭风暴。

孔学文用指关节轻敲着桌面说："你不要和她们混在一起。我知道她们这些人，在厂里干活时，她们迟到、早退、偷厂里的东西；互相之间猜忌、吵架；和领导过不去；有时候还为了一个男人争风吃醋……现在好了，下岗了，她们找到了一个正当的理由去闹事。"

梅洛水说："你别把酒气喷到我的脸上。"

"明天你不要去了，你和她们不一样。你幽默，有趣，从来不说粗话，虽然穷，但是做派像个资产阶级……"

"感谢你夸奖我。你把你的脑袋拿过去一点。"

孔学文急了："你难道看不出来？她们都不太正常，钱彩虹是个疯子，那个孙娅琴，更可怕，眼神里老有一股混乱的东西，她迟早也得疯。"

梅洛水叹了一口气，轻轻地说："你对人太刻薄了，她们没有你说的那么坏。她们都不容易的，她们对我很好，我得支持她们。"

孔学文说："你这个人哪！我看你越来越像你爸爸，大话连篇。你爸爸到后来一天不说大话就活不下去，他就是靠说大话活着。"

梅洛水不快地说："我爸爸对你一向很好的，要不是他，我根本不可能嫁给你。他是不现实，我妈才是个现实的人。"

孔学文愤愤地说："别提你妈。你妈太不正常了。她总是念念不忘小时候家里开着一个小饭店，后来被共产党公私合营了。"

梅洛水说："是的，我们都不正常。我父母一家都不正常。我特别不正常，我从小就不正常。我早就疯了。"

孔学文说："你怎么了？你从小怎么了？被成年的男人强奸了？还是突然知道你不是父母亲生的？"

他的话说得风趣，话音刚落下，孔早放声大笑，梅洛水也忍不住笑了起来。家里很久没有出现过这种有趣的场景了，有意思的是，这小小的放松是靠吵架得来的。

梅洛水说："今天我要早点睡觉，明天坐在那里会很累的。安眠药放哪里了，我怕我今天夜里睡不着。学文，你睡小房间去吧。"

孔学文打了一个哈欠，一脸疲惫地说："我睡哪里都一样。我最近一躺下去，耳朵里就听到钟声'咣咣'地响。我想我真的要做和尚了。"

孔早过来放碗，他的碗里还剩余一小半的饭菜。孔学文朝他吼道："混蛋，你把剩饭给我吃下去！你这么浪费，我又不是资本家。"

孔早扔掉饭碗转身就走，嘀咕道："这世界早毁灭早好！"

凌晨两点多钟，梅洛水恍恍惚惚地起了床。她听见外面的风一下子响了起来，风在树梢上发出惊心动魄的声音。很奇怪，她想起了十岁那年生的那一场大病，也有这种突然而至的声音，伴随着似梦非梦的恐惧。

两点之前，她几乎没有真正合上过眼睛。她睁着眼睛也在做梦，她的梦不是深藏在梦里，而是浅浅地浮在眼前，像云絮一样飘来飘去。她在云中看见了一些死去的亲属，死去的人在哀乐声里挨个向她做出病快快的姿态。他们的后面是广阔深邃的宇宙，零点地布置着一些东方式的背景。

大风起兮，她惊恐地看到天空变成了暗红色，蓝色的闪电时不时地从天上劈下来，把云团劈成两爿。世界成了汪洋大海中的一个旋涡。她种的那棵枇杷树，在风里狂热地摇来摇去，欲言不能的样式。她还看到了她刚种下的蟹爪菊花倒在地上，向四面八方伸出弯曲的花瓣。在这个风雨大作的凌晨，菊花在闪电的强击之下变成了爬行动物，凄楚而妖娆。

孔学文醒了过来，在床上含糊不清地问她："深更半夜的，看什么？看鬼啊？"

女人忧愁地说："我的菊花倒了……"菊花也像云絮一样在眼睛里飘来飘去。从昨天晚上接听电话开始,她进入一个奇特的世界,在这个世界里,所有的东西都是不确定的,迟缓的,无法深刻地体验的。她迷恋这种不知深浅的感觉,这种感觉让她与世界隔了一层,她可以借助迟缓的反应对外界置之不理。

孔学文抬头看看钟,再看看她,换了比较友善的口气说:"你再睡一会儿吧,是不是吃一粒安眠药吧? 我给你找去。你这种样子让我想起了我娘,她从三十岁开始就睡不着觉,说一睡下去就会梦到某个子女死了,她手拿锄头,把死去的孩子葬到枇杷树底下。她到五十岁那年突然好了,想什么时候睡就什么时候睡——好了几个月,有一天俯身到地上拿一只吊水桶,突然倒地,死了。"

梅洛水问:"你家也种过枇杷树? "

孔学文说:"种过。你怎么了,它的故事我和你说过的。娘死了以后,它也死了。祸不单行啊,那么好的一棵树! 你上床来。你想不想听听树是怎么死的? "

梅洛水坚决地说:"我不想听。"

孔学文说:"那好吧。今天是观音娘娘生日,我讲一个观音娘娘的故事给你听好吗? "

梅洛水还是回答:"不听。"

孔学文还想饶舌:"你知道观音娘娘到底是男的还是女的? "

梅洛水说:"我不想知道。我现在就想知道静坐过后会怎么样? 我们的处境会不会好一点? "

孔学文说:"你这个女人,你什么时候才能学会知好歹? 你过来,上床来睡觉! 我搂着你睡,给你唱一首睡眠曲。"

梅洛水走过去坐在床边。孔学文翻过身面对着她,把手背放到她的大腿上,说:"你不要着急,你就在家里呆着,我还养得活你。"梅洛水把腿朝边上挪开,说:"我最不爱听这样的话,你一说这样的话，我就觉得我活得像一只蚂蚁，生活目标就是一粒米。"
孔学文说："我们不是蚂蚁是什么？我们就是蚂蚁。蚁民，你知道不？
你以为你是什么？是大象？"梅洛水笑了："你当初可不是这样子
的，你给我写的诗我还放在抽屉旮旯儿里。"孔学文说："我真可笑！
我有什么资格写诗？——老婆，我们不要说得那么深沉嘛。"接着，
孔学文提出一个异常的要求：

"来，我们来搞一个小节目：你看看我，看看我的眼睛。"

梅洛水犹豫片刻才抬起眼，认真地看着丈夫的眼睛，他们感
到彼此的眼睛都很陌生，这种陌生感是可笑的。挠痒一样的感觉
弥漫开来，于是他们一齐笑了起来。

梅洛水上了床，睁着眼睛，听外面的风声。丈夫的胳膊垫在
她的头颈里，结实、温暖。他为了表示诚意，把她搂得尽心尽力地。
梅洛水还是睡不着。实际上她不想睡，她迷恋刚才梦境里的那种
感觉，她怕一觉睡下去，所有的一切都回到真相，变得十分清晰——
令人无可依靠的清晰，令人真正害怕的清晰。孔学文和她结婚了
二十多年，十分清楚她这一点。他说得对，梅洛水的爸爸就是一
个害怕真相的人，也许女儿遗传了父亲这一特质。

过了一会儿，孔学文抽出胳膊，睡回自己的那边。梅洛水如
释重负地叹了一口气。

天亮时，风跟着夜色褪到世界的那边去了。梅洛水赶快起床，
为一家人准备早餐。当儿子和丈夫起床后，她又回到床上睡下了。
她这次睡得很死，躺在那儿一动不动，面朝着天花板，两条手臂
一丝不苟地放在身体两侧，手心朝上，睡姿庄严。

醒来时，天空下起了雨，静悄悄地下着雨，不发出一丝响声。
她走到窗前，看到窗子上雨水蜿蜒而下。雨水在窗子上精确地画
出一个又一个人的侧面，一窗子的人，水淋淋的人，颇像她刚才

在梦里见到的那些死人，令她无比恐慌，也令她无比着迷。

这时候，她透过窗子上的图像看到了另一个图像，这个图像是：巷子的最里面走出一个穿水灰色西装的女人。女人是去年搬来的，大家只知道她爷爷是大地主，解放以后被政府枪毙了，父亲在她三岁时自杀。她当过工人，后来突然发了大财，听她自己说是做跨国的钢材生意。但是巷子里到处都传说着这样的谣言，说她不仅是北京一位大干部的外室，同时还是香港一位大富商的二奶。

除了以上这些情况，没人知道她更多的过去。她很奇怪，一年到头总是穿水灰色的衣服，西装、衬衫、旗袍，连她的围巾都是灰色的。巷子里的人称她的宅第为"灰宅"，把她叫做"灰女人"。她的房子确实是灰色的。她没有丈夫，除了司机是男人，家里所有的人全是女人。她不停地换司机，平均一年换一个。她的某一个多嘴的司机告诉巷子里的人：每个司机都和她上过床。她是个了不起的女人，也是一个永远无法安定的女人，身体和灵魂漂泊着，没有着落。

现在，她的新司机替她打着伞，拿着公文包。灰女人目不斜视地走过梅洛水的窗子时，突然朝窗子转过脸，两个女人面面相觑时，眸光一闪，各自想到了一些重要的东西，这些东西模糊而揪心，令人心酸。

灰女人马上转回脸，心里冷冷地笑了一声，她昂起头，在梅洛水的目光中走到巷口，那儿停着一辆灰色小汽车。她钻进去，不见了。她总是像一只老鼠一样钻进房子里或汽车里，没有外人能接近她。她是巷子里的女神，也是巷子里的老鼠——一只灰老鼠。大家都不喜欢她，只有梅洛水对她怀着复杂的感情。现在，她倚在自己的破窗前，看着那座灰宅子做起了白日梦。她把自己与灰女人置换了一下，结果是，她比灰女人做得更好，更会享受物质所带来的愉悦。

　　梅洛水把窗子打开。雨小到几乎没有了。

　　紧接着，小汽车开走的地方，巷口的发廊里跑过来一个女孩，她穿着短到大腿的白色裙子，拎着一个空的塑料袋，一边跑一边天真地笑着。她来到城市不久，还没来得及把笑声变得轻佻。她看见梅洛水，热情地大声说道：

　　"梅阿姨，昨天夜里刮大风，赵兰花把她的鞋跑丢了，正好被一个客人捡到了。你说好玩不好玩？"

　　赵兰花的鞋是大家的笑柄，她一年四季都穿着同一双黑色的高跟鞋，她的鞋跟换了好几次了，鞋的前半部分已经变了形。发廊里的女孩子租着巷子里的旧房子，四个人住一间八平米的屋子，那另三个女孩子总是笑话赵兰花，说她太省，不知道省下钱来干什么。但赵兰花有她自己的理论，她说钱就是物，是比物更好的物。

　　当然她自己也是物。但是她对人说过，她看不起她的身体，有人要她的身体并付钱，她感到荣幸。她还说，她是贫下中农，有一点小钱打发就够了。

　　一时都静止了。

　　梅洛水的心还静不下来，她的心里交替着两双高跟鞋的声音：赵兰花的和灰女人的。灰女人是个有钱人，也是个雅人。守旧也是一种高尚的品味，所以她买下了小巷深处的大院子。这所院子的前主人姓何，何家的女人喜欢种枇杷树。灰女人喜欢兰花，她来了以后，移走枇杷，全部种上兰花。她的兰花的命运，自是与发廊里的兰花大相径庭。

　　有时候，灰女人家里宴宾，会叫来唱评弹的演员唱堂会。她出手很大方，小演员唱一次给一千，大演员唱一次给两千。梅洛水很喜欢那些漂亮的评弹演员，她在自己那间有点漏雨的过道里，一边炒青菜，一边想象自己从小坤包里掏出两个红包，一个放着一千块钱，一个放着两千块钱。

　　想象也是梅洛水独特的享受。没人知道她的内心活动，她看上去迟钝、木讷，长得既不好看也不难看，过着既不穷苦也不富裕的生活。她看上去普通、正常、温顺，不像具有想象力的女人。恰恰她这样的女人，最不能忽略自己。

　　当然她还有一些实际的享受，譬如在院子里种一棵菊花什么的，坐半小时的公交车到郊区某个地方买梨糖膏，或者到更远的寺庙里喝茶。有时候，她突然来了兴致，在儿子读过的语文书上找一首唐诗默诵：

　　白日依山尽，
　　黄河入海流。
　　欲穷千里目，
　　更上一层楼。

　　这首诗与她的生活毫无关系。

　　她觉得自己是与众不同的。她预感到：因为这种与众不同，她将会脱离苦海，最终与她同一层次的人区别开来。所以她在低层社会里保持着一种高姿态，一种不太实际的格调。她不串门，不说亲戚和邻居的闲话，不表态，永远有着一些既不前卫又不落伍的享受。去年，她所在的车间撤掉了，她从会计的位置上退到家里。影响是短暂的，因为原先的工资并不高。下岗后她一直在家里，她不想为了三、四百块钱到外面去当保姆或者营业员，宁愿这样呆在家里。

　　就这样呆在家里，与别人不同。

　　这条巷子叫白米巷。白米巷的外面是繁华世界，车轮滚滚。里面却是安静得连脚步声都能听得到……麻雀的声音也听得到，它们喜欢聚集在灰女人门庭前，蹦跳吵闹，灰女人家里有足够的剩菜剩饭养活它们，它们一年四季都胖得像乒乓球——一群快乐的乒乓球。它们如此肥胖，又如此快乐，与别人局促的生活形成对比。

梅洛水关上窗户。她从来不会思考看到的东西，所有的物像不进入大脑，只进入心里产生某种感动。现在她必须关上窗户，她已经感受完毕。

菊花倒了，冷风和冷雨，窗户上鬼魅一样的人像侧影……好像哪儿都有点不吉利。

她没滋没味地吃了几口饭菜，坐在那儿，看看时间已近中午十二点，赶快换上一套正装，收拾了随身携带的包出门了。临走时，她给丈夫留了一个条子——

　　学文：我到市政府去了，不管我出什么事，你都不要
过来看我。如果我晚饭不能回来吃，你们就先吃。菜在冰
箱里。

她在家门口碰到邻居老黄牛。老黄牛靠倒卖各种票据生活。这种人别人称他们为"黄牛"。老黄牛对温顺的梅洛水有一些淫秽的想法，他极想看见她的私处，他做梦经常梦见自己强行扒光梅洛水的裤子，而梅洛水总是一声不吭，面无表情。

梦境里的犯罪刺激了老黄牛，所以他只要看见她，总是强迫着要给她拆字。他自称会拆字。梅洛水对他的想法一无所知，但出于礼貌从来不曾拒绝他。这一次，梅洛水随口给了他一个"菜"字。

老黄牛仔细地看着梅洛水的脸说："哦，哦……菜，菜嘛……"

他拖延时间，为的是好好看看梅洛水的脸。他喜欢梅洛水苍白的鹅蛋脸，他今天看到这张脸上有一股灰气，眼睛下面各有一

抹青紫色。他忍不住开起了玩笑："喔唷，你的眼圈如此发黑，想是夜里用力过度……"

梅洛水不给他开玩笑的机会，转身就走。老黄牛在她后面恶作剧地说："这个菜字不吉利，上面有一个草字，下面一个木字，有人要死啦。你今天最好不要出门，今天时辰不好。不是骗你。"

梅洛水走到巷口，无意中朝自己一打量，发现自己穿的是一套水灰色的服装，心里有一样东西捉摸不定，好像霎时来了，又霎时去了。空空荡荡的，又蕴含着无限期待。

她坐着公交车，很快到了市政府的大门口。准备静坐的同事都坐在这里了，有二十多个，全都穿着雨披，屁股下面垫着塑料袋。她坐到孙娅琴的边上，孙娅琴的那边，是钱彩虹。钱彩虹与梅洛水中学时代是同学，曾经住在同一条巷子里，后来又做了同事。这两个人性情大不一样，从小到大，不断口角，又总是分不开。

孙娅琴淡淡地对她说："你来啦？很好！"

她的脸看着市府大楼里面，没有面对梅洛水说话。

梅洛水看看这架势，心里虚虚的。她问孙娅琴："我们今天要坐到什么时候？"

钱彩虹张口就说："你不知道吗？我们不打算回去了。我们今天是来闹革命的。"

孙娅琴对着钱彩虹把脸一拉，"你胡说些什么，你想革谁的命？我看你是想把我们大伙儿都拉下水。"

钱彩虹说："你干什么生气？我不过是吓吓她。你看她那副胆小的样子，我看见就来气。"

孙娅琴说："那也不能这么说。"

钱彩虹油腔滑调地说："好啊，那我就换一个说法——我们下岗啦，生活发生困难，我们坐到这里来是让领导看看一群下岗工人的风采。"她说完，不怀好意地笑了起来，她笑得很紧张。她一向是紧张的。她喜欢评判别人，经常怨气冲天。她很实际，但又喜欢极端的事物。她和梅洛水隔着一道鸿沟，互相不喜欢，她认为梅洛水装腔作势，自卑又虚荣。梅洛水则把钱彩虹归属为老黄牛那一类人，心灵猥琐，没有理想，缺少规则，自甘堕落。

孙娅琴回过脸来，紧锁着眉头对梅洛水说："你昨天夜里肯定没睡好。我本来不想叫你来的，你不是个能经历这种事的人。"

梅洛水不悦地说："可我已经来了。"

钱彩虹又上来插话："你想回去就回去吧。昨天就不应该叫你来的。你是来装样子的，你看你穿得那样，还抹了香水。"

梅洛水说："我没抹香水。"

钱彩虹说："最近买不起了吧？"梅洛水正要反击，孙娅琴说话了：

"梅洛水，你找个地方坐下来吧。地上有些潮，不过还好，不下雨了。"

梅洛水看了一眼孙娅琴，她对这个女人还是有好感的。好感在于，孙娅琴虽然年过五十，生活也不宽裕，但她的头发上总是有一股香味。爱美的女人是可爱的。

梅洛水席地而坐。她坐在地上，悄悄扭转头寻找了一番，没有看见她想念的王小素。工人王小素变成妓女王小素会是什么样子呢？她的内心是沉重了还是轻松了？她对世界究竟呈现哪种面孔才合适？

强烈的阳光猛然从云层里照射下来，静坐着的人群一阵骚动，纷纷脱下雨披放在边上。在市府大院里上班的官员也陆续到来，他们看静坐的人，静坐的人也看他们。都淡淡的，仿佛只是看着自己的影子。

马路对面一个孩子走过来，问梅洛水：

"你们在干什么？"

这孩子很神气，正是妇女们喜欢的那样。他的问话也颇具强迫性。梅洛水对他说："走吧，小伙子。我自己都不知道在干啥。"钱彩虹转过头来，说："我们在要饭呢。小家伙。"

梅洛水把头低下去，她十分厌恶钱彩虹这句话，她不想让钱彩虹看到她的表情，那样的话，她俩又会吵架的。

孙娅琴郑重其事地对孩子说："我们是在静坐！就是说，我们静静地坐在这里。"

是的，他们是静坐，静坐在政府四套班子的牌子底下，不是游行，也不是暴动。他们对社会不构成威胁，除了有一点点妨碍市容，基本上不会出现什么严重问题。有一点是明白的，他们对政府的那四块牌子是有所求的。孩子对大人有所要求时，要么哭闹，要么不吃不喝。他们在政府面前就是孩子，他们采取了后一种方法。

暂时还没有人来关注他们。

梅洛水感到屁股上有点湿度，猜想她的塑料袋不够好，漏水了。好在身上有阳光晒着，不觉得冷。说实话，她对今天这件事并不看好，她来的原因只有一个：孙娅琴从不给她打电话。现在她只想快点结束，她不喜欢这种气氛，这里没有她想要的东西。丈夫说得对，即使政府给他们就业的机会，那又怎么样？

大约一个小时以后，有人来关注他们了。来了一队民警，在他们的四周静悄悄地布了警戒线。但是没有人上来干涉他们，静坐的人依旧静坐着，出入大门的人正常走动着。

钱彩虹忍不住了，她开始喘粗气，眼看她就要发作。孙娅琴低低地叫了一声："钱彩虹！"算是对她的警告。钱彩虹置若罔闻，手一挥，粗鲁地说道："我恨他们！"

梅洛水吃了一惊。她被钱彩虹的怨恨吓着了。她看看四周，发现好些人也被钱彩虹的怨气吓着了。梅洛水这次真的想走了。

她要把那盆菊花重新种好，还来得及上一趟菜场，冰箱里的菜是昨天晚上吃剩下的。她的生活远远不算好，但是没有危险性。

这时候，孙娅琴及时地站起来，喊道："我们要见市长！"她这一喊，把犹豫的心全定住了，大伙儿一条声地叫喊起来。他们的喊声时强时弱，参差不齐，显而易见是没经过这种阵势的。他们的四周渐渐聚集了一大帮看热闹的人，看热闹的人与警察一样，表情木然。

一会儿，喊叫声起了作用，大院里出来一个气宇轩昂的中年男人，对他们说："大家先回去，地上坐着冰冷的，也不利于安定团结。"

他一说话，四周鸦雀无声。他继续说道：

"大家都回去，回去以后有什么事直接写信给我，相信我们会尽最大的努力给你们解决问题。我姓何，叫何应龙，是市信访局副局长。"

梅洛水又把头低下了。她今天来这一趟没别的事，就是把头抬起或者低下。何应龙是她高中里的同学，听说他的爷爷是个老革命，住在北京城里靠近天安门的地方。她和钱彩虹住在巷子中间，何应龙家就住在巷尾。他神圣的家里有一个大院子，院子里长着一棵大枇杷树，每当果子熟了的时候，何应龙的妈妈就挎着小篮子，一家一家地给孩子们送枇杷果，枇杷梗上系着红丝线。

这个何家的女人肤色光润，头发漆黑，娴静大方。她的优雅派头无人能及，巷子里的妈妈们——包括旁边巷子里的妈妈们，都会让自己快要出嫁的女孩儿到她家里来，感受她的行为举止，培养一些穷人也喜欢的体面样儿。但是也有人说，她是个穷光蛋。她不仅要养育三个孩子，老家还有一大堆亲戚要资助。她的公公从来不和他们往来，而且在北京城里新娶了有文化的女人。她的体面完全是她硬装出来的，她没有资格这样与众不同。

　　但谁能不喜欢她呢?

　　梅洛水的父亲从不掩饰对何应龙妈妈的欣赏之情,是的,何家这个女人除了把家里收拾得干干净净以外,还会搞一些赏心悦目的玩意儿。譬如把桂花晒干了做桂花糕,把玫瑰晒干了做玫瑰酱;她把芭蕉叶子剪下来做扇子,把小菊花放在茶叶里泡茶喝;她送给孩子们的枇杷果上,居然还系着红丝线。物质在她的手上不仅仅是物质,而是具有了神奇的抚慰身心的力量。

　　梅洛水的父亲说:

　　"人,要这么活着才有味。"

　　梅洛水的母亲马上回答:"你说什么来?你是说我没味?你去追人家去吧。你配得上人家吗?人家一副贵妇人的样子。你配不上人家,你去死吧!"

　　梅洛水的母亲从小怨恨父亲,现在怨恨丈夫。她讨厌丈夫让自己有了三个女孩子,讨厌整天打扫屋子,讨厌和丈夫过性生活。她还有一样更讨厌的东西——三个孩子的名字。名字是丈夫取的:梅洛山,梅洛水,梅洛云。她对女儿们说:"你爸爸以为他是个了不起的人,给你们起的名字文绉绉的。梅洛水——梅花落到了水里,什么东西?洛山洛云,都是朝下面落。"她对生活十分厌憎,嘴里不停地说话,手里总是拿着干活的工具,催促自己或者别人干活。

　　她怀第三个孩子时,有一次从中华丝织厂下班,路过一条河时,突然跳下河想自杀。她被人救上来了,挺着大肚子,湿漉漉地躺在泥地上,张着嘴喘气,泪流满面。谁都不知道她为什么要自杀,连她自己也不知道。她的父母这样解释这件事:她是一时想不开,他们也有过这样的想法。以后她就再也不会跳河了。事实也是这样,她从此不再嚷嚷着要死了,她变了一个花样,动不动对别人说:"你死吧!"

　　当然没有一个人响应她的号召。梅家的男人照常远远地欣赏何家的女人，他们的三个女儿，雨后春笋一样长大，吃着泡饭，穿着嫌小的裙子，满脸青春期的鲜活神气，瞒着母亲交换扎辫子的头绳。

梅洛水和何应龙不在一个班级念书，从不说话。当然什么事也没有发生过。

钱彩虹也认出了何应龙。她非但没有把头低下去，反而把头颈伸长了，激动万分地喊："喂！何应龙，你还认识我吗？我以前和你住在一条巷子——白米巷。我叫钱彩虹。你在高一（1）班，我在高一（3）班。我们两家是同一年搬走的。你家养了一条大黄狗，我被它咬过手——我的左手。"

她在人群里高高地举起了左手。

梅洛水小声地嘀咕道："丢人现眼。那是你活该。"

何应龙看了钱彩虹一眼，脸上没有表情，并没有认老街坊的意思。钱彩虹只好收回了手。他接下来又说了一些劝告的话，无非是想让大家早点回去吃晚饭。至于别的问题，留待以后慢慢商量。

说完以后，他站在那里一动不动。大家也不说话。美丽的安静，它出现得如此不适当。就是说，没有一个人在这时候出面与政府对话。于是何应龙就走了。他走的时候两只手插在上衣口袋里，轻松得像在家里一样。

梅洛水这才把头抬起来。这个动作让钱彩虹发现了，她马上嚷嚷起来："你刚才一直低着头。你为什么低着头？你的心里肯定有见不得人的事，我知道你从小就对何应龙心里有想头，你还想认他的妈做干妈。"

梅洛水被钱彩虹冷不防地一喊，马上红了脸。她知道这时候不能脸红，但脸早已红了。与往常一样，她无法招架钱彩虹的攻势。她们从小就是这样：一个尖酸刻薄，一个内敛木讷。两个人吵架时，梅洛水从来没有占过上风。但是今天的情形有些不同，大庭广众之下，牵涉到她和一个男人的关系，这是非同小可的。她一改平时的懦弱，气势汹汹地反击道："你最大的本事就是欺负我。难道你欺负了我，就有好日子过了？不是。你欺负了我，还是一个下岗工人，你男人的病还是不能好。"钱彩虹马上笑起来，她的笑就像一把刀子捅了梅洛水一下。她特别害怕在吵架时钱彩虹笑起来，但是钱彩虹对待她，高兴什么时候笑就什么时候笑。小时候吵架时，钱彩虹一笑，梅洛水就哭了。现在她一笑，梅洛水就浑身发抖。钱彩虹幸灾乐祸地问：

"你抖什么？"

梅洛水说："我没抖。你才抖了。"

钱彩虹说："你这个人，就是死要脸皮。"

梅洛水半晌无言，突然间灵光一动，冒出一句无比聪明的话："那你就是死不要脸啦！"她看见钱彩虹的嘴张在那儿合不拢。这情形让人太高兴了。

孙娅琴进来干涉了，她手一挥，严肃地对梅洛水说："你别添乱了。大家都静一静好不好？乱七八糟的。"

梅洛水这才知道今天的活动中，自己是一个可怜的角色。孙娅琴和钱彩虹，她们才是一伙的。她猛地站起来，坚决地对孙娅琴说："对不起，我先走了。"孙娅琴眼光清澈地看着她，不吱声。

梅洛水一个人在街头上乱走，差不多走了半个小时左右，她才定下神来，找到回家的路线。她已经不在乎孙娅琴对她的羞辱，也心平气和地认可了一件事：她与钱彩虹的斗争中，永远不可能成为赢家。

现在是下午四点半左右，清澈温和的阳光照满大地，因为刚下了雨，空气里隐隐透着香，让人觉得所有的一切都是透着香和透着气的。

梅洛水一边等公交车，一边想起了何应龙的母亲。今天有价值的事不在于静坐，而在于梅洛水看见何应龙以后想起了何家妈妈。

她记得何应龙的母亲右嘴角上有一粒痣，她很安详，脸上微微有些笑意，就像现在的空气，透着香和透着气的。大家不叫她真实的姓名，都叫她龙妈妈。梅洛水从小就有一个强烈的幻想，她认为自己真正的母亲是龙妈妈。她和父亲一样，心中十分向往香喷喷的龙妈妈。她认为，这世上有一个天大的秘密：出于某种不为人知的原因，她从小被何家遗弃了，落到了乱七八糟的梅家。根据是：她认为自己长得像龙妈妈，都是糯米一样白的白鹅蛋脸。而且她们的性情也像，做事都是慢悠悠的，从容不迫。眼睛看着别人的时候，眼神十分专注——专注，但不霸道。很温和，温和的专注。只有很少的女人才会有这种眼神。这种眼神告诉别人：她对人抱着信任，她认为世界是好的。

出于这种幻想，梅洛水开始模仿龙妈妈。问题是，她并不知道自己在模仿一个人。她在别人的注视下越来越像龙妈妈，她的言行举止，她的内心也仿佛与龙妈妈有了血肉一样的联系。直到有一天，她的右嘴角上长出一粒与龙妈妈一模一样的痣，情况才得到遏制。她的母亲毫不客气地拿着一把大剪刀，把她按到凳子上，在痣上划了两刀，一刀横，一刀竖，是个小小的十字。

脸上的十字架！

梅洛水伸手摸摸右边嘴角，打了一个寒战。

在通常情况下，梅洛水会马上回去，履行家庭主妇的职责。但是今天仿佛有些事没有了结，必须在回家之前搞清楚。她离开公交车站，来到超市。到了超市，看到鲜花，想到自己来的目的是要一束鲜花。不用说，这个要求对她这个年龄的中国女人，对她这样生活拮据的下岗人员，是不合适的。

但她想也不想就买了一捧玫瑰花。她是梅洛水，她的内心与别的女人是有区别的，她不是孙娅琴，更不是钱彩虹。然后，她又买了一瓶桂花蜂蜜。八月桂花香，她好像看见何家的围墙里面，枇杷树边，桂树伫立，桂花叶子下开满金黄色小花。

这些都是与龙妈妈有关的：一束鲜花，一瓶蜂蜜。花非花，蜜非蜜，只与记忆中某一部分叠合。甜蜜的记忆，甜蜜得心酸。

她走过一面穿衣镜。她的影像在镜子里一晃而过，就在一晃而过的刹那，她突然怀疑起来，她感到刚才镜子里的人并不是自己。灰色的衣裳使她像灰女人，拿着鲜花和蜂蜜的样子有些像龙妈妈。她犹豫着回过去，在镜子前直直地站定，发现镜子里的人并不陌生。就在这时，她分明发现自己内心产生的一个企图：她极想否定镜中人不是自己。

不是自己，又是谁？她过着谁的生活？或者说，她一直模仿着哪一种生活？

这一天，早上还在阴沉沉地下着小雨，现在却满天蔚蓝。自然界总是这样，这没什么怪异的。真正怪异的事物我们是看不到的，譬如这个刚从一家跨国大超市里走出来的女人，她心潮难平，眼前晃动着无数物质。没来由地自信。

她正常？还是不正常？

不正常的是：梅洛水今天坐错了车。出了超市，她没能够回到原来的那个公交车站。她又走了一段路后上了班车。过了几站她才发现，她坐的是反方向的车。也就是说，这辆公交车是朝着家的反方向去的，将带着她经过市府大门。

她在心慌意乱中看见了市府大门，地上整整齐齐地坐着她的同事们。大部分民警已撤防，只有四个民警无所事事地站在他们边上。静坐的人们只管坐着，什么也没干，连说话都懒得说，谁也不理会他们，他们坐在那儿，轻薄得就像空气一样。

　　汽车不紧不慢地驶过，梅洛水在汽车里无意中看到了一幕怪异的景象：太阳在西边，月亮在东边。它们很像，都是淡金色的椭圆形的东西，无边无际的云像海水一样托着它们。她捂住嘴，惊惶地朝汽车后面望了一眼。

　　花落到了地上。她满心懊恼。

　　汽车带着梅洛水再一次离开市府大门口。

　　汽车后面的某个地方，就要发生一件不寻常的事了。但这与梅洛水无关，她正在俯身捡起玫瑰花，企图擦去花瓣上沾上的污痕。

　　太阳落下，月亮升起。天空恢复正常。月色呈现出淡薄的黄色，像一张宣纸。夜是平和的，令人安心的，没有特殊的地方。市府大门口的值班室又来了一个值班人，回家的那个值班人对刚来的值班人说：

　　"老古，你对他们态度好点，谁活着也不容易。你劝他们回家吃晚饭，这么半天坐下来……可怜。"新来的值班人老古冷着脸，没吭声。

　　老古坐到窗前，动作粗鲁地把窗户打开，冷漠地对着静坐的人群。他对他们有说不出的厌恶，一句话，他们坐在他的眼皮底下，就是侵犯了他的地盘。最主要的是，他们的眼里没有老古这个人。老古会找寻机会让他们难堪的。

　　晚七点多钟，钱彩虹从人群中站起来，径直走到传达室的边门那儿，想朝市府大院里走。

　　老古不客气地喝住她："你想干什么？"

　　钱彩虹昂着头回答："女人的事你也要管？"

　　老古说："我这道门，什么人进出我都要管。我有这个权力，尤其对待你这样的女人，我一定要看好大门。"

　　钱彩虹说："你少神气活现。噢，市长进出你也要管？"

　　老古说："我管不着市长。我今天就是能管你这个女人，我有权力管你这个女人。"

钱彩虹说："我要进去见市长。"

老古戏弄她说："好啊！欢迎你进来见市长，市长没下班，在里面等着你呢。这下你要题一张单子了。喏，给你，你在上面写清楚点，写明见哪一个市长，什么事。"

钱彩虹拉长了脸，无奈地说："我哪个市长也不见。我进去找个厕所。"

老古说："找厕所……我看你很傲慢嘛。我对你看不顺眼，你说话的口气非常傲慢。"

钱彩虹终于明白，她对老古的态度是错误的，在这儿，撒一泡尿得求这个老头。她的眼角边涌出了眼泪。她是个死不认输的女人，她的内心藏着许许多多的委屈，一旦决堤，连一泡尿的分量也承受不起。

老古不放行，她只好退回去。孙娅琴问她："你去干什么了？你们在说什么？我看你脸色好难看。"

钱彩虹说："我想进去找个厕所方便一下。"她说完以后笑笑，一副息事宁人的样子。她不想多说话，内心的委屈像浪潮一样，一波刚过又来一波，她感到浑身乏力。

孙娅琴说："这个老东西不放行？……算了，你还是回去小便吧。我们今天的活动到此为止。我们的目的达到了，再坐下去，大家都受不了。"

就在大家要走的时候，钱彩虹突然着急地说："不行，我要把尿放掉。我实在憋不住了，快要撒到裤子上了。"

孙娅琴有些不快，但她还是翘起头朝远处张望一番，体贴地说："你看到没有？河那边有一个新村，你去看看新村里有没有公厕。"

钱彩虹说："你们等等我啊！这地方还是有点偏的，到处空空荡荡的，夜里肯定有鬼出来。看门的老东西一脸鬼气，是不是被鬼吓过？"

　　她匆匆忙忙地横跨过一条马路，沿着长长的河朝新村走去。这是一个安静的新村，几乎没有人在外面走动。到处都是屋子，而厕所都在人家的屋子里。钱彩虹无奈之中做了一个决定，将把这泡尿撒到河里去。她走了几步，找到了一个石码头。就在她走下去的时候，尿从裤裆里不可遏止地流了下来。令人不可思议的是，尿液非常烫，流过的地方火烧火燎的，它像一条火蛇一样从裤裆里滑到脚踝，恐惧而恶心。钱彩虹没来得及想什么就跳进了河里。河水淹没她时，她看见高高的岸上不慌不忙地走过一条狗，颇像何应龙家那条咬过她的狗。

　　她的耳朵里响起"咕噜咕噜"的水声，开始像喝水的声音，后来变成狂鸣，颇像开来了千百万台拖拉机……水声在她的耳朵里从轰鸣到寂静，无边的寂静。

　　市府大门口，人全都走光了。孙娅琴是最后一个走的。大家都认为，钱彩虹在很远的地方撒完了尿，独自回去了。钱彩虹并不是很守信的女人。其实，大家都不太守信用的。于是，孙娅琴一走，这里就剩下了老古，四下里寂静，他在值班室明亮的灯光下，整张脸显出无比的苦涩。

　　梅洛水到家了。巷子里的人家都亮着灯，小家小户的，唯一值得庆幸的是，该亮灯的时候灯就亮了，该吃饭的时候就吃饭了。经过老黄牛的窗户前，听见他在窗子里说：

　　"嗨！你眼角朝上吊，又是骚来又是俏；眼波溜溜转，心里急急喘……"

　　她知道老黄牛在挑逗她，这世上有毛病的人真多啊！她装作没听见。

儿子孔早一个人在吃着简单的晚餐。她问儿子："你爸爸呢？"

儿子回答："不知道啊。他没打电话回来，是不是和人家出去喝酒了？"

她拨打了丈夫的手机，手机关了。她心里没来由地着慌，马上又打了许多电话，丈夫的同事朋友亲戚都说，今天没有看见他。没找到丈夫，她又没来由地安心了，好像一种愿望得到了满足似的。她在饭桌边坐下来，淡淡地说："谁知道他又到哪里去了。昨天晚上他说过的，有机会的话他就要做乞丐……我看他真的想做乞丐。"

儿子抬起头对她说："快散场了。"

梅洛水吃了一惊，充满警觉地瞪着儿子。这是个年轻力壮的人，一个还没有完全成形的男人，他不认可自己的年轻，与世界也没有形成融洽的关系。他没有能力解决一些看似简单其实凶险的事，所以他就要说一些亦真亦假的话，一些让人胆战心惊的话。眼下他发现母亲的目光有异，这预示着他将面临一番盘问。他赶紧扒拉完饭碗里的东西，哼着歌从桌子边走开了。他一边哼着歌，一边随着节奏小幅度地扭动身体。他到自己的房间去了。

"哗啦"一声，窗被风打开，又关了。梅洛水吓了一跳。屋子里令人难以置信地寂静。梅洛水开始惦记起丈夫来，看来他真的出走了，用不惜伤害她的方式取得自由。他是强有力的，而她是软弱的。

越来越响的风又让她想起了她的同事，他们也许还坐在那儿呢。她把头埋到桌子上，沉重地叹了一口气。没人的时候，她的表情是娇柔的。

窗外突然有人问："你一个人在干什么？"

她还没来得及回答，那人又说："我知道了，你老公不在家，你想他了。其实我也不错的，我比你老公好。你为什么不试一试……"

　　不用说，这是老黄牛。她看也不看他，就说："孔学文马上就回来了，你等着。"

　　老黄牛说："好，好……我走。我给你关上窗，它一个劲地吵，叫人难受。大家都活得不容易，你还让它一个劲地吵。我有一句话要对你说，你对我这种态度，就像我的后娘一样。我凭什么？你走着瞧吧……"

　　梅洛水懒得搭理他。老黄牛走后，她趴在桌子上睡了一会儿。她醒来时，是夜里九点半。接着她躺到床上继续睡，凌晨五时，她在一阵令人不安的情绪中醒了过来，丈夫还没有回家。她再次拨了手机，手机还是处于关机状态。她在恐惧中又接连打了许多亲戚朋友的电话寻找他。她并不太想念他，只是恐惧目前的状态。电话打过了，她一无所获。她十分疲倦。她对这个世界充满倦怠。

　　她打开盘在头上的髻，又睡着了，长长的头发四下散落在枕头上，仿佛等待屋外的风吹起它。这个外表迟钝的女人睡着时具有不一般的风情，但是她自己不知道，她从不关注这一点，她早已深深陷入内心的危机。现在，她在梦里开始了寻夫旅程，这种情形我们在古老的戏剧里常常见到：寻找丈夫，捍卫即将失去的田园生活。

　　出现了一幅煞有介事的场景：月光下，一个陌生女人告诉她，她的丈夫孔学文在一座山的那边。她并不寻思"山那边"是一个什么样的地理概念，不由分说地沿着一条大路到"山那边"去了。她强烈地感觉到，丈夫在"山那边"过得自由自在，不同往常。

　　她在路边看见了一朵小花。当她采起来想把小花放在眼前看清楚时，花从手里软绵绵地掉到了地上。月光照着这朵花，它在地上慢慢地膨胀，直至硕大无比，令人恐惧。梅洛水离开它。她继续朝前走。她现在已经明确了目的，她得找到孔学文，告诉他自己病得很厉害，浑身无力，连一朵花都捏不住。这两天总是在刮着风，她吃得越来越少，体重下降得很多，她很担心自己会被风刮跑了。

她在梦里走了很长时间的路，来到一个安静而整洁的小村庄，一走进村庄，她就看见了钱彩虹。钱彩虹站在一棵大树底下，脸色苍白，浑身打着哆嗦。看见她这样狼狈，梅洛水突然哭了起来。

就这样，梅洛水在自己的哭声中醒了。她抹去脸上挂着的眼泪，看看钟，是早上七点三刻。窗帘上映照着日光，它预示着这将是晴朗的一天。

电话铃响了，该是丈夫打回来的吧？

她伸手拿过电话放到耳边，听见一个似曾熟悉的男声向她问好，声音优雅、悦耳。这个人说：

"我是何应龙。我今天下午两点钟到您府上拜访您。出了一件事，钱彩虹死了。你是最后看见她的那批人之一，我已经从别人那儿了解到你早就走了，但是还需要去问你一些相关的问题。"

梅洛水的嘴里立刻非常苦涩。她看看窗外，阳光无比刺目。恐惧，深深的恐惧。她翻身下床，久久地跪在地上。她浓密的长发洒了一地，有一只蚂蚁爬了进去，不见了。

五点多钟，天蒙蒙亮的时候，有人在河里发现了一具女人的尸体。这个时候，也就是梅洛水开始梦中寻夫的时候。我们已知，她在梦里没有找到丈夫，却看见了钱彩虹，并且哭了起来。人和人的关系是很神秘的，无法深入追究。我们知道的只有一件事，钱彩虹的死将与梅洛水有关。这也是梅洛水害怕的一点。

钱彩虹的丈夫马上赶到河边，他和家人已经找了她整整一夜了。他蹲在尸体旁唏嘘，完全失去了主张。他是个病快快的男人，指甲长得飞快，他生活中最重要的事是生病和剪指甲。不用说，做主的事他全靠钱彩虹。钱彩虹一死，他连自己该活着还是该死去都不清楚。

后来，他想到了女儿，禁不住泪如雨下，语不成调地要求政府对这件事负责任，要付给他十万块钱。他还有女儿，他的女儿必须读完高中。边上有人提醒他说："十万块太少啦。一条人命，怎么说也得要价一百万。"他还没来得及考虑，又有一人老练地发表意见："一百万太多，你实际一点，要价不能超过五十万。讨价还价下来，三十万左右是可以拿到的。"

六点多钟，钱彩虹的丈夫把妻子的尸体放到市府大门口，自己跪着。为他妻子钱彩虹的死亡，要求政府赔偿人民币五十万元。如果他的要求不能满足的话，他就要服毒死在这里。

六点半，一位领导拨通了何应龙的电话。这位领导想到自己前些天为一件倒霉的事连日奔波，而何应龙却无所事事，在自己的别墅里优哉游哉，成天只想着怎么养生。想到这里，他火气不由得大了起来：

"何应龙，你是怎么搞的嘛？昨天的群众静坐，你是怎么善后的？有人投河死了，是个女的，她老公要一百万。我知道你有一百万。你不止一百万，你有一千万。你是个大财主。你给他去。"

七点钟，何应龙先到了孙娅琴家里。孙娅琴住在一条破旧的小街上，捡垃圾的，收甲鱼壳锡泊灰的，修棕绷修伞的，卖鱼卖虾卖苋菜的……轮流不停地从家门口吆喝而过。两个人坐在桌子的两头，略微不安地互相打量。孙娅琴知道，此时的何应龙心烦意乱，她想安慰他，同时也在估算自己从这件事当中能得到多少好处。

过了一会儿，孙娅琴决定打破沉默，她到房间里去翻了一张信纸，一支签字笔。她写到：

我证明钱彩虹精神不健康，她患有植物神经紊乱内分

泌失调和若干妇科病等症。平时经常吐露出自杀的话。她
的外婆于五八年大跃进那年自杀身亡，她的母亲曾经自杀
未遂。

　　她签上自己的名字，从房间里走出来，把纸递给何应龙。何
应龙看了一遍，对她说：

　　"你这屋子挺大的，很通风，但是环境太吵了。"

　　孙娅琴说："是啊。住惯了，不想换，也换不起。我现在就想
好好找一份工作做做，我年纪还不算老，还能为社会贡献力量。"

　　何应龙说："孙大姐，你善解人意，一定会有很多机会送上门
来的。"孙娅琴胸有成竹地一笑，矜持地说：

　　"那就全靠你了。"

　　又体贴地说："你一定要让梅洛水签字。她与钱彩虹关系不寻
常，从小到大都在一起。她签了字，这件事就成了。"

　　何应龙在车子里与孙娅琴挥手告别。他想，这个女人真无耻，
可是他喜欢她。

　　拿到了这张纸，他定心了不少。七点三刻，他给梅洛水打了
一个电话，通知她下午两点到她家里去。挂上电话，他突然一阵
迷茫。对于梅洛水，他不知道以怎样的一种姿态打交道，她既陌
生又熟悉，颇像一个影子。

　　一个捉摸不透的影子。

　　电话又响了起来，异常的响，家里所有空着的地方都颤动起
来，形成一个一个互相套叠的空气的涟漪。梅洛水吓得浑身一哆嗦，
过了好长时间才去接。

　　电话是隔壁的老黄牛打来的，他说，他已经知道梅洛水他们
的静坐坐出问题了，死了人了。他用打电话的方式来安慰她，他

认为这种方式很有情调，也便于她在脆弱的时候倾诉内心。梅洛水尖叫道："滚！"摔了电话。她想到一个问题，如果丈夫真的从此失踪，她的生活将时时被老黄牛侵犯。一想到这里，她浑身起了一层鸡皮疙瘩。她估摸着，很聪明地估摸出一个道理：老黄牛并不是出于爱或者性欲才纠缠她，每个人的生活都充满不如意，需要找个借口向更弱的人发泄。譬如钱彩虹，她从来不放弃为难别人的机会。她死了就死了吧！

摔了电话十分钟后，梅洛水给孙娅琴打了个电话。

梅洛水："你被调查过了吗？"

孙娅琴老谋深算地说："查过了。我想，除了你，我们都被调查过了。"

梅洛水："都说了些什么？"

孙娅琴："何局长让我写了一张条子，再让我在条子上签个字。"

梅洛水："什么条子？你签了吗？"

孙娅琴："当然签了。"

梅洛水："什么内容？"

孙娅琴："到时候你自己看吧。这件事其实也没什么好说的，纯属意外死亡，我看她是想不开。她想不开，我们要想得开。活人不能替死人背包袱。"

梅洛水："唉，你这么说我就放心了。"

孙娅琴："我看你也签个字吧，对自己没有坏处。真的。除了你自己，没有人会对你负责。所以，能抓紧什么就抓紧什么。"

梅洛水想到孙娅琴在静坐时对她的态度，语调生疏地说："谢谢你孙大姐，让我看看是什么内容再说吧。"

现在是中午十二点，昨天中午生活还是正常的，钱彩虹没死，丈夫也没失踪。短短一天，他们就各自找到借口死的死走的走了。剩下她，为一件与她无关的死亡事件接待一位故人。她对这次会面充满好奇。时隔三十年后见面，又是在这种情况之下，说什么也是微妙的。三十年中，发生了那么多的事，梅洛水怎么会让自己随随便便地见一个故人呢？

看看梅洛水给自己做了一些什么。

钱彩虹生前骂她虚荣或者虚假，她或许是这样。但是女人的虚荣很多时候是用来支撑人生中最基本的东西的，譬如自尊。这时候的虚荣不是奢侈，而是生活必需品。

她运用了女人的逻辑把思路整理了一下，然后她开始清理屋子，扫了地，把桌子上乱七八糟的东西收拾掉，放上一个果盆和一个蓝色瓷花瓶。她出去了一趟，买回来一束康乃馨，六只香梨和一只西瓜。放在桌子上，这桌子立刻显得丰盈有味。

做完物质的准备，她开始做精神上的准备。她把儿子房间里的一只小小的藤书架拖到客厅里，放在沙发边上。这只小书架还是她父亲送给她的，她又送给了儿子。她儿子读书的时候，上面乱七八糟地放满用过的书本和铅笔盒什么的。现在书架上空空荡荡。她擦干净上面的灰尘，把家里仅有的几本书，包括儿子的大学课本，丈夫看的技术书，也放到上面。她觉得还不够，又到巷子里的一位老教师家里去借了几本厚厚的唐诗宋词，这才心满意足，两只手握在胸前，把书架看了又看。

何应龙来了。

一踏进小巷子，他的眼睛就眯缝起来了，他已经不习惯重温小时候的生活环境。他现在住在高级住宅区，每天在住宅区里的游泳馆里游泳，一个星期打一次高尔夫球。家里的保姆知道哪种烹饪的方式卡路里少，保有的维生素多。他坚决不吃国产水果，坚决不喝国产红葡萄酒。他抽的雪茄要到上海买。他的妻子是外企的高级管理。他的儿子在美国读名牌大学。家里有两辆名牌小汽车。夫妻感情融洽，有了矛盾就会及时谈心或者找心理医生解决。他们知道国际上所有的电器名牌。他们的家庭装潢简洁高雅，花了许多钱，但是格调不俗，让人喜爱。每天早晨起床，他掀起窗帘就能看见楼下大片绿茵茵的草坪和花，喷泉每天都水流涌动，大片大片的阳光金子一样闪烁在眼前，是他美好生活的象征。

优秀的品质，譬如善良、正直、宽容……在他身上都能找到——几乎完美的人和完美的生活。

但是且慢，问题恰恰出在这里。面对如此美好的生活，他经常会觉得不真实，觉得自己是个局外人，不过是路过这里，欣赏一幅自然的画卷而已。那么，他到底属于哪个"局"呢？就是说，真正的情景应是怎么样的？

他一脚踏进白米巷，眼睛马上眯了起来。他熟悉这种老式的充满水气和鬼气的地方，这里还有一种他熟悉的味道，与弥漫的中药有关，与他少年时不洁的性欲有关……他隐隐地觉得，生活中的某一种真实性又回到了他的身上。这是属于他的"局"，虽然他不喜欢。

他与回家午休的灰女人擦肩而过。这种服装，这种香水，还有这种做派，都不是这种巷子应有的。他诧异地回头望了灰女人一眼，恰好这女人也回头，两人打了一个照面，认出了对方，亦看见对方眼中的冷漠。他们有过买卖房屋之谊，又属于同一个阶层，但是他们彼此怀有深深的猜忌和敌意。

看见曾经熟悉的门牌号，他的心为之轻轻酸了一下。

梅洛水过来开门，淡淡的表情，什么也没有说。何应龙忽然不想走进去了，他嗅到一阵熟悉的味道，枇杷树的味道。他不快地问：

"你家种了枇杷吗？"

梅洛水说："是啊。我种了许多年了。"她没有听出何应龙语调中的不快，她的心为别的东西慌了一下。

走进门，黑暗的过道，过道边是两个小厢房，再进去是一个破旧的院子，多年不变的破旧的模样。何应龙记不起自己什么时候来过。院子里有一口矮小的井，一棵挺拔的枇杷树，一架紫藤。紫藤下面有一盆菊花，倒在地上。盆碎裂了。他走过去把盆扶起来。

客厅。客厅里有沙发，沙发有些年头了。一张大桌子，上面是一瓶鲜花和一篮子水果。客厅边是两个大房间，房间门都关着。如果没有鲜花和水果，这座房子无论如何是黯淡无光的。

很遗憾，何应龙没有注意到藤书架和上面的书，对于他来说，这种道具过于平凡，不会吸引他的眼球。他的生活已经远离这些简陋无价值的东西。

"前天夜里刮大风，把菊花盆刮倒了，还没来得及收拾它。"梅洛水说。她给何应龙沏好了茶，两个人面对面地坐在桌子边。都淡淡的，好像没什么好说的。但是突然一对眼，何应龙心中一动。梅洛水的眼睛是慌忙的。他记得曾经看过她如此慌忙的眼神，什么时候？很远了啊！

两个人静悄悄地坐着，不窘迫，不害怕，有些熟视无睹的样子，就像少年时无数次的见面那样，真正的事发生在两个人的外面。

梅洛水的内心是复杂的。正如我们所想，她对何应龙或者龙妈妈怀着不一般的情感。但是现在她坐在何应龙的面前，更多的是羞愧。她的慌乱源自卑微。

她对生活已经麻木，光从昨天到今天，发生的种种，足以让她疲惫和憎厌。但是她现在坐在何应龙的面前，心忽然柔软起来。如果钱彩虹还活着，她要好好待她而不是冷淡她。丈夫是个脆弱的不能依赖的男人，但是他对她是好的。老黄牛也不是那么令人讨厌，他对她是真正用心的，虽然他的情欲过于直露了。

理所当然的，她爱上了面前这个男人。一阵昏昏沉沉的睡意袭过来，她的眼睛变得蒙蒙胧胧的。她极想找到床，趴到上面休息一会儿。这是一种十分陌生的体会。她忍住袭上来的睡意，朝何应龙微笑了一下，然后，红了脸。

何应龙看到她的反应，觉得她是个有趣的女人。他在心里迅速地把妻子与她作了一个比较，发现他更喜欢与这一类感性的女人相处。这类感性的女人心里十分敏感，但对人没有害处。何应龙的目光落到桌子上，上面搁着梅洛水的一双手，规规矩矩地放着，十根长长的手指交叠在一起，仿佛暗示着什么。何应龙春心萌动，极想把这双手抱在怀里，细细地抚摸。他赶快喝了一口茶，赶走这个念头。对于这种内心活动，他有些伤感，但也有些欣喜。

他们开始说话。他们实际上还是陌生人，还没有找到熟悉对方的方法。只有说话才能到达预想的地方。

何应龙说："大家生活得很困难，这是暂时现象。总会越来越好的，对生活要有信心，有了信心就有了光明。"

梅洛水想，我连菩萨都不信了，还说什么信心。但是她嘴上却说："你说得对，一个人活在世上，信心是最重要的。"

何应龙换个话题："你什么时候种了枇杷树？"

梅洛水眼睛一亮，说到枇杷树，她认为就是找到了互相熟悉的途径。她说："种了有十几年了，总也长不高，果子结得也不好。那时候你家那棵枇杷树长得多好。"

何应龙说："我妈妈会侍候它，她给它用世上最好的肥料。"他突然哈哈傻笑，把梅洛水吓了一跳。她不知道他为什么要这样笑。她小心地问："什么肥料？"何应龙说："我开玩笑。"梅洛水换了一个话题问："你妈妈情况怎么了？"

何应龙说："早就过世了。"

两个人沉默着。

何应龙突然坦白说："她是自杀的。她把自己吊死在她亲手种的枇杷树上……她活得好好的，那时候，我和妻子刚给她买了一套市中心的房子，有一个大院子。她种了花花草草，当然还有枇杷树。"他看到梅洛水脸色立刻苍白了。他心里有一个地方变得轻松起来。

梅洛水下意识地摸摸右嘴角上那颗痣，它好像痛起来了。过了一会儿，它真的痛起来，而且越来越痛。当初母亲用刀想把它刮掉的时候都没有这样痛。她站起来，到卫生间去了。她没有关紧门。何应龙听见卫生间里面响起自来水的声音，好像还有隐隐的抽泣声，而后就是一片寂静，长久的寂静。何应龙不由自主地涌起好奇心。

他高声问道："你没问题吧？"

他没得到回答。是梅洛水来不及回答还是有意不回答？他认为是后一种情形。这应该是一个邀请的信号。何应龙想，这很有趣，太有趣了。他的生活中什么都有，唯独缺少这么有趣味的事。梅洛水不是个出色的女人，但她有趣。她的有趣在于她与当初一样愚蠢，一样真诚。现在可以这么假定，她是他少年时光的见证人，她将填补他整个少年时的空白，抚平他在那个时期的惶恐不安。每个人都有一些陈年的伤痛，但很少有人遇到治愈的机会。

她还是个温润的女人，身形苗条，柔软而有力，从身体内部散发出来的劲道，是男人喜欢的那种。

他悄悄摸摸自己的腿裆，对裤子里面的情形感到满意。美好的一刻就在前面招手。他凑到门前再次轻轻地问："你没问题吧？"他发现自己的声音抖抖的，他像一条狗一样讨好女人。他开始下贱了，这是从来没有过的事。他变得少年一样轻飘飘的，撮起嘴巴，接连吹了好几声口哨。

卫生间的门就在这时候慌忙关上了，但何应龙不假思索，用力一推就推进去了。里面的情景很复杂：当梅洛水听到龙妈妈死亡的消息，又值脸上的痣痛得厉害，所以她跑到卫生间里难受了一阵。

而后她洗了脸，刚把裤子脱下来坐在便盆上，就在门缝里看见何应龙吹着口哨走过来了，她不知道是怎么一回事，在窄小的卫生间里慌忙伸出一只手关上门。她还没想到要提着裤子站起来，何应龙就激动地出现在她面前了。

何应龙首先把门关上，快速地从女人的脖子开始，一路摸索到小腿，然后就跪在地上了。他俯下头，嘴巴凑准女人的脚丫，"吧哒吧哒"亲吻两下。堕落真快乐啊！很显然，他把他那个阶层的修养和道德抛在了脑后。

后来，门开了。从他们的脸上表情看，这是一次没有成功的救赎。

两个人再次坐到桌子的两边，默默无言，又像刚才那样淡淡的，好像什么事都没发生过。确实什么事也没有发生过，梅洛水没有抚慰何应龙的灵魂，何应龙也没有填补梅洛水空空的身体。就在何应龙激情高涨的时候，他突然看到了梅洛水脚丫下面破碎的瓷砖，碎瓷砖的边上缠绕着一小团发丝。发丝里头还裹着一些细小而硬的玩意，他判断那应该是指甲一类的东西。他的热情即刻消退。他无限懊恼，站起来打了自己一个嘴巴。他知道他与梅洛水再也不可能平等了。

梅洛水也是满心惆怅，却竭力装作对此毫不在乎。他们坐在那儿，默然了一会儿之后，眼对着眼微笑了一下。互相都觉得对方笑得太勉强，还有些虚伪，于是他们紧接着又微笑了一下。

他拿出那张孙娅琴给她的证明，放到梅洛水面前。他暗暗打定主意，如果梅洛水不签字的话，他决不会逼迫她。

梅洛水向前微微探过头，看清了纸上的内容。上面只有孙娅琴一个人的签名。她忽然觉得，自己的名字签在孙娅琴的后面是了不起的，预告着一些看得到的收获。是的，可能会有一些实际性的收获，譬如工作。一份可依靠的工作，对一个中国人有着何等重大的意义。眼下，机会来了。钱彩虹的死，给她带来了机会，她当然会加以利用。不是吗，从小到大，钱彩虹欠了她很多，如今是还债的时候了。

何应龙观察着女人表情，忍不住问道："你不想签吗？"

梅洛水换了一口气，矜持地说："让我再考虑一下。"

她还在考虑什么呢？其实她什么也没考虑，她觉得自己在向前走，而钱彩虹已成历史。

何应龙觉得女人在这时候很可爱，当她有意表现矜持时，反而显出了真诚。他暗暗地笑了，他笑的时候又把梅洛水与自己妻子做了一个对照——你知道男人通常都会这样做的。

何应龙的手机响了。趁他站起来接听手机的时候，梅洛水飞快地把自己的名字签了上去。过后她好奇地打量着自己的签字，她看到自己的字迹歪歪扭扭的，令人很不舒服——今天下午发生的事都让人不舒服，但她要表示不在乎。

何应龙接听完电话，发现梅洛水已经把名字签上去了。她这么快就签字，让他心里不喜欢。她有点像孙娅琴了。是的，她们两人其实长得一样难看，但孙娅琴的脸上有一股坚定的味道，这就让人安心。而梅洛水是恍恍惚惚的，让人不安的。而且她的脸也不吉祥，右边嘴角上居然也长了一颗痣。如果仔细看的话，你会发现它是个小小的十字架——一个被生活之手举在脸上的十字架！

梅洛水抬起头，正好看见何应龙打量着她的脸。她指指那颗一分为二的痣，何应龙点点头表示愿意听她解释。这是一个下台阶的机会，再和她坐下来说两句家常话，他就要从这儿安全撤退。

她说："我妈不喜欢你妈。我这儿长了一颗痣，跟你妈那颗痣一模一样。我妈就拿刀子想给我刮掉，左一刀，右一刀，痣没除掉，反而变成了四个。"

何应龙看一眼梅洛水脸上的痣，露出嫌恶的神色，他朝后退了一步。

他再也没有坐下来说话的兴趣。他就那样站着问梅洛水："你好像很喜欢我妈?"

"她是我小时候的梦想。"梅洛水没有察觉到何应龙的情绪,实事求是地说。因为梦想和爱,她的脸色一下子变得好看起来。她张着嘴,准备叙述埋藏在心中的一些话。她等了这么多年,终于等来了一个适合的听众,一个有价值的听众。她好像明白了一个道理:刚才那场不成功的男女之欢是成功的,它为了现在这个时刻而存在,而铺垫。

何应龙看着梅洛水的嘴,突然再次体会到了兴奋——比刚才更深刻的兴奋。他想,这张嘴多么性感,柔软、甜美、脆弱,它小心翼翼地想冒出更多的蠢话,不知道它已经让女主人掉进了一个陷阱,一个没有丝毫回转余地的陷阱。

何应龙再一次抓住了兴奋,他说:

"我应该对你说实话。有些事并不像表面那么美好,就像我妈,她在院子里种了一棵枇杷树,是吧。我记得很清楚,每年枇杷熟了的时候,她都会用红丝线扎在枇杷梗上,送给巷子里的小孩。我还记得,每次她提着小篮子送枇杷的时候,她都要洗脸梳头,换上她最漂亮的衣服,脸上挂着最好看的安详的笑容……你会不会想到她偷偷用被子闷死了我的弟弟,还把我弟弟埋在枇杷树下?……你应该记得我那个最小的弟弟,多漂亮的一个小孩儿。我还记得那天早上,我父亲过来摇醒我,告诉我,小弟被青海的三舅托人抱走了,他被过继给三舅做儿子。妈妈身体不好,你们几个要乖……"

梅洛水张大了嘴,直瞪瞪地盯着前方的虚空,说不出一句话。

何应龙满意地看到,梅洛水的嘴变得苍白,这表明她已恢复理智,或者说,她已受到了重创。摧毁一个女人是不道德的,这个道理何应龙比任何人都懂，但是他无法处置自己的兴奋，他的兴奋在这个地方随时随地找出口是没有危险的。片刻，兴奋消退，他的内心一片宁静。他多年的重压就在刚才说出真相的一刹那消失了。多好啊！原来症结在这里，那就活该这个女人倒霉。他向梅洛水彬彬有礼地告辞。梅洛水跟随在他后面，脸色苍黄，像大病了一场。

何应龙一走出巷子，见到明亮的日光，脑子马上清晰起来。他看着车窗外的梅洛水，想到现实问题，心中有些沮丧。生活真是美好的，你不知道在什么地方什么时候就得到想要的东西了。当然会有代价。谁都希望用最小的代价换来美好的感受。他从衣服里摸出钱包。他看见梅洛水朝后退了一步，脸上现出了羞愧。他知道这样做是不当的，他忽略了这个女人的自尊心。他马上收起钱包，若无其事地发动车子，大声地关心地对梅洛水说：

"你老公怎么样？对你还好吧？"

梅洛水回过神来，她受了打击，现在知道机会来了，马上显出一脸的幸福，说：

"穷人，就剩下感情。"

梅洛水的话让何应龙感到一丝难堪。梅洛水感受到他内心的那丝难堪了，她略微高兴了一些。

剩下梅洛水一个人站在巷子口，反复想着刚才的情景，她羞愧之余，想到最后总算捞回了一点面子，她的子虚乌有的幸福感挫伤了那个骄傲的自高自大的男人。

洗头房的赵兰花从玻璃门里走出来，热心地对她说："梅阿姨，站在这儿啊？来洗个头啊！"赵兰花是一朵开败的残花，浑身上下散发着颓败的气息，梅洛水讨厌看见洗头房的姑娘，她们让她无法不联想到自己。

就在刚才，她的身体被一个男人深情地渴望，她从头到脚都被惊惶失措的幸福而填满。现在她又是空的了，从身体到灵魂，全空了。她遭人无情地低估。在那个窄小黑暗的卫生间里，一刹那，她还欣喜地爱上了自己。

走过一个窗户时，窗帘"刷"地一声拉上了。这是老黄牛的窗户，他早就没了工作，最近卖假增值税发票时被税务局查获，罚了一大笔钱。看得出来，他最近的情绪就像更年期的妇女，忽喜忽怒，没个着落之处。

梅洛水走到家门口，发现门上写着一行字：

嫖客上门，过两个小时才走。

她一看字形，就知道是老黄牛写的。她感觉到了这个男人的可怕的怒火。她拿来抹布仔细擦掉字迹，确保不让任何人认出字迹的内容。然后她回到屋里，开始打扫何应龙留下的痕迹。这项工作比较难做，她打扫得越干净，越是觉得到处都是陌生男人的气味。

是的，何应龙对她来说，一直是个陌生人。

应龙何画

河海何历

鲧系所营

禹何所成

她记起了这两句话，父亲当初说，这就是何应龙名字的来历，是屈原的诗。这两句话就是说，什么都不知道。

她又拨打了丈夫的手机，手机还是关着的。接着她挨个把丈夫的亲戚朋友熟人的电话打了一遍，还是没有得到任何消息。她想了一想，决定再等等看，她还有耐心等到明天上午或者明天下午。

她非常累。她坐在床边的地板上，睡着了，头向后仰倒，不太体面地张着嘴。

她一合上眼，就看见一棵长势茂盛的枇杷树，树上结满了黄灿灿的果子，果子异常肥大，每一只果子上都系着一根红丝线。树的左边，泥土狼藉，显然刚被人挖掘过。她的心一下子跳动得十分快。这时候，树的右边出现了钱彩虹，钱彩虹浑身湿漉漉的，瑟缩的样子十分可爱，脸上挂着从来没有过的灿烂微笑。梅洛水情不自禁地也跟着微笑起来。她想：钱彩虹不知道被人出卖了，她生活得很好。以前她表现出来的尖酸刻薄满腹怨气，是一个假象。现在才是真正的她，快乐的，满足的，既柔弱又坚强，让所有的人都会爱上她。

她带着微笑醒过来，醒来后满腹惶恐，哭了起来。

电话铃响了起来，是孙娅琴打来的。她说，她与人合伙开了一个棋牌室，这两天生意挺好，但是需要人手来照顾一下。她请梅洛水来，一个晚上二十块钱。梅洛水告诉她，丈夫失踪了一天一夜。孙娅琴说，她的丈夫曾经失踪了半个月，到现在她也没问过他在半个月内干了些什么，她觉得问了没意思，男人整个的就是没意思，就像一条狗一样，走了还会找回家的。

孙娅琴这么一开导，梅洛水哪里还有不去的道理。孙娅琴让梅洛水晚上十点钟去棋牌室，十点前有别人在照看着。

梅洛水到观音的像前上了一柱香，她又有了信仰宗教的理由了。她的信仰有多少功利，她的心就有多少虔诚。她祈求菩萨让丈夫早点回家，让儿子早点成家，让钱彩虹灵魂早些安逸，让自己的生活归于平静。

祈祷完毕，她坐下来一个人吃饭。她的窗外，所有人的窗外，都有一个朦胧的月亮，夜空晦暗阴沉，干涩呆板，没有一丝的水气。

夜间九点多，梅洛水正准备到孙娅琴的棋牌室去，巷子里突然响起警车的声音，她吓得把包一下子扔到地上，心狂跳不已。

她听见警车好像停在老黄牛家门口，警笛声还在没完没了地狂鸣。

她打开门朝外面看，只见老黄牛被几个民警押着，准备上车。老黄牛看到她，很兴奋，大叫着说：

"我给你报了仇了！完结了！终于完结了！"

老黄牛犯了案。他胆大包天，借着夜色潜到灰女人的办公室里。灰女人每天下班都非常晚，今天也不例外。她报案的理由是抢劫，但是老黄牛说他不想抢劫，他想强奸。他说，令他感到惊奇的是，灰女人一开始并没有反抗，甚至还有些配合，当他快要得手的时候，走廊里传来脚步声，越来越近，她才开始叫喊起来。这是老黄牛的一面之词。老黄牛在逃跑之前，抢走了灰女人手指上的钻戒。他坐着公交车回家的时候，从车窗里把这只钻戒扔进了河里。当亮闪闪的钻戒在空中一闪而没时，他流下了眼泪。他在家门口碰到灰女人的保姆，保姆说，她家主人说了，只要还回戒指，就既往不咎。老黄牛摊开双手，学着外国人的派头，耸肩，叹气，说：

"NO！丢到运河里了。一江春水向东流。"

梅洛水被老黄牛的母亲堵在屋里。老黄牛的母亲恶狠狠地看着她，满腔妒火地问："你给我说说，他给你报什么仇？"

梅洛水说："你儿子在陷害我。"

老黄牛的母亲说："不要脸，你没有良心。我儿子亲口对我说，你跟他上过床，你还想跟他一起过。他去做坏事是你唆使的。"

梅洛水说："我也有儿子。我的儿子要是在外面杀人放火，我不会去怪别人。再说了，你儿子这种样子，无业游民，哪个女人肯和他一起过？"

两个女人四目怒视。

老黄牛的母亲慢悠悠地说："他是个无业游民，你也好不到哪里去……你男人呢？好像听说他不见了。"

她的意思是，因为你男人不在家里，所以你对别家的男人构成威胁。她现在不仅仅是关心你的男人，而是关心大家的男人。

梅洛水不回答，推开老黄牛的母亲，用力关上大门走了。她走了一阵，回头看见老黄牛的母亲一动不动地站在原地，这情景表明明天还有一场口舌之争。她不害怕吵架，虽然她是个想入非非的女人，自认为有与众不同的优雅，但是多年的市井生活，还是把她锻炼得十分强硬。

她暂时不去想这些不快，脚步轻盈地朝前走。她知道，她的脚替她承担着不快，却表达出相反的情绪。同时，她的大脑也竭力进行着平静的努力。

现在，她是个求生的女人，而且是个求生意志非常强烈的女人。在信念之下，很快，她就真的感到轻松了。是的，一切都存在着改变的可能。

按照孙娅琴的指示，她看到棋牌室了，从大街上就有红色的箭头指明小巷子里有棋牌室。她站在明亮的街灯下面，打量幽暗的小巷深处，感到自己内心的变化，她预感到，她所迷恋的一些东西就快消失了。

有一些公共场所是暧昧的，譬如茶馆，浴室，现在是棋牌室。棋牌室是应运而生的新生事物，它往往离大街有几十米远，在新村的边上，或者在一个正在建设的工地旁边。它具备娱乐性，比茶馆或浴室更能放纵性情，所以它是快乐的。

梅洛水要去的棋牌室在一个工地的旁边，她刚走进巷子就听到里面在唱歌，后来又由合唱变成独唱。梅洛水走进去的时候，所有的声音戛然而止。那个独唱的人——一个约摸五十多岁的男人问她：

"你是老孙请来的人吧？"

棋牌室里清一色的男人，室内灯光非常明亮，但是一阵一阵的烟雾还是把灯光搞得迷迷蒙蒙的。男人们有的在打牌，有的在下棋，有的坐在那儿光喝茶。刚才唱歌的人就是喝茶的那桌。

梅洛水回答那个男人：

"是孙娅琴叫我来帮忙的。她人呢？"

那个男人说：

"她上厕所去了。"

他的话引起一阵哄笑。那个男人赶紧说：

"真的，不骗你。这屋子里没有厕所，男人就在屋子后面的河里解决，女人上厕所要到马路对面的弄堂里去。你以后到那里去的时候千万要当心，有人藏在垃圾箱后边专门强奸你们这种女人。"

旁边一个男人插话道：

"互相介绍介绍吧。"

梅洛水说：

"我姓梅。"

那个男人说：

"我姓田。我是个嫖客，他们都叫我嫖客甲。"

他指着旁边的人介绍说：

"嫖客乙、嫖客丙、嫖客丁……"

嫖客乙指着田说：

"他从来不嫖。他是个正人君子，不像我们。"

田盯着梅洛水说：

"我有我的原则和理想，至今为止，我还没有找到想嫖的女人。不过今天晚上会是个例外。"

孙娅琴大步跨进来，叫喊道：

"你们又想找打了不是？"

她顺手捞起地上的短柄扫帚，作势就要朝他们的头上招呼。

众嫖客拱手求饶。孙娅琴对梅洛水说："你跟我来。"拉了她的手，把她带离棋牌室，来到屋子后面的河边。柳树下面有石桌子和几只石凳子。孙娅琴说："你先在这里休息一下。我看你有点不习惯他们，其实他们都是不错的人，尤其是田先生，为人好得不得了，喜欢打抱不平，修养也好。他们不是嫖客。"梅洛水说："我不了解他们。"孙娅琴笑了一声，指着柳树下的河水说："这条河很长，一直通到市政府那儿。钱彩虹就是死在这条河里的。"

梅洛水在暗地里一下子煞白了脸。

孙娅琴说："你紧张了是不是？其实这件事不算什么。人总是要死的，她死得才够本呢。你有没有听说她老公向政府讹一百万？这是不对的，她的命不值这么多钱。"

梅洛水说："我们的命都不值这么多钱。"

孙娅琴说："噫。你说话的腔调有点变了。你签字了没有？"

"签了。"

孙娅琴说："太好了。你现在进步了，敢面对现实。我这个人是敢做敢为的。我年轻的时候，我那婆婆总是欺负我，她喜欢把指甲留得长长的，抓我的脸。她看见我脸上出血会兴奋得晕过去。我抓不过她。因为我要上班，还要干家务活，留不长指甲。她后来中风了，刚能站起来的时候就被我从后面推了一跤，就这样跌死了——别人以为她又中风了。"

梅洛水吃惊地发现，听到这样可怕的秘密后，自己居然无动于衷。她转过脸去看河，如果钱彩虹是死在这条河里的，那她一定会在这时候出现的。果然，梅洛水一错眼，就从柳树的枝条里看见了钱彩虹，钱彩虹的脸像石头那么严肃，非常专注地盯着梅洛水。她死去的这些时间里，仿佛没有承受到任何痛苦，她变得庄重威严，不像一个游荡的鬼魂，而像一位神祇。但是梅洛水知道，不管钱彩虹是鬼魂也好神祇也好，她只是变了一个方式与梅洛水过不去。她对生前的生活怨气重重，要找一个出处。

梅洛水不去看她，转过头问孙娅琴："你婆婆死了以后你见过她吗？"

孙娅琴坦然地说："没见过。"

梅洛水说："请你告诉我，为什么我总是看见钱彩虹？你看，她又来了。"

孙娅琴站起来，厉声说道："你疯了。你神经有毛病。你想害我。"

梅洛水手指着柳树那儿大声嚷嚷起来："我没疯，你看她就在柳树底下。她笑了。她想笑就笑。她总是欺负我，死了也不放过我。"

孙娅琴小声命令她："不许叫，轻点！这是我做生意的地方。"她扑上去捂住梅洛水的嘴，但是梅洛水挣脱了，她情绪十分激动，还想嚷些什么。孙娅琴从背后一把揪住她的头发，两肘使劲地压住梅洛水的后背，差点把她压倒在地上。梅洛水这才不吭声了。她俩的打斗声惊动了屋子里的男人，他们全部跑到屋后。孙娅琴松开梅洛水站了起来，对男人们说："有什么值得看的？她发毛病了。"

一个男人问："什么病？"

梅洛水抬起乱蓬蓬的头，虚弱而俏皮地说："不告诉你，傻蛋。"

她的话引起了一片哄笑。孙娅琴把男人们哄着朝屋子里赶，不一会儿，屋后就剩下梅洛水和那个自称嫖客甲的姓田的男人。田表现出罕见的细心，他把梅洛水扶到石凳子上坐下，替她拉好衣服，然后在她旁边坐下，伸出手去整理梅洛水的头发，因为刚与孙娅琴发生过激烈争吵的情形，梅洛水心神不宁，不觉得田的举动是唐突的。

田问她："发生什么事了？"

柳树下面，钱彩虹已经离去。她一贯如此。一阵风吹来，千万条柳枝原地起舞。月亮在这时候升到了头顶，明亮了一些，仿佛有了一些水汽，仿佛因此而妖娆了，仿佛妖娆地等待着什么。

梅洛水说："没什么。"

她不说，田也不追问。但是他攥住了梅洛水的手，表示他已经察觉到女人内心的不安。

田向梅洛水提出要求，他想带她到家里去，他的乡下亲戚送了他半斤上好绿茶，他们可以一边喝茶一边聊天。梅洛水不想呆在这里，她假装想了一想，答应了。她非常想到他家里去，喝喝温暖的绿茶，把她与钱彩虹的事告诉他。

田说他的家离这里不远，他们可以走着回去。他一路上买了一斤炒瓜子，一串香蕉，路过花店，还花八块钱买了一束康乃馨让梅洛水拿着，最后，他在一个旧书摊上买了一本旧书，那本书名叫《订正六书通》。摊主说，这本书是一九八一年出的，是他的儿子在一位大学老师那儿偷来的。他今天还没做到生意。既然开了张，他现在就要收摊子回去睡觉了。

走进新村，劈面过来一个熟人。王小素，工人王小素或者妓女王小素，一个盒饭鸡。她这么晚还在外面游荡，说明境况十分不好。她两眼在田的脸上一溜，一把抓住梅洛水，表情十分夸张地说："梅姐姐，钱彩虹好好的怎么死啦？你给我说说。"

王小素果然与以前的样子不同了，她穿的衣服很少，脸皮上的脂粉又太多。她的眼睛睁得很大，随时随地地寻找着什么。因为田在旁边，梅洛水不想回答她的话。就看看田，田叹了一口气，什么也不说。王小素放开手，拍拍梅洛水的肩膀说，"梅姐姐，这是谁啊？让我猜猜，这肯定是姐夫。你们俩好幸福喔！水果、鲜花……瓜子真香，刚炒出来的是不是？匀我一点，让我一边走一边嗑。"她伸手到纸袋里抓了一大把，像个小女孩一样无助地说："梅姐姐，你过得幸福的时候就不会想起我了，我是一年不如一年了，你不要看不起我。以后在路上碰到我的时候，你记着要先打招呼。好不好？"

　　王小素嗑着瓜子走开了,到看不见梅洛水的地方,她狠狠地把瓜子扔到地上,轻蔑地呸了一口,说:"姓田的,我又不是不知道你。两个人装腔作势的,好像真的是夫妻。一对狗男女!"

　　到了门口,田掏出钥匙准备开门,突然回过头来,喜形于色地对梅洛水说:"你来了,我很高兴!"然后开了门。

　　一进门,冲鼻一股不卫生的味道,开了灯。灯光暗淡而不均匀。迎面一张电脑复制的凡高《向日葵》,颜色夸张,它和屋子里所有的东西一样了无生气。田进门以后,就把《订正六书通》放在书架上,梅洛水发现,他的书架也是老式的藤书架,放的位置与她家一样。

　　这当然说明问题。

　　然后,田从里屋拿来水果盘,把香蕉放进盘子里。又找来一只蓝瓷花瓶,把那把粉红的康乃馨插进去。这些东西他都放到梅洛水的面前,仿佛她是个神一样。

　　两个人坐在桌子两边,现在已经安静下来了,需要说些什么话。梅洛水又发现了一个问题,两个人坐的样子就像今天下午何应龙和她那样,这是不是又预示着某种危险?

　　梅洛水一紧张,田马上就感觉到了。

　　"我们就这样说说话。你不是妓女,我也不是嫖客。"他安慰女人。

　　梅洛水轻轻地笑了一声,她马上从自己的笑声里感觉到与年龄不相称的轻佻,一瞬间沉没在羞愧里。

　　田受了她笑声的鼓舞,剥开一只香蕉,送到梅洛水的嘴边。梅洛水接过香蕉,一时不知道是不是应该吃它,把它放回了桌子。她看看田,田的脸上出现了诚惶诚恐的神色,她突然兴奋起来。从两天前开始,她不断被人轻蔑,不断地失望,活人或者鬼魂,无一例外地压迫她,她的存在只是印证着别人的存在。现在的情形就不同了，一个男人需要她去印证他的存在。

梅洛水自信心大增，她大大咧咧地从田的手里拿过香蕉就吃。一边吃一边说："活着真累啊！"她说的是真心话。人一轻松就会说真心话。

田说："我不觉得累，我觉得活得窝囊。我是个窝囊废，当年我做厂里的宣传队队长时，带着文艺队进京去汇演过，还得过无数的演出奖。我等一会儿把奖状拿给你看，让你看看我那时候的成绩……改革开放后我被新厂长像狗一样踢出厂门，我还以为像我这种人国家会优待我。"

梅洛水想，果然不出所料，田也是个落魄人。她把香蕉干净利落地吃完，十分做作地用袖口擦擦嘴巴。田心驰神往地看着她。梅洛水大大咧咧地说："当年我也参加过系统里的合唱团，不过没你那么荣耀。"

田说："我的书法在市级比赛中得过一等奖。"

梅洛水说："我在省里的珠算比赛中得过二等奖。"

田说："我的历史干干净净，没有一点污点。"

梅洛水说："我也是。我信佛，别人看不起的人我都善待他，我连蚂蚁都不轻易踩死它。"

他们的眼光碰到一起，很平静，没有破绽。

田说："我放点音乐给你听好不好？"

梅洛水说："你快去放。"

田放的是一盘老磁带，革命歌曲，熟悉的旋律回响于幽暗陈旧的屋子，提醒他们曾经有过的共同的岁月。

田说："这样坐着说话真好。我喜欢这样，不搞男女关系，说说话，就像我和我老婆一样。我老婆死了两年了，我总是做梦梦见她，她总是埋怨我对她不好，什么时候她不埋怨我了，我就是天下最幸福的人。"

梅洛水心里一动。

田突然站起来，把东边的窗户打开，看看隔壁的窗户那儿。那里传出一阵阵喧闹声，是几个年轻人一边打牌一边吵架。田重重地把窗户关上，骂道："一帮废物！"他回过头来问梅洛水："我说到哪儿了？"梅洛水回答他："说到你老婆。"

田回过来又坐到桌子边上，他很烦躁，心神不宁。

"我老婆是个好人，把她的一切都贡献给了家庭。我们两个人没有孩子，也没有钱，但是生活得很快乐，很充实。我拉风琴她唱歌，我写字她研墨。她后来生病，生的是乳癌，病得很辛苦。我这辈子不打算再娶女人。我心里一直有她，别的女人不能占据我的心……说说你吧。"

田给梅洛水的茶杯里续了一些水，梅洛水端起茶杯呷了一口，说："说什么呢？有很多值得说的事。我的家庭也不错的，儿子孝顺，老公人好，对我也好。我们没啥钱，但是我们过得和和美美的……"

田打断她的话："当然，这些我都猜得到。你说些别的。"梅洛水说："别的什么？"

"心里的，真正的东西。"

梅洛水想了一想，说："好吧，我给你说说我妈。我妈是个贤惠的女人，我们家里穷，但是她就是能把日子过得富有情调。譬如说，家里的枇杷熟了，她把枇杷系上红丝线，放在小竹篮子里，分给巷子里的小孩。她还收藏冬天的雪，封存到小缸里，埋在地下，到夏天的时候兑茶喝。"

田大为惊叹，他说这种女人是每个男人梦寐以求的。

梅洛水说："我从小就想当我妈那样的女人，我以她为榜样。你看，我右边嘴角上这颗痣跟她长得一模一样。"

田定睛看着她脸上的痣，说实话，他觉得这颗痣长得很丑陋，它中间还有两道咖啡色的凹陷，横着一下，竖着一下。但是梅洛水脸上真诚的样子打动了田，使他忍不住想摸摸她的脸。

他伸出手去，半途中及时改变了主意，只是握住了她的手。她的手偏大，偏瘦，带着不曾觉醒生涩，但现在它是听话而温暖的。他把她的手放到自己的胸口，片刻放下。不知道为什么他觉得疲惫，他闭上眼睛觉得屋子慢慢地在旋转，于是他顺水推舟地说："让我们闭上眼睛，做一个美梦。想想我们要什么。"

梅洛水看了他一眼，顺从地闭上了眼睛。她看着自己的内心，想，梅洛水啊梅洛水，你梦想什么？你最想要的是什么？你对自己说实话。

她感觉到田的手放在她的额头上，这个男人的手不带丝毫情欲，令她安心，也令她吃惊。田问她："你想要什么？"梅洛水反问："你想要什么？"田迟疑地说："我，我要我的理想。"梅洛水睁开眼睛说："我也是，我也有过理想。"

他们突然不再说话，谈到理想这个话题，有些窘迫。

田打破了僵局。他坐直了身体，故意用一种做作的拖长了尾音的语调说："革命的时候，革掉了我家的中华丝织厂和中华绸庄。如果不是革命，我爷爷正想把华丽电影院吃下来，那时候我的父亲也正要留洋去。大革命冲毁了这一切，我家的房子和土地都分给了穷人……再到改革，我连工作都保不住了。幸亏我爷爷当年是个有钱人，所以我不怕见街头上那些名牌小汽车。对付生活的压力，我有一手绝招，我会定时让自己做梦梦见我爷爷，让我爷爷对我说，孙子，咱家什么都有过，让人家见见钱是什么东西吧……"

梅洛水抿了嘴一笑。

田问她："钱是什么东西？"

梅洛水摇头。她从来不想这么复杂的问题，钱就是钱。钱是好东西，拿赵兰花的话来说，钱就是物，比物更好的物。

田说："我也不知道钱到底是什么东西，但我知道，它会制造许许多多的梦想。我们所有的梦想其实都围绕着它。"

他说话的时候，灯光不知道为什么暗了一下，他的脸色在暗下去的刹那变得阴森森的。梅洛水马上不笑了。她感到田内心里的某一样东西正在悄悄逼近她。

她小心地把话引开，说："我妈妈就在中华丝织厂干了一辈子，做三班倒，做得一身的毛病。她后来精神不太好，说总是看见大河，家里没有地，全是河……她现在呆在精神病院。"

田斜着脑袋看着天花板，对她的话置若罔闻。他的额头从侧面看就像猿人，斜而扁平。

墙西边传来打麻将的声音，哗啦哗啦的洗牌声非常气派。田站起来，冲着西墙挥挥拳头。然后他气咻咻地坐下，发表议论："咱中国人就是一群猪——大大小小挤在一起的猪。"过了一会儿，他又站起来，愤愤地说，"你听，那小孩又哭起来了。他为什么总是哭？"他心烦意乱地刚坐下，马上就蹦起来，好像屁股上戳到了钉子。他打开东边的窗子，对着那帮打牌的年轻人嚷嚷，"你们有完没完？还让人有没有安宁？告诉你们，你们的大脑全部进了水，不信到医院里拍个片子看看。"那帮年轻人一听这话，扔掉牌，一起朝田叫喊起来。田猛地关上窗子。那帮年轻人隔着玻璃叫喊着，就像一群张大嘴的青蛙。

梅洛水慌忙站起来说："我打扰你了。我该回家了。"

田张开双手把她拦下，"不，你不要走，不关你的事。我心里很烦，你坐下来听我说说话。其实我刚才没有想到什么理想之类的玩意，我刚才想，要有一种隐身衣，穿着它去偷银行就好了。"

梅洛水不禁"哈哈"大笑。她想起自己很久没有这样开怀地大笑了，这全是田先生所赐。她一边笑一边说："我承认我刚才也没有想什么理想之类的东西。我刚才在想，我要是当初能嫁给何应龙就好了。"

他们再次彬彬有礼地坐下。田拉上窗帘，点了一支香烟，他的脸在缭绕烟雾里纹丝不动。

沉默片刻，他们开始了真正的交谈。

何应龙是谁？

是信访局局长，我初中的同学，我们那时候住一条巷子。他的爷爷是山东人，参加了革命，做了一个地方上的小官，把老家的一大堆孩子都弄到城里来工作。何应龙家里有一个大院子，还养着一条大狗。

你们那时候就往来？

不，没有往来，连话都不说的。

那你们现在往来了？

是。今天下午，他到我家……

干什么？

昨天下午，我们静坐示威。晚上钱彩虹在河里自杀了。他是来调查这事的。

我觉得你们之间有事。

没事。

你不错，你还有点迷人。姓何的有点眼光。你肯定还有一些什么事，我一见到你，就知道你这个女人会有许多事。

钱彩虹死得很可怜，我知道她是可怜的。但是何应龙拿来一张证明，证明她早就有自杀的思想。他要我签字。

你当然签了，你肯定高高兴兴地签了。你签得对，你要为自己的利益打算。换了我，也签。

但是我有一件苦恼的事，钱彩虹死了以后，魂灵一直跟着我。

你对她做了什么坏事？

没有。我从小就怕她。

我老婆死了以后,有一阵子也跟着我。我朝她扔了一只酒瓶子,叫她滚远一点,找别人去。她怕我,再也不敢出来了。

钱彩虹不会怕我的。

我怕你。你看出来没有?

从走进门开始,梅洛水就知道会过得很轻松,这个男人对她入了迷,心甘情愿地受她指使,看着她的眼色行事。并且,她认为他不求回报。当然,如果她想回报他,那就是另一回事了。

她又想吃香蕉了,今天晚餐时因为何应龙的事,她食不下咽。现在她食欲大发。她刚看了一眼香蕉,田就伸出手去拿了递给她。她在田的目光注视之下,毫无障碍地吃掉了第二根香蕉。吃完之后,她吮吮手指。她看见田的喉结引人注目地上下一动,田的喉结很大,非常突出,当它上下一滚动的时候,田的脸显得特别滑稽,也特别脆弱。刚才在棋牌室里,他唱着歌,意气风发。他现在终于暴露了真相,寒酸、猥琐、不堪一击。梅洛水还注意到他的头顶上有一块秃疤,用周围的头发盖住。经过刚才的一番折腾,秃疤露了出来,油亮,泛着红光。就是说,他已衰老,他对女人的殷勤隐藏着一些难以言说的内容。他在梅洛水面前主动缴了械,让这个看上去十分温顺的女人对他行使权力。

他心甘情愿。

梅洛水看到田的秃疤,心里多少有点看轻他。她生活得再困难,还是小心对待自己的肉体,不让它表现出生活的痕迹,让它体现出积极向上的一面。

她不加掩饰地说:"你头顶上的疤大概治不好了。"

田一愣,半晌才说:"你说这个很奇怪。你不像这样说这种话的人。"他定睛看着梅洛水,脸上微微笑了。他历经生活中的不公平,在关键时候总会显现出小人物的尖锐的自尊。梅洛水忽略了他的微笑，她一向害怕钱彩虹的笑容，还不曾害怕过别人的笑容。

田微笑过后，就去拿了一顶鸭舌帽戴在头上。他就这样戴着帽子坐在梅洛水的前面，一本正经。

他轻轻地说："我觉得我们应该继续喝茶，不要再说话了。或者你是不是考虑考虑，愿意跟我亲热一下？"

梅洛水并不害怕她，她已经知道自己对他具有某种权力，一旦权力形成，他就无法逾权。她严厉地看着他，就像看自己犯了错误的孩子。

田喃喃："那好，我不说话了。你说吧。你除了和姓何的搅不清楚，签了那个字，还干了什么坏事？"

梅洛水低下头，眼睛里突然涌上泪水。她实际上已接近崩溃的边缘，她已无法承担真相，除了说出向一个人坦言，没有第二条拯救之路。她说出了一切。

"钱彩虹死前，我和她吵架了。这两天她总是来纠缠我。她喜欢看见我害怕。老黄牛去打灰女人的主意，反咬一口，说是替我报仇……"她抬头看看田，田说："我听懂了。"

梅洛水双手捂住脸，"我丈夫离家出走，不知道到哪儿去了？他凭什么说走就走？"

田说："很简单，你们的家庭生活过得不好。"

梅洛水沉默。

田点着头沉吟："喔，这么说，你真是个不简单的女人。丈夫出走，你就和别人睡觉。还有这么多乱七八糟的事……不过你不要难过，我的生活比你的更糟。首先，我没有了理想，承认自己这一辈子就是一个出不了头的小老百姓……"

田站起来，打开阳台门，对着楼下喊道："喂，你家的狗中了邪了？这么晚了，能不能让它别叫？"楼前面是一片平房区，里面有一条狗直哼哼。田的话音刚落，平房里就走出一个高个子的男人，朝大楼梗着脖子说："这条狗不听话，你让我有什么办法？"田气势汹汹地回答："朋友，你不会讲话，要不要我下楼教教你？"高个子男人说："你来！"田脱掉脚上的两只拖鞋，一前一后地朝男人头上砸去，全部命中目标。

梅洛水坐在屋子里静静地听外面的吵架，她已经知道田的怒火不是针对她的，所以她没有必要马上离开。她很安心，田今天夜里大为失态，只是说明一件事：他在乎她，并且愿意臣服。

一会儿，田赤着脚从阳台那边走进来，一副胜利者的模样。他得意洋洋地说："和我斗的人还没有出世呢。和我斗？……"

显而易见，他还从来没有在一个女人面前这么表现过，他兴奋地坐下来，嚷着说不想喝茶，他要喝酒。他果真去拿了一瓶白酒，给自己满满倒了一茶杯。他深深喝了一口，脸色马上转红。他看上去愉快多了，他打了一个胜仗，又有酒喝，他可以暂时不去想那些令人恼怒的事。

不幸的是，就在这时候，他和梅洛水的头顶上响起了一种声音，一种异样的声音。捶击和颠簸，喘息夹着笑声，无疑是快乐的，又是十分放肆的。它混淆视听，动摇人心，它把田刚刚建立起来的愉快摧毁了。

他到卫生间去取了一支长拖把，用拖把在天花板上响起声音的地方捣了十几下，那儿马上安静了。原来，楼上住着一对年轻夫妇，他们刚结婚，正是精力充足的时候。这对夫妇都长着娃娃脸，个子矮小。男人的脸上没有胡须，女人的胸部干瘪瘪的发育不良。他们经常换着手到菜场去买菜，买回一小把青菜或几根胡萝卜。他们就像两只兔子一样，温顺，与世无争。但是他们热衷于室内运动，天大的事都不能妨碍他们搞室内运动。所以，他们安静片刻，马上又换了一个地方，这样就出现了一幅可笑的情景：他们不停地换地方做爱，楼下的田举着拖把满世界捣来捣去。

后来，田扔掉拖把，弯着腰，两只手捂着肚子。在女人面前，他极力压抑着气喘。突然之间，一切都安静了，楼上没有了声音，狗儿不叫了，隔壁也没有打麻将打扑克牌的声音。总之，这个夜一下子空空荡荡，只剩下他和梅洛水。

田坐下来，抽着烟的手在颤抖。他对自己不满意，第一他竟然光着脚丫；第二他还戴着一顶帽子；第三他在家里喝酒的时候光着脚丫戴着帽子。这一切全是因为这个女人的缘故，他爱这个女人，想在她面前表现自己，想跟她睡觉，但是这个女人却左右他的行为，支配着他的思想。他一辈子被人支配，从来不是心甘情愿的，现在的情况有些不同。他愿意无保留地向她坦白一切。

幸福的坦白。

他一口气喝光茶杯里的酒，整个人红红的，说："你刚才说了你犯的错误，我还没说我的。我要向你坦白。"

他们互相注视，眼睛发亮。事情行进到这时候，渐渐进入一个真实的境地，令人鼓舞，快看见各自生活的真相了。就像歌曲里唱的那样：

胜利在向你招手
曙光在前头

这是一个奇妙的时刻，两个萍水相逢的人，坐在这里，说着不折不扣的真话。

田眼睛看着梅洛水，安详地坦白："我和老婆其实关系很糟，我俩生过一个儿子，两个人都不想要他，就把儿子送给别人了，换了两百斤粮票。我们以为两个人过日子总比一个人好，但是错了，你永远也不知道生活中有多少失望在等着你。我们老吵架，她把开水朝我身上泼，我把铁锅朝她头上砸。有一次，我叫她，我想写字作画，你给我磨一台墨水过来。我听得她在里面叫，哎，来了。冷不防一只大砚台飞到额头上，缝了十几针。她后来总是生病，我知道她不想活，所以我也不管她。有一次我三天没回家，到家一看，她已死了……她死了我很高兴。"

梅洛水提起自己的包，说："天晚了，我要回去了。"

田说话的兴致突然被打断，怅怅地，略有一点恼怒。梅洛水走到门口，准备开门的时候，他回过神来，不甘心地挽留道："你再坐一会儿，就这么走，让人心里多不舒坦？"

梅洛水伸出一只长长的手指，指着田的脸，一副泼辣的样子，"舒坦？你舒坦了，我心里不舒坦，你看你做了些什么事？"

田说："我很丑陋，但是请你坐下来再听我说说。"

梅洛水说："说什么？听你说你的生活其实还是不错的，夫妻两人相敬如宾。"

田不甘心地说："那你不是也这样？"

梅洛水把门打开，田在她的后面伸出手推上门。梅洛水愤愤地甩开他的手，刚把门打开一条缝，又被田强行关上了。梅洛水着急地说："我要叫了，我要叫了。"田说："你叫吧，这里的人不管别人家的事。不信你试试。"梅洛水问："你想干什么？"田说："我想跟你睡觉，但是你不肯。我现在想让你坐下来，不要就这样走开。"

梅洛水无奈地走回去，仍旧坐到原来的地方。她看见香蕉时一阵作呕，差点吐出来。

田站在她面前，他两只手垂直放在身体两边，双腿还在微微颤抖，可怜的神情让她想起一只猫或者一条狗什么的。她正想不耐烦地说几句什么话，突然间，在她没有丝毫精神准备的情况下，田的两手攥紧了，笑容可掬地对梅洛水说：

"你的做派像个资产阶级，可惜你不是。"

他把拳头放到脸前轻轻地挥舞：

"你凭什么像个资产阶级一样对待我？你那张脸就像我的东家似的，其实你跟我一样，住的是贫民窟，吃的是咸菜萝卜干，没什么高兴的事。"

他退后一步，好像怕梅洛水扔过来什么东西。他继续笑容满面地发表言论：

"你一来，我们就在背后议论你说，你是个假模假式的女人，我们还给你起了一个绰号，叫盆子。你的乳房像一只盆子，我一看你的乳房，就知道你是个什么货色。你是个虚荣的女人！"

田的嘴里喷着酒气，流里流气地说着话。酒给他壮了胆，他一瞬间就把梅洛水压了下去。梅洛水的眼泪掉下来了，这是个失败的夜晚，她觉得自己好像从来没有享受过人生。如果有的话，就是在半梦半醒时，在似真似幻中。

现实中的人生变幻莫测，就像今天晚上一样。

田得寸进尺，拎起一只凳子举过头顶，作势要朝梅洛水扔过去。梅洛水不敢抵抗，乖乖地拿了包，打开门，跌跌撞撞地跑出去。她听见田吹起了口哨，他的口哨声从洞开的门里传遍全楼，他吹得高亢激越，仿佛他的人生从此就走向了一个高度。

他吹的是《义勇军进行曲》。

他站在后窗前一边吹一边欣赏梅洛水踉跄的走姿，一曲吹完，他看不见梅洛水了。他张着嘴，久久地愣在后窗前。今天晚上，他意识到他的生活是非常可怜的，比这个狼狈逃走的女人还可怜。他对他的生活毫无办法，他唯一能支配的是自己的梦境。他现在得赶紧躺下来睡觉，进入他早就设计好的从不变化的梦里，享受他爷爷带给他的物质满足——不，同时也是精神满足。

他颤抖着手做着进入既定梦境前的准备：在手心上写上"爷爷"两个字，把闹钟的分针和秒针都拨到八上……

梦想不需要实现，就成了现实。

今天晚上，梅洛水意识到她的生活是可笑的，刚才还有一个男人俯首贴耳地愿意当奴隶，转眼间这个男人就成了暴君。她的心情反而平静下来了，她不再想入非非，丈夫说得对，她这样的女人，就应该像一个真正的街巷里的女人。换句话说，应该知道自己是个什么东西。

她走在大街上，看见前面的小巷子里出来一个女人，好像是王小素。看来这片地域是盒饭鸡王小素活动的地方。王小素慢慢地走，梅洛水就慢慢地跟在后面。王小素牵着她走街过巷，一会儿就来到一个咖啡馆里。王小素鬼魅一样溜进去以后就不见了，梅洛水找了又找，没有找到王小素。很奇怪的一件事，她怀疑自己看花了眼。她站下来定神一看，在咖啡馆异样的灯光下，每个女人看上去都像王小素。

她转身走出来，到了大街上，被那明晃晃的街灯一照，双腿就像踩到了棉花上，整个人蓦然虚脱，跌坐在街沿上，她听见耳边传来一声悠长的呼唤，有人叫着她的名字。她抬起沉重的头，一眼就看见了钱彩虹。钱彩虹女神一般站在她面前，向她伸出双手，满面怜悯之色。钱彩虹还在戏弄她。她闭上眼睛，从此以后她要拒绝钱彩虹。她不想像母亲一样到精神病院去，有一个坚强的理由：她比母亲迷恋生活。

她闭上眼睛的一刹那，像虚脱一样进入了梦境。她化身成了灰女人，正从高高的门里走出来……

恍惚中她又听见一声呼唤，她疲惫地睁大眼睛，这次她看清了，喊她名字的不是什么钱彩虹，而是何应龙。他站在她面前。

今天是何应龙特别的日子，他在今天下午一点半左右，与一个其实很陌生的女人纠缠了一回。他十分明确地觉得，他某一部分生活被这件事毁坏了。问题是，他无法知道自己内心真实的感受，高兴还是难受。

　　他上班以后就开始处理钱彩虹的事。他的眼前总是晃动着钱彩虹神情不安的脸，他记得她少年时的样子是不安的，拘谨的，可怜巴巴的。与梅洛水正好相反，梅洛水那时候与现在一样，冷静，古板，具有异于常人的尊严，天知道她是从什么地方学来这一手的。何应龙打了一个电话，很快地，钱彩虹的丈夫就跟着办事员来了。他弱不禁风，伛偻着背坐在何应龙面前。他微微朝前一动，何应龙就朝后挺直了身体，避开来自于这个男人的不洁气味。

　　钱彩虹的丈夫态度强硬，他说，一条人命，怎么说也要一百万。政府害死了人，一样要赔款。

　　何应龙就把有许多人签名的纸条给他看。他仔细地看纸上面的签字，一脸的张皇害怕。钱彩虹死了，他没了主心骨，根本不知道怎样和别人打交道。他认真地看完纸条，态度马上软下来，说确实如此，钱彩虹平时就有自杀倾向，嚷嚷着不想活了什么的，还说恨不得丈夫也死，婆婆公公都死……

　　他低下头，哭起来。当几位领导商讨怎样最大限度地给予钱彩虹的家属物质上的补助时，他悄悄地挪到角落里，一个劲地啃咬手指甲，一边在心里把纸条上的签名想一遍。他恨这些签名的人。当他再一次把那些名字想一遍的时候,他发现自己最恨梅洛水。他认识她，以他男人的目光来看，这种软绵绵的做作的女人最应该被男人强奸，她居然也敢签名。他从嘴里拿出指甲，喷出一堆咒骂的语言。他从梅洛水的祖宗骂起，一直骂到她将来的孙子辈。骂完以后，他嘴唇发紫，急速地喘着粗气。何应龙担心地问了他一句：

　　"你怎么样? 要不要到医务室去看看? "

　　他一脸幸福之色，说：

　　"谢谢，谢谢。我现在好多了。"

他补充道:

"发泄一下就好了。"

何应龙嫌恶地看着他。毫无疑问,他是社会中最无用的人,食物链中的最后一环。革命或者改革中的物质再分配不会降临到这一类人的头上。他死了妻子,谢天谢地,终于得到一次分配物质的机会。

何应龙处理完这件事,已是下班的时候。下了班以后他就在办公室里加班做事,到夜里十点钟,他踱到窗前,整个机关静悄悄的,头顶上,云端里,一个浅黄色的月亮也是静悄悄的。他开了车来到大街上,独自到茶楼里去喝了一杯菊花茶,吃了几样点心,看看已经是不得不回去的时候,才懒洋洋地从茶馆里出来。

就在这时他看见了梅洛水,一个让他感觉不好的女人,但是他又能控制的女人。现在,隐隐的,他又有了控制这个女人的欲望。说不上为什么,也许他真的爱这个少年时代的街坊,她与他少年时代中发生的某些重要事件有关。

梅洛水坐着没有动,她根本不想站起来,她不爱这个人。她刚才坐着的时候,一瞬间睡着了,好像灵魂出窍的样子,与她以前的半梦半醒不同,这一次她是在没有心理准备的情况下进入梦境的。她发现自己变成了灰女人,穿着灰色的精美的服装,轻盈地从高高的门楼中走出来,朝巷口走去。阳光体贴地温暖她,巷子里鲜花盛开。一切都是光洁明亮的,没有丝毫龌龊。她惬意地想:生活真美!没有人知道我的过去。我没有过去。

她走到巷口,洗头房的赵兰花推开玻璃门走出来,对她说:"梅阿姨,我明天就要走了。我赚了一大笔钱,我要回去结婚了。"

她听到这句话,忽然泪流满面。

就在这时候,她被何应龙唤醒了,她的脸上都是梦中带过来的眼泪。

赵兰花要结婚了？她相信赵兰花总有一天会高高兴兴地回家乡结婚，赵兰花多么坚定！

何应龙摇下车窗，居高临下地看着梅洛水。梅洛水捂着脸，松松垮垮地坐在街沿上，一副自寻短见的模样。他想了一想，从车上走下来，上前关切地俯身问梅洛水："你没事吧？怎么这么晚了还在大街上。"

梅洛水冷冷地说：

"我迷路了。"

何应龙心里冷笑了一声。可不是，这是个找不着自己的女人，她在任何时候都不能确定自己，就像钱彩虹的丈夫一样。"我带你回家去。"他说。

"我不想回去。"梅洛水说。

这句话是真的。

何应龙沉吟片刻，决定把她带到路边的咖啡馆里去，没有别的原因，他能支配这个女人，因而对她负有责任。他们在咖啡馆里找了一个靠窗的位置坐下，从这里可以看到刚才梅洛水坐在地上的位置。

何应龙给自己点了一支烟，他无意中朝梅洛水的脸上喷了一大口烟。梅洛水竟然无动于衷。他高兴起来，从烟盒里抽出一支烟扔给她，殷勤地给她点上火。他发现女人好像忘记了下午的那件事，这样他就有兴趣和她多说些话了。

咖啡馆里寂静得令人不安。太寂静的时候大多是会产生极端情绪的。

梅洛水说："请你把那张纸条撕掉！"

何应龙听了她的话，差点笑出来。她根本不能预见到签字条已经起了作用。她是迟钝的，她的世界流动得很缓慢。

　　何应龙记得签字条是放在包里的，他的漂亮的公文包就在桌子上，在他和梅洛水之间。

　　他伸手去拿包的时候，突然犹豫起来，问："你说说理由。"他真的愿意为她就此毁掉这张纸，以此照见他对她的诚意。他犹豫的理由是，他发现这个软弱的女人强硬起来了，她刚才说什么来？"请你把那张纸条撕掉！"当然他可以马上把纸条撕毁，但不是在这种情形之下。她说这句话的时候昂着头，一脸凛然，像一个有钱有势的人那样底气十足。她凭什么这样？她是个什么人自己应该知道。换句话说，她就是不知道自己是一个什么样的人，也应该知道在这时候表达这种情绪是可笑的。

　　他加重口气重复了一遍："你说说理由。"

　　梅洛水以从来没有过的坚强说道：

　　"没有理由！"

消失在布达拉宫的一头鹰

　　蒋百年是我们村子里最令人敬畏的人物之一，这是铁板钉钉的事。我们村子四周都是山，东南面的山后，还有一方很大的蓝色湖泊。村子里的老百姓性情温和，老老实实种着自己的地，家里有船的人家闲时也到湖里去打鱼，日子过得风调雨顺而平缓单调，昨天和今天一个样，明天还是这个样。感觉到在这儿过上一百年，就像过了一天差不多似的。但是这并不是说村子里的人全都甘于默默无闻的，这里也出现过令人敬畏的人物。

　　比方说，一百多年前从村子里走出的那个冷脸翰林，据说他在皇帝面前也是冷然应对的。还有那个赫赫有名的杀人不眨眼的湖盗，他先是和日本人打仗，后与解放军打仗⋯⋯他是一条好汉，可惜了。蒋百年身形矮小，木讷寡言，既不是读书人，性情也不凶悍，他与邻村一个绰号叫老黄牛的司机合伙开着一辆中巴车，轮到他休息的时候，他就在院子里给花圃浇浇水，拔拔草，脸上挂着温和知足的微笑。

　　村子的东面有一座长满竹子的满山，满山上有一座明朝建造的寺庙，一年四季受着山下百姓的香火。到了"文革"时期，有一次，城里的"红卫兵"联络了村里的"红卫兵"，浩浩荡荡，手里拿着五花八门的器械，像土枪，皮鞭什么的，居然还夹杂着几杆红缨枪，就像当年闹革命一样，呐喊着冲上山，指望转眼间就收拾掉这座庙，没料到蒋百年腰里绑着土炸药，守在进庙的路口，脸上比他们大义凛然呢。从下午对峙到第二天凌晨三点钟，"红卫兵"们撤走，总算人和寺都安然无恙。脸上总是挂着温和笑容的蒋百年成了英雄，他守卫在进庙路口的形象据说威风凛凛地活像一头老鹰，他从此也被人叫出一个"蒋老鹰"的外号。传说村里最年长的蒋八公放下架子，当天夜里赶到蒋家，掀起自己的棉袄用肚皮给蒋百年捂冻僵的脚。

后来，村子里的婆娘们就告诉自己的丈夫，蒋百年为啥要那么拼命地护寺呢？原来他的老婆私底下是一位笃诚的佛教徒，他要讨他老婆的欢心呢。

尽管风传这样的冷言冷语，此事过后，蒋百年腰缠炸药包的形象还是被人记住了，他与翰林、湖盗一起，成了一位令人敬畏的人物。

蒋百年的老婆葛宝珍笃信阿弥陀佛，每个月的初一和月半吃素斋，逢菩萨的生日也吃素斋。她是个做事大大咧咧的女人，吃素斋的时候，偶而也会尝一小口葱油饼什么的，吃得嘴巴"啧啧"响。葱油饼当然好吃，粉里拌了鸡蛋和切得绝细的香葱，放在热猪油里炸成两面金黄色，黄昏的时候坐在院子里吃这个，满桌子上就它最是鲜艳夺目，它是餐桌上开放的花，又大又香，简直压过院子里开放的香水玫瑰。

这天是月半，照例的上山烧香叩头的日子。一大早，村里的几个女人就来到蒋家叫葛宝珍，葛宝珍让她们坐在院子里，自己楼上楼下地跑，屋前屋后地转。几个人等了片刻，不耐烦起来，一个叫马淑琴的中年女人喊道："葛宝珍，你再不走，我们就走啦。让你一个人孤零零地上山吧！"

葛宝珍马上出现在她们的面前，应着："来了来了！"

——走到外面，她小声说："我亲家两口儿昨天傍晚来的，要住两天才走。我五点钟就起来给他们煮粥，摊饼——这两天我可是有事情做了。"

她说完嘴巴美滋滋地吧嗒了一声。马淑琴把脸凑过去仔细看看她，问道："葛宝珍，你的嘴巴上怎么回事？油光光的，你又偷吃什么东西了吧？"葛宝珍用手擦擦嘴，睁大眼睛，摆出一副抵赖的样子："什么？我偷吃东西了？我偷吃什么了？你再胡说八道，等会儿在菩萨面前打你的屁股。"

她们上了满山，来到寺庙里。天还没怎么亮，庙里黑乎乎的。除了她们几个，还有别的村里的妇女也在烧香或轻声唱经。葛宝珍走进庙里的时候，一个跪在菩萨面前的老女人嘀咕了一声："谁吃了荤啊？"这老女人形容干枯，瘦得像一把骨头，头发却整整齐齐地挽在脑后。葛宝珍偏过头去一看，认得是浦村的戚寡妇。这戚寡妇是个没人敢惹的主，她打一斤酱油，非要人家给一斤二两不可。她说人家短秤。不补给她二两的话，她就朝地上一躺，说出她的经典名言："我是个寡妇！我要什么没什么。你们样样齐全，当然要欺负我这个苦命人。可怜可怜我这个苦命人吧！我在菩萨面前给你们烧高香了。"

葛宝珍见到是她，肩膀一耸，暗地里一笑，马淑琴看到她的笑容，嘲讽地在她的胳膊上揪了一下。

葛宝珍上了香和供品，跪下来。她与戚寡妇隔着七、八个人，但是戚寡妇还是从空气里嗅到了一些什么。不，确切地说，是感觉到了什么。戚寡妇直起上半身，张开她那薄削的鼻孔，脑袋慢吞吞地四下转一圈，厉声问："谁吃了荤啊？"她的声音嘶哑悠长，在黑暗岑静的屋子里显得十分凄凉。一时间，她成了众人瞩目的中心，她得意起来，晃晃身体，语调平和地重申："有人吃了荤了。"

大家都不去看她，该烧香的烧香，该诵歌的诵歌。戚寡妇在众人的脸上扫了一眼，心里开始打退堂鼓。这件事眼看着再过几秒钟就没人理会了，突然事情起了变化，佛堂里走进一个和尚，傲慢地问："我听见谁在今天吃了荤了？"

女人们看到他，不安地交头接耳，就像一阵风刮过池塘，又像一阵风刮起了一堆干草。这和尚大家自然是认得的，一个小庙，大家常来常往，每个和尚从什么地方来，什么脾性，大家都是清楚的。一般来说，寺里的和尚都是安静详和的人，走进来的这个和尚叫智修，恰恰不是个安静详和的人物。有人说他极聪明能干，精通周易八卦。但他脾气暴躁，为人自大。原先是城里一座大寺里的和尚，因为老是和师兄弟们拌嘴，还经常对香客胡乱预言命运，香客告了状，被住持赶到这里来修炼。

他走进屋来，站在那里像一座铁塔一样。屋里很暗，但是葛宝珍看见了智修脸颊上没刮干净的两道络腮胡子，它们呈现出让人害怕的青黝黝的光。他问完话，一个一个地挨着审视，他看到葛宝珍时，葛宝珍忽地在人群里举起手，诚实地招认："是我，是我尝了一口葱油饼。"

谁也不知道这时候的葛宝珍是怎么想的，促使她举手认账的动机是什么。事情发生得太快，也许她自己都不太清楚到底想了些什么。有一点肯定的是，她的诚实表白让众多的女人松了一口气，当然戚寡妇除外。大家都想，凭着葛宝珍的身份，只要她认下帐，这事情就轻松地过去了。

智修好像没听清楚，瞪大了眼睛凶狠地直视葛宝珍，问："你吃了什么？"葛宝珍在大庭广众被这和尚逼问，不由得又是羞愧又是后悔。事到如今，无可奈何地回答："我尝了一口葱油饼。"智修想了一想又问："是不是猪油煎的？"这次葛宝珍闭紧嘴巴了。智修看了一眼葛宝珍，低下头，嘴里开始嘀嘀咕咕的，像是在祈祷，又像在咒骂。马淑琴挤上来劝解道："大师傅，你饶了她吧。她平时做了很多好事呢。她的当家人，你也许听说过，叫蒋百年……蒋老鹰的，'文革'时候护过这座庙的……"智修嘴巴里停止嘀咕，手一摆打断女人的唠叨，朝葛宝珍脸上一指："你冒犯菩萨，马上就有大祸降到你头上了！"葛宝珍终于忍不住了，喊道："我要见方丈。方丈不像你这样的。"智修说："方丈今天生病了，在床上躺着起不来了。你快快回去吧，把你嘴里的腥味刷干净。"

葛宝珍默默地走了出去，脚步沉重，下山的路比来的时候长了好几倍。

她刚出去，智修就显能说："对那些存心亵渎佛祖的人，佛祖的惩罚最严厉了。你们瞧着，不出三天，她就会出车祸。我说话是极准的。"

邻村的一个老太太听不过去，说："阿弥陀佛！你还准呢？谁不知道你在城里胡乱给人算命，出了事才到我们这里来的。"

智修对老太太翻了一个白眼，这话说到了他的痛处，他不好说什么，转身走出来了。到了门外无人的地方，他歪着脑袋，两眼瞧着天上，愤愤不平地自言自语："哼，葱油饼！我有三十年没碰过它了，你倒是想吃就吃的……"呆乎乎地想了一想，猛然一跺脚，正想再次发点什么牢骚时，屋子后面转出一个和尚，对他说："智修，你又在乱思乱想什么，是不是又被师傅训了？"智修正想发作一下，那和尚也不理他，一阵风似地走了。

太阳升起很高了，山上吹着小风，被夜露打湿的路和树都干了。平常从庙里下来，是葛宝珍最快活的时候，谁不知道她的男人护过这座寺庙？谁不知道她的男人宝贝她？但是今天不同了，葛宝珍一步一拖，走到半山腰就再也走不动了，坐下来睁大着眼睛喘气，眼睛里空空的，什么也看不到心里去。

　　过了一会儿，同村的女人们从庙里赶过来了，于是她们一起坐在地上休息。很奇怪，天并不热，葛宝珍的身上却一个劲地出冷汗，额头上的汗珠密密地朝下流，擦也擦不完的样子。马淑琴怜惜地看着她说："葛宝珍，你想开点。自古以来吃荤的和尚都多的是，你没听说过'酒肉穿肠过，佛祖心中留'这句话？你不过是尝了一口葱油饼。智修是个恶和尚，你别听他胡说八道。上次他说人家刘三婆婆不敬菩萨，要遭天雷打。人家刘三婆婆听了哈哈一笑，理也不理他，到今天还活得好好的。"葛宝珍听到马淑琴拿刘三婆婆打比方，心里有些不悦，因为刘三婆婆无儿无女，一年四季有三个季节在外面捡垃圾或乞讨，她住的房子在湖边，两间破瓦房，又小又潮湿。这个乞丐婆逢人就说好话，点头哈腰，怎么和她能比呢？她是蒋百年的老婆，蒋百年在地方上是一个人物，这么多年来她帮着丈夫经营家业和声誉，里里外外一把手，她不是个等闲之辈，算得上是一个女中丈夫。

　　葛宝珍抹了一把汗，不说话，站起来先走了。

　　葛宝珍回去就睡觉。蒋百年带着亲家到镇上去了，中午就在那里吃了饭，一直到傍晚，两亲家才在路上搭上蒋百年的中巴车回村。葛宝珍在无人干扰的情况下从中午睡到傍晚。当蒋百年把她从绣着鸳鸯图形的枕头上摇醒时，她糊里糊涂地看一眼老伴温和的笑脸，又看一眼窗外浅黑的天色，喃喃地说："天还没亮呢，淑琴她们要到出太阳的时候才来叫我上山。"她一刹那把今天上午发生过的事忘了，以为一切还可以重来一遍的。

　　她坐起来，把丈夫支出去，想起智修的预言，郁闷地淌了几滴眼泪，然后爬起来给一家人做了晚饭。两亲家嚷嚷着早晨的葱油饼好吃，她只得又做了几张葱油饼。看着大家争着吃饼，她一个人没滋没味地在旁边喝着米粥。

这情形被蒋百年看在眼里。

晚上睡觉时，蒋百年问她："你今天精神不大好，是不是上山去受了风寒？"葛宝珍闷着头在床上整理被子，淡淡说："没有。立秋了，我浑身乏力，每年立秋都是这个样子。"铺好被子，她自己先躺下来，脸朝着墙，摆出一副不愿搭理别人的样子。蒋百年在她身后坐了一会儿，看她没有回心转意的迹象，就干笑了一声，走出门到马淑琴家去。隔着没多远就听见她家里吵嚷得厉害，走近了，才知道她与两个双胞胎男孩吵成一团。她对孩子们嚷嚷说，当年她求菩萨，只要一个的，又没要两个，请他们中间的一个谁现在就回去吧。一个男孩眼泪汪汪地说："你让我们回到什么地方去？"淑琴大声说："从什么地方来的就到什么地方去，你们两个读书不用功，以后只能像刘三婆婆那么活。我要你们干什么？你们趁早走一个。"另一个男孩儿凶狠地说："我们要走就一起走，你休想留下一个当奴隶。"马淑琴的丈夫阿坤背对着他们看电视，"哈哈"狂笑起来，不知道是听了这句话觉得好笑，还是从电视里看到了什么好笑的东西。

蒋百年站在门口，轻轻咳了两声。还是阿坤听到了，拿了香烟走出来。蒋百年说："我不抽烟，戒了一年多就没上过嘴。"阿坤自己点燃了一支香烟吸着，隔着香烟不好意思地笑了一笑，说："家里这三个东西老是闹哄哄的。"蒋百年说："哪家不是这样的？就说我家里那口子，先是请了观音，后来又请了大肚菩萨、钟馗、八仙……说是避邪的。前几天又要我上城里给她带一张毛主席的像，说如今时兴家里挂毛主席的像，也是避邪的。我总是忘了这件事，今天想着你是做古董生意的，你手上兴许有。"阿坤殷勤地说："有，有。我手上有几张'文革'时候的毛像，朋友托我卖的。百年哥，我去拿一张你看看。"

片刻，蒋百年拿到毛像，看也不看，握在手里说："你忙吧。明天和你算钱。我走了。"他走到门口，回过头，好像无意中说道："你嫂子今天和淑琴她们上山，回来精神不太好。淑琴有没有告诉你什么？"

蒋百年很快就从阿坤那里得知妻子和智修的冲突了。阿坤说到预言那一节时，十分激动，结结巴巴，语无伦次，好像他亲身经历了一样，从中也可以想见当淑琴向他描述这件事时有多么激动。

现在我开始说蒋百年了。当蒋百年听见智修的预言时，他脑子实实地晕乎了一下。但他是个要强的男人，他不会让别人看见他内心的慌张，一丝一毫也不会。他马上笑起来，满不在乎地说："谁不知道智修这东西老是胡说八道？他的话也能信？"

事至此，他的思路和所有人一样，放到那个莫名其妙的预言上去了。大家都想：就算这个预言是荒唐可笑的，但是天有不测风云，万一说准了呢？这世道谁都靠不住，只有靠自己凡事小心在意。智修那东西虽说不近人情，但他肚子里是有学问的，他的预言并非全是错误的。比方说，村东头的德生老婆怀孕两个月的时候上山，他看见了就说："你怀的是男胎，不用上山许愿了。"村西头的方达海老婆因为母亲生了重病上山求菩萨保佑，他看了一眼方达海的老婆说："求也没用，过不了冬。"那天正好是立冬，方达海的丈母娘果然没有蹭过立冬这天。这些事村里人都知道，茶余饭后地，也常拿来说事。

屋子里淑琴和双胞胎不吵了，三个人六只大眼睛齐刷刷地望着他们。蒋百年被他们望得浑身不自在。他们不必用这样的眼光看他，他的身上不会发生任何悲惨的事。

他走时，阿坤追着他问："百年哥，要不要叫人去教训那和尚一顿？请他滚回城里去，少在我们这里惹是生非。"蒋百年说："教训他不管用的。"淑琴的丈夫眨巴着眼睛想不明白，为什么教训智修不管用？

蒋百年现在要走回家去。从淑琴家走到自己的家，需用大约十分钟时间，经过人居住的屋子和屋子边上的果园、花圃，再要经过一个大池塘。夜里的小路散发着鸡鸭的粪便味，新割的稻米味。桔子的清香是整个夜晚的大背景，晚饭花的味道特别悠长。秋露水下来了，露水没什么味道，但是你仔细想想，露水里就有淡淡的往事一样的味道。短短十分钟的路程，闭上眼睛都能摸回去的路，温暖可亲的路，蒋百年却走得风云变幻。

如何描述蒋百年此时的心理活动是一个问题，他此时的心理十分复杂，当他得知那个预言时，他马上觉得自己矮了一头。这种感觉不仅是心理上的，还给他带来了无比真实的现实感。就像他现在走在路上，时不时地看看自己，再看看头顶上的月亮，寻思着：是不是今天的月亮特别地高，人的个子才显得特别地矮小？他皱起眉头。他不喜欢现在的感受，这种感受让他痛苦。

刚才说过了，秋露水里有一股淡淡的往事一样的味道，这也是蒋百年的感受。想起了往事，他便觉得千言万语涌上心头。有些话是不能对别人说的，有些话只能对自己说。于是他在池塘边蹲下来，两只手抱住膝盖，这种姿势让他有了一种满足感和安全感。池塘里有一条鱼"啪"地跳了出来，又"啪"地落进水里，水波在月亮光里荡漾开来，伸展到岸边，岸上的虫子忽地齐声鸣叫起来。趁着这热闹的时候，蒋百年大声说："蒋老鹰，你别信邪！"

邪门的事还是发生了。这天夜里，蒋百年回去时对葛宝珍说："有我在，你会活得好好的！"葛宝珍早就睡着了，听不见他的话。第二天早晨，蒋百年被葛宝珍推醒，葛宝珍一脸惊恐地说："我做了一个恶梦，梦见被你的汽车压死了。"蒋百年推她一下，斥责她：
"胡说！"葛宝珍激动地说："我做了两个这样的梦，记得清清楚楚。
百年，我要大祸临头了。"蒋百年披衣下床，被葛宝珍一把拖住，
她可怜巴巴地说："老头子，你到哪里去？"蒋百年掰开她的手说：
"你放手，我要出去静静心。"

　　他走出去，四下望了一望，心里乱七八糟的，决定先到公厕
解个手。村子里只有一个公厕，坐落在大路边上。他蹲下来，突
然发现厕所门口有个人影一晃掩到墙边去了。他定定神喝道：
"谁？"马上有个人走进来说："我。阿坤。"蒋百年恼火地问："你
鬼鬼祟祟地干什么？"阿坤结结巴巴地说："百年哥，我来向你说
个事，你只当我放了个屁，别朝心里去……我老婆昨天夜里做了
一个梦，说是宝珍嫂子被一辆汽车撞翻了，那汽车像你的汽车……"
他还没说完，像一头蚱蜢一样蹦了出去。

　　蒋百年蹲在那里，摇着头苦笑，一个劲地骂："放屁放屁……"

　　他提上裤子出去，迎面碰到刘三婆婆。刘三婆婆祖上可是显
赫过的，她是那个冷脸翰林的后代。世事沧桑，刘三婆婆现在推
着一辆破自行车，正要到镇上去捡垃圾。刘三婆婆碰到什么人都
要说一番好话的，她一看见蒋百年话马上出了口："英雄，你是个
大英雄。真的是英雄……大英雄……"蒋百年闪到一边让她过去。

　　刘三婆婆却不过去，慢吞吞地，不动声色地说："你家要惹上
麻烦了。我刚才看见淑琴，她告诉我说，夜里做了一个怪梦，说
是宝珍被汽车碰坏了。她叫我不要去和别人说，但我看见她告诉
方达海的老婆了。方达海的老婆肯定再要去告诉别人……百年兄
弟，这几年你发了财，也不知道惦念惦念我们这种人。"

　　蒋百年什么也不说，让刘三婆婆走过去。刘三婆婆最想说的
其实是最后那句话，听得出她是有点怨气的……仿佛村里对他蒋
百年有怨气的人还不少，平时风平浪静的时候还不知道呢。

蒋百年接下来就碰到了村长，村长也是来上公厕的，这是他从小养成的一个习惯，一定要到这里来拉屎撒尿，否则就便秘。两个人脸对着脸看见，没有说话，乡下有身份的人在厕所里外是不说话的。两个人擦肩而过。蒋百年忽然起了疑心，他好像看见村长和他擦肩而过的时候脸上冒出一抹嘲笑。他回过头去叫住了村长："你在笑我吗？"村长吓了一跳，慌忙回答："没有没有。有啥好笑的？"蒋百年"噢"了一声就走。村长回答完了觉得不对劲，情绪激动地向蒋百年的背影招着手，喊道："百年哥，你怎么用这种腔调跟我说话？"蒋百年头也不回地说："就是用这种腔调！怎么？"这句话村长听到了，他不快地嘀咕："妈的，人越老就越是像个小孩子。你当你真是个英雄啊？"

蒋百年不搭理村长，他站下来四处看看，陡然觉得生活的什么地方隐藏着无形的杀气。他没有目标的冷冷地笑了一声，这一声冷笑颇有力量，让他浑身一震。

大约一个小时后，他出现在满山上的庙里。住持把智修叫来，一边咳嗽，一边训斥他。智修等住持数落完，撅起嘴巴说："你说来说去，就是说吃葱油饼是对的。我今天就下山去吃葱油饼。"说完也不看蒋百年，扬长而去。住持咳得弯下了腰。片刻直起身体对蒋百年说："我不生气，我不生气……他心怀怨恨，不能开悟。这种人由他去。但是蒋先生你要知道，种瓜得瓜种豆得豆，各人有多少福分上天早就注定好的。"蒋百年皱起了眉头，不快地说："我从来没有做过伤天害理的事，难道上天也要整我一下吗？"住持从袖子里拿出一块手绢擦擦嘴，说："今生修养，前生还有冤业呢。"蒋百年听出住持的话里有些傲慢，不禁笑了起来："这么说这世上就没有地方讲道理了？"住持文绉绉地说："你是我小庙的大恩人……"这句话后他语气一顿，眼睛也垂了下去。他不喜欢提到这个话题，那让他有欠债不还的感觉。他继续说："你是我小庙的

大恩人。我会想办法在菩萨面前消你的罪业。你要静心,还要坚忍,
不然有难。"

　　蒋百年被住持吓唬了几句,不好多说什么,怏怏地从山上下来,
在山脚下碰到前来寻找他的老黄牛。今天应该是老黄牛出车,但
老黄牛的孙女今天满月,他想在家里喝酒。他刚才把车子开到蒋
百年家里去了。他走在村子里听别人议论说,蒋老鹰上山求菩萨
去了。村里有些人这么说:别看蒋老鹰狠了大半辈子,人家智修胡
说一句,他就顶不住了,吓得屁滚尿流地上山找方丈去了。方丈
受过他好处的,铁定会为他消灾的。菩萨那边也能开后门的。老
黄牛说完就笑出声来,他觉得这些话很好笑,太有趣了。他笑了
一半没能笑下去,因为蒋百年的脸色陡然铁青。蒋百年咒骂道:"我
一上山怎么就有人知道了? 这个地方有鬼。"老黄牛劝解道:"百
年,你这几天跟往常不太一样呢。这些小事也计较起来了? 这样
吧,不管有鬼没鬼,你今天也不要开车了。你今天开车是有危险的。
你跟我到儿子家里喝两杯,消消闷,长点精神。下午再回去。"

　　葛宝珍夜里连续做了两个恶梦,白天一边手里做着事,一边
心里胡思乱想。往常这时候她可是精神十足的,有时候嘴里还要
哼哼地方小调。两亲家坐在院子替她剥毛豆,他们自然不知道她
的身上发生了什么事,就是知道了他们也不会多说些什么。后来
马淑琴打来了一个电话,说她家里大蒜叶子没有了,问葛宝珍可有。
葛宝珍刚回答说没有,马淑琴紧跟着说蒋百年上山了。

　　葛宝珍"啊呀"一声,浑身冷了。

　　放下电话,葛宝珍就呆呆地守在电话边上。她像痴了一样,
守了一个多小时。突然醒悟过来,明白自己根本不知道要守候些
什么,这才给村长家里打了一个电话,村长不在,村长的老婆知
道蒋百年上山去了,她安慰葛宝珍没事的,说,凭着蒋老鹰的为

人处世，那智修还不乖乖认错。再说这件事确实是智修不对，佛也不是这样强加于人的。吃了一块葱油饼并不说明这个人对佛祖就不诚心了。葛宝珍听得眼泪汪汪的，不停地擦眼睛，她现在安心多了。她小声纠正村长的老婆："不是一块，我就吃了一小口。"

心情大好的葛宝珍开始准备午饭。亲家婆在院子里笑着喊她，说："宝珍，我还想吃葱油饼呢。真是百吃不厌的。我回去就吃不到了。"葛宝珍答应着去屋后桔园边上掐葱，心里说："我才不管你这个老太婆爱吃不爱吃。"她想的是蒋百年，此时，她对老伴满心的感激，她想不通怎么找了这么一个好丈夫。其实她一开始根本不会做葱油饼，只是看见蒋百年到别人家里去最爱吃这道点心，才下决心学会了。今天中午当然她会把自己的心全融到葱油饼里去，不怕他吃了不开心。

做葱油饼就四样东西：糯米粉、葱、鸡蛋、盐。并不是鸡蛋和葱越多越好吃。不是的，恰到好处才好吃。什么是恰到好处？在到位的地方多一点点。什么东西多一点点？那就是葛宝珍的经验在起作用了。

这天中午，葛宝珍做好葱油饼，又做了几个菜，坐在院子里的树荫下等蒋百年。蒋百年的手机没有带走，就放在床头。眼看过了午饭的时间，她打发两亲家先去吃。两亲家让她过去和他们一起吃，她坚决地拒绝了。她往常不是这样的，往常她和蒋百年两个人的日子过得松松散散的，谁先吃谁先睡没有计较。

她今天非常计较，非但不肯吃，还悄悄地溜出门朝满山的方向去了，她心里想着也许会在路上碰到蒋百年，那样的话，他们就一起肩并着肩走回来，她的心里不会再虚弱，将会无比踏实。她迫切地需要这种感觉。路上，有个熟悉的女人招呼她："宝珍，到哪里去啊？"她诚实地回答："老蒋到山上去了，我去看看他。"那女人马上取笑她："哎呀，弄得像小夫妻一样，不怕丢人。"葛宝珍笑了一笑就算应付了。

昨夜里下了一场雨，路上早就干了。但是路边的竹林在阳光强力的蒸郁之下，散发出一股霉烂的气息。这气息让女人想到了一些与死亡有关的令人不快的场景，她在满山脚下站住，抬头看看山丘，那山上满山遍野都是竹林——令人不快的竹林。

再说蒋百年跟着老黄牛到他的儿子家里去，他酒量不大，平时也不好酒，只喝了一瓶啤酒，剩下的时间全在听人家说话。吃完这顿饭，他的心情好多了，两只手背在后面，独自从小路绕回了家。两亲家告诉他，葛宝珍见他没回家，中午不肯吃饭，后来就悄悄走了，有一个小时吧。也许她到什么地方去找他了。

蒋百年二话没说，开着小中巴车就朝满山脚下去找葛宝珍。他往常也不是这样的。往常他回家根本就不管老婆在不在家，在谁家玩或者帮谁家做什么事，他对女人很放心的，他的女人很能干，很有脑子，她从来不会有事的。

蒋百年想，葛宝珍肯定是去满山那边找他了，他车子快，马上就能找到她一起回家。他从昨天起，心里开始莫名其妙地虚弱。他要让她稳稳地坐在边上，有她在边上，他心里会十分踏实。他们这么多年来互相依靠，彼此能感到凝聚在他们中间的那股力量。

他看见葛宝珍了。葛宝珍无精打采地一个人在路边走，脸朝着他，是回家的方向。她想着什么，根本没发现蒋百年的车子已到了面前。蒋百年高兴地咧开了嘴，猛地按了两下喇叭。她听到了，突然抬起头来，脸上一副惊喜的模样。在惊喜之下，她朝路中间跨了两步，对着驾驶位上的蒋百年挥起手来。

于是事情就发生了。蒋百年感到自己稳如泰山地踩下了刹车，但是他却惊奇地发现车子非但没有停下来，反而猛地向前一冲。待到它停下来的时候，葛宝珍不见了，她在汽车底下。蒋百年瘫倒在位子上动弹不动。他现在明白过来是踩了油门了。他想起葛宝珍还饿着肚子呢。

捡垃圾的刘三婆婆是村里最早的目击者，她马上在闯祸的汽车前跪下来祷告上天，还感叹了一句：我一无所有，阎王爷不会来找我。做人真是不能太风光的。

满山脚下发生的这件事，满山庙里的和尚很快就知道了。主持一边派人下山去帮忙，一边叫人找来智修。他一看见智修就拿起红木抓手打他的秃脑壳，骂道："你这张破嘴，你这张破嘴，叫你这张破嘴……"智修辩解说："我是瞎说八道的。我喜欢乱说话，你又不是不知道。"主持说："知道，知道。"一抓手下去打在智修的眼睛边上，把他打得跳起来，大叫："死掉个把人有什么了不起？那是她的命！"主持一听更是恼怒，恶狠狠地说："还说什么命。没有什么命！就是你这张破嘴。"他下手越发沉重。打着打着他哭了起来，好像他打的是自己。智修挨了一顿打，瞅个空，一溜烟地逃走了。主持气喘吁吁地坐下来，自言自语："我算看透了！"他看透什么别人不知道，走进来服侍他的小和尚只看见老和尚一脸的伤心无奈。

现在是下午快接近傍晚的时候，东南方向的天空乌云密布，雷声隆隆，西边快落山的太阳陡然无比明亮炽热，把人的脸都照薄了。蒋百年坐在院子里，拿起一张葱油饼放在眼前一照，阳光透过它映到脸上，苍黄而黯淡。

按照地方上的风俗，死人在家里停放三日后火葬，富有一些的人家还要请和尚诵经超度。蒋百年第二天下午就把葛宝珍送进了火葬场，也不请和尚诵经超度。但是他还算近人情，葛宝珍火化的当天晚上，他按规矩在家里摆了四大桌子。大家都提心吊胆，不敢大吃大喝，只有他喝得酩酊大醉。

　　看看夜深，露水下来了。赴宴人早就走光，蒋百年还赖在桌子边上不肯起来，老黄牛心肠很软地陪着他说话。蒋百年酒后说了许多疯话。

　　比如：他说他是个英雄，永远都是个英雄。虽说他长得不像个英雄。

　　再比如他攻击命运这个玩意儿，他说也许有命运，但他偏不相信。

　　老黄牛点头如捣葱，他赞同蒋百年的话，蒋老鹰确实是个英雄，谁都知道的。命运这东西也是飘忽不定的，可有可无的。现在夜深了，夜幕下只有他们两个，你看，露水把头发都沾湿了，该睡觉了。

　　蒋百年拍着桌子大叫："不睡，今天不睡。"他痛苦万分地用脑袋撞桌子，告诉老黄牛，出事那天他才喝了一瓶啤酒，才一瓶啤酒。而且离出事时还相隔着一个多小时。他想来想去想不通，究竟为什么他要去找葛宝珍呢？

　　他说完就站起来走出去，老黄牛紧紧跟在后面。蒋百年在村口找到了出事的那辆中巴车。出事以后它一直孤零零地待在那儿，已经蒙上了一层灰，没人敢去碰它。它犯的错误可不小，但是它浑身上下看不出犯错误的痕迹，除了车头那儿略有凹陷外，它每一个地方都没有损坏。

　　蒋百年一把拉开门坐了进去，他要证明给老黄牛看，他今晚喝了那么多的酒也能把车子开得稳稳当当的。老黄牛含着眼泪上去抱住他，想把他抱下车子，但是蒋百年机灵得很，已经把车子发动起来了。

　　说真的，蒋百年开车开得好极了。往常他的驾驶技术也是一流的，这次简直顶呱呱。他沉着地问老黄牛："黄牛，怎么样？"老黄牛翘起大拇指夸奖："这条路上找不出第二个人！"开着开着就到了出事的地方了，蒋百年突然警觉，问："老黄牛，到啥地方了？"老黄牛说："到满山山脚下了。我们回去吧，还是你开车。"蒋百年"噢"了一声，停下车子，把头探出去朝山上看了一阵，说："我是护过这座庙的。现在看看它实在太小了，我要找一座世上最大的庙去保护。"老黄牛耐心地劝导他说："你不要去操心人家的事，人家的庙，自然人家会保护。"将百年说："你说的话当然有道理，但是不去看一看怎么能知道呢？"他显得脑子很清楚。接下来他就很有条理地问老黄牛："我说老不死的黄牛，世上最大的庙在什么地方？"老黄牛的儿子今年夏天刚与几个朋友开车到过西藏，所以他脱口而出："布达拉宫，在西藏。"蒋百年想了一想说："我知道了，那天在你儿子家里喝酒，你儿子跟我说过这件事。他们是从南京走的，到安徽，到兰州，到甘肃……从格尔木进青藏线……他们说开了八天到布达拉宫。我算了一算，用不了八天就能到那里。"老黄牛生气地说："你爱到哪里就到哪里去吧。"蒋百年说："那我现在就去了。"老黄牛赌气说："去吧。你这破车到不了安徽就要抛锚。"

老黄牛记得，那天的夜雾很大，路边的竹丛就像长在云端里一样。老黄牛被蒋百年推下车，站在那里裤脚一会儿就湿了。车子开出不远，忽然变成了一艘小船，老黄牛擦擦眼睛，再睁开时，路上空荡荡的。

蒋百年真的走了。

老黄牛后来对人推心置腹地说，蒋百年当时虽然喝多了酒，但他不是说着玩的，他真的要走了。老黄牛当时有一个感觉一闪而过：他不是在送一个朋友到远方去，好像是送一个儿子出征。当然这个感觉是荒唐可笑的。

从此以后，老黄牛的生活多了一件事，那就是等蒋百年的电话。

蒋百年第二天没来电话，第三天也没来电话……到第十二天的傍晚，老黄牛的手机响起来，上面显示一个陌生的区号。老黄牛打开一听，里面一阵线路嘈杂声过后，蒋百年语调兴奋地对他说："黄牛，你是不是以为我已经死了？我还不想死呢，我马上就要翻唐古拉山，明天就能到布达拉宫了。"老黄牛的眼泪下来了，还有些生气。这个蒋老鹰，要走起码带个手机，可以随时联系，大家也不会像现在这样为他担心。心里这么埋怨，嘴上说出来的是："你到了布达拉宫，要是人家那里不需要你保护，你就赶紧回来。外面再好，不如家乡……"

手机突然断了，老黄牛马上打回去，怎么也打不通。他只好对着"嘟嘟"响的手机把话说完："我不在乎车子，只要你人安全回来，车子就是报废，我也不骂你一个字。"

老黄牛当天夜里一夜没睡，蒋老鹰在翻越唐古拉山，他不敢合眼。

但是蒋百年就此杳无音信了。关于他的传闻很多，有人说他在翻唐古拉山的时候必死无疑，有人说他去西藏不过是个幌子，实质上是畏罪潜逃。也有人说他根本没有去西藏，他逃到一个安全的地方藏起来了。只有老黄牛深信他的老搭档已经到了布达拉宫，并且在那里驻扎下来。

于是一年以后，老黄牛到布达拉宫去寻蒋百年了。他的儿子在拉萨有朋友，儿子的朋友是个灵活人，替他多方打听，人家都说从来没有见过一个开着小中巴的汉人到这里。这一天傍晚，老黄牛又来到布达拉宫广场，坐在地上，不甘心地看着山上的布达拉宫。太阳光从西边照亮了布达拉宫的一侧，它投下的巨大的阴影覆盖了山顶上的大部分建筑，这是一天中最美丽也是最有力的时刻。就在这时，一只老鹰从老黄牛的头顶上飞旋而过，它翅膀搅出来的风吹起了老黄牛的头发。它落在了地上，离老黄牛不远。老黄牛心里一动，对它说："喂，你是不是蒋老鹰？"老鹰一本正经地转过来了，黄澄澄的圆眼严肃而善解人意地看着老黄牛，它保持着这种姿势，一动也不动。老黄牛恭敬地站起来，他认定这头鹰就是蒋百年。蒋百年说过，这世上也许有命运这东西，可他偏不信。不信命的蒋百年也许变成了一头展翅高飞的鹰。

片刻，鹰一冲而起，向着布达拉宫飞去。老黄牛极目远眺，目送这头鹰消失在布达拉宫里。

端午诗篇

　　某年的端午节前一天，市电信局统一迁移了妨碍交通的电线杆，粉盒巷巷口那根粗大的木电线杆从此与这里的居民告别了。目击者说，这根原木的电线杆下端已经腐朽，它配不上粉盒巷了，早就应该换掉了。那几个换电线杆的工人还说，看吧，过不了几年，这地上的电线杆全都埋到地底下去了，你们一根都看不见的。

　　电线杆迁走那天，巷子里的住户脸上都带着微笑。只有燕婆婆是不高兴的。电线杆倒下的那一刻，她也在场，围着做饭的围裙，手指上还沾着面粉，两只眼睛吃惊地转来转去。在众人的欢呼声中，她终于张嘴发出不满的声音："水泥哪有木头好？现在到哪里去找这么大的原木？"

　　谁都没有理睬她。燕婆婆失神地转身朝家里去。经过一家门口，有一个比她还老的老头在晒太阳，她仿佛找到了能说话的人，站到他边上说："你也知道的，一九五零年端午节，树这根电线杆的时候，区长都来看了。多少人跑到这根电线杆下面拍照留念……多少人！你知道的。"老头看看她，语气尖锐地问："你为什么要生气？"

燕婆婆的生气当然是有理由的，但是她不会和这个坐在轮椅上的糟老头说。回到家，她洗掉手指上的面粉，开始大箱小柜地翻。到了中午，女儿燕兰回来了，她还在翻来翻去地找什么。燕兰看看厨房里冷冰冰的没动静，就问："妈，中午了，小葫芦就要到家了，你还在找什么呢？"燕婆婆直起身子，急急地说："我想起长顺的爸爸还有一张照片在我这里。就是一九五零年端午节那天，在巷口的电线杆下面拍的——我给他拍的。"燕兰说："你又忘了，长顺爸爸死的那天，那张照片不是被你烧了吗？你动不动就忘掉。当时是怎样劝你不要烧的？……不过也不能怪你，你当时哭糊涂了。"燕兰做了一个鬼脸，"我看爸爸死时你也没这么伤心。"燕婆婆听了有些惆怅，半晌才说："燕兰，这辈子我对不住三个人，一个是你爸爸，一个是长顺的爸爸，还有一个是我自己。这个问题我想了差不多四十年，才想出来答案。当初，如果我对得起我自己，就对得起你的爸爸，也对得起长顺爸爸……"燕兰打断她的话："妈，你搬一个凳子坐下来说话吧。我去烧饭。"燕婆婆不满地喊了起来："你最大的本事就是把话岔开来。我对你唠叨这些话也是为了你好，希望你不要走我的老路。"燕兰举起双手朝母亲转过身来，表示投降。燕婆婆哼了一声，孩子气地说："我才不高兴对牛弹琴呢！我把话说给你听是为了你好，不是为了我自己。你要替长顺想想……替你自己想想。"燕兰想，唉！妈妈把一些老得掉牙的话每次都说得有滋有味富有新意，真是一件不简单的事。

燕兰急急急忙忙地和好一团面，揪出一只一只实心小团子，朝烧开的水里扔了进去，又扔进去青菜和虾仁。做好这些，她才对着锅子悄悄地笑了。妈妈的话她听了多少年，嘴上讲不爱听，心里却从未厌倦过。因为她每次听到的时候，面前总是浮现出一幕景象：一对父子端午节前一天的晚上到湖边去摘芦苇叶子，有时候还顺带着摘些野菖蒲。他们连夜出发，摇着自己"吱呀"作响的小船，摇到第二天的清晨，到达城边。父亲把船泊在码头上，拉着儿子一起来到粉盒巷。总是有一扇打开的门在迎接他们，也总是儿子拿着苇叶和菖蒲抢着走在父亲的前面。他们喝完女主人给他们准备的新茶，吃掉女主人做的馄饨，也不说什么话。父子俩人就回去了。回到码头上，摇着小船往家里赶，家里还有一个女人不管多晚也要等着他们回来一起吃晚饭。

这对父子就是少年的长顺和他的爸爸。

在燕兰的记忆里，印象最深的是长顺的那张脸，永远是清新的，淡得像烟的绒毛上带着早晨的露气，仿佛一棵小小的冬青树。后来这张脸渐渐拉长，又变圆，长出了胡须，爬上了皱纹，染上了风尘，还滋生了一些复杂的似是而非的神色。但是燕兰对此视而不见，她心里的长顺永远是清新的。

——锅里的团子烧开了，飘出了香味。燕兰回过头对母亲说："妈，今天和你说个实话，——虽说我现在离了婚，但长顺还有家庭。他的老婆要是到我的报社来闹一闹，我的前途就全完了。"燕兰好像不经意地与母亲的眼光一碰，郑重地停了一下才挪开目光。她的潜台词很明显，与感情相比，她更看重前途。燕婆婆带着哄劝的口气小声说："哪里就会这样呢？……你到了我这个年龄就知道后悔药很难吃，非常难吃。"门口响起一串脚步声，燕兰紧张地打断燕婆婆的话："妈，快别说了。你听，小葫芦的脚步声。"

话音刚落，燕婆婆的外孙女雷晓薇在门口富有诗意地自言自语："啊！我好像闻到了端午节的粽子香了。"走过她身边的一个孩子奚落道："粽香在哪儿呢？没见过你这样的馋鬼！所以你胖得像只小葫芦。小葫芦，哈哈，小葫芦。"

雷晓薇的外号叫小葫芦。雷晓薇是个乐观主义者，别人叫她小葫芦,她从不生气,反而说这个外号太好了,听着让人浑身舒服。她的态度直接导致了这个外号的流行,流行到后来,连她的家人都叫她小葫芦。这时候她一脚跨进了门,脸上挂着微笑,显然对别人的奚落抱着宽容的态度。

居住在粉盒巷的人都知道,小葫芦最爱吃粽子。鸿兴福粽子店每天都供应大量的粽子,什么香肠馅的,蛋黄馅的,莲子馅的,栗子馅的,豆沙馅的,猪肉馅的……但是小葫芦不在乎粽子用什么馅,她在乎包粽子用什么样的叶子。她要的叶子长在长顺叔叔家门口的湖边。这种叶子包出来的粽子,那怕是白馅,她也吃得有滋有味。燕婆婆说她这个习惯与燕兰一样,是从小养成的,改不了的。

每年刚到元宵,小葫芦就盼着过端午节了。在她看来,元宵下来马上就应该过端午节。过了元宵节,她会翻开日历,把端午节的那一页撕下来,藏到枕头底下。这个举动无非表达了一点:她热切地盼着端午节的到来。这还不算,快到端午节的那几天,她便理所当然地开始做吃粽子的梦,理直气壮地在梦里流口水。在那几天,粉盒巷的老老小小总会看到她的枕头高高地待在楝树枝上晒太阳,隔年的一串串黄色楝树子在枕头下面随风轻摇。谁也不会为此去责怪她,她今年过了年也才十岁。燕婆婆还会指着枕头上那个淡淡的似圆非圆的印痕对别人强调:“想粽子想的!”口气里充满爱怜,好像只有她家的孩子才会流口水。

小葫芦进来后,燕兰漫不经心地问她:“今天学校里有什么事?”小葫芦说:“学校里面没有什么事,学校外面有事——爸爸和他的新夫人等在学校门外看我,还有巷子口的电线杆迁掉了……阿弥陀佛!”她最后念的那一句佛号把屋里的两个女人惹得开心地笑了。

　　端午节的前一天晚上，这个世界上至少有两家人在意味深长地忙碌着，一家是长顺，他和儿子虎头照例会到门口的湖边采摘苇叶，顺带再采一把野菖蒲。土地里残留的农药过多，野菖蒲不如以前那么香。幸好苇叶的香味还和以前一样……还有一家是燕婆婆。吃好晚饭，燕婆婆就忙碌开了：先给长顺家里打个电话，既是确定一下明天一早长顺和虎头是否有时间进城，同时也是尽一下礼节。然后她照例要检查一下早就放在冰箱里的"明前"茶叶。这是特意留给长顺喝的，包得里三层外三层。她要打开层层包装闻一闻，判断味道是否还完好纯正。一切准备就绪，她才会坐到桌子边上，掀开盖在馄饨皮上的湿毛巾，开始包馄饨，这时候嘴巴开始忙起来了。她只管说，并不在乎有没有人听。小葫芦在她的小房间里做作业，燕兰骑着自行车出去买蜂蜜，大桥下面有一个养蜂人，他的蜂蜜是全市最好吃的。燕兰买完蜜后还不会回家，当她回家时，她的头发一定经过理发店的师傅打理过了。

　　燕婆婆一个人坐在桌子边上包着馄饨，心平气和地说："现在的事，想不通也要想通的。因为社会进步了。你看，木头的电线杆换成了水泥的，以后还要通通藏到地底下去。我当年在报社当摄影记者的时候，全报社就只有一架'海鸥'牌照相机。现在呢，燕兰他们每个人都有一架进口相机。所以，那根木头的电线杆确实应该拆掉了，不能因为我在它下面给长顺的爸爸拍过照，就恋恋不舍。长顺爸爸死得早，他死的时候，城里和乡下还没连公交车站呢。现在倒好，长顺开着自己的小汽车，四只小轮子一滚，半个小时就到粉盒巷了。想当年，长顺的爸爸要摇一夜的船啊！"

　　她接着回忆当时的她如何在早晨的四点钟就起来包馄饨；燕兰的爸爸如何在这一天的早晨避而不见长顺的爸爸，他如何嘲笑长顺的爸爸是"土包子贾宝玉"；长顺和燕兰那时候如何两小无猜。可惜燕兰长大以后坚决不肯和长顺好下去，她说长顺与她差距太大，别的不说，光说一点，长顺在地里刨食，养得了她吗？这个小没良心的，从小就看出她心眼大。人家长顺现在是大厂的老板了。人家没忘了她，每年的端午节都带着儿子虎头来送芦叶和菖蒲……有情有意的，像他的爸爸。

这样没完没了唠叨着，不知不觉地燕兰已经回到了家里。燕兰对她说："今天没买到蜂蜜，养蜂人被城管赶走了，说他的蜜不干净。呸！我看到防疫站的几个女人老是去买他的蜜呢。"燕婆婆刚才独自说了许多话，有些累了，不想多讲，就皱皱眉头表示不满。她抬起眼睛看看女儿，又皱皱眉头。燕兰顺着她的目光摸摸自己的头发，笑着解释："回来把自行车放下，我走着去理发店。"她放下手，想了一想，满面笑容地说："我还是去远一点的理发店，巷子里总有那么几个讨厌鬼，被她们碰见了又得说三道四的。"她所说的"讨厌鬼"是指巷子里的几个年轻女人，那些女人只要一看见她上理发店就会取笑她："哎呀大记者，你也有时间上理发店来啦？是不是端午节到了，你家长顺要来了？"

长顺和她的故事巷子里的年轻女人们都知道，她们当着燕兰的面是嘲笑她，奚落她。实际上她们私下都原谅她，羡慕她。照她们的话说，有这么一个男人一辈子牵挂自己，是福分。但她们又说，如果光为了感情拆散人家的一个家庭，是发昏。幸好燕兰从不发昏，所以她们从心底里佩服她。

燕婆婆说："我看你也不要去理头发了——你光给长顺看自己的头发，从来不给人家真心。头发有啥用！"燕兰愣了一下，语气里有点不快："妈，你懂什么？你不是总说你那时候很无奈吗？现在的女人比你们那时候还无奈呢，别看表面上女人一个个都很光鲜的。"说完她就走了。

燕婆婆对着手里的馄饨说："啥？无奈？怎么一代比一代无奈呢？……"她一眼看到小葫芦走了过来，拉过她，真诚地对小葫芦说："孩子，我看你跟虎头很般配的，以后就嫁给虎头好不好？"小葫芦大大方方地应承："那好啊！我喜欢虎头！"这一老一小笑眯眯地眼睛对着眼睛，显出一样的天真。

电话响了。燕婆婆擦擦手站起来去接，她刚走到电话前，电话不响了。她愣在那儿，片刻，电话又响了，她一把抓起来一听，是长顺的妻子。长顺的妻子不停地抽泣，说的话断断续续。燕婆婆的听力本来就不好，这一下着急得把电话从左耳贴到右耳，再从右耳挪到左耳。小葫芦走过去抢了电话，自报了家门。等到长顺的妻子说完以后，她搁下电话对燕婆婆说："我明天见不着长顺叔叔了。他犯了法，被公安局抓到杭州去了。"燕婆婆问："犯了什么法？"小葫芦说："虎头妈妈说，是钱的问题……明天我也见不着虎头了，他不知怎样伤心呢？"

燕婆婆受了刺激。她受了刺激愈加不能控制自己的嘴巴："你说长顺是个什么样的命啊？那时候你妈不要他，就是嫌他家里穷。现在他当了大厂长，有了那么多的钱，有别墅，有汽车。上次你妈跟我说，长顺手上的钻石戒指三万多块钱呢？光是一条鳄鱼皮带就是一万。钱多得坐牢去了……"

她自己也觉得话太多了，便甩手打了自己一个耳光。

电话又响了，把燕婆婆吓了一跳。她跑过去拿起听筒，还是长顺的妻子。长顺的妻子，这个温顺的女人与刚才判若两人，在电话里大吼大叫。她的音量如此大，大得燕婆婆听得一清二楚。原来虎头不见了，长顺和虎头摘下的芦叶也不见了，就是说，虎头肯定拿了芦叶到燕婆婆家里去了。长顺的妻子最后愤怒地说，她的公公一辈子的心系在姓燕的女人身上，临了也没得到好果子吃。她的男人也是这样。她不希望她的儿子走爷爷和父亲的老路……这回是燕婆婆哭起来了，她扔下电话，仿佛长顺的妻子站在面前，她低声下气地唠叨说，当初她也硬着头皮抗到了二十九岁，心里想只要抗下去，父母兄弟没有了办法，也就让她与长顺的爸爸结婚了。没想到这件事让单位的同事知道了，他们对她说，你呀，好歹嫁个军官或者嫁个知识分子之类的，再不济也要嫁个工人阶级啊！一个记者嫁给一个农民，这是荒唐的。你看，就为了别人的一句闲话。

燕兰回来了，新剪的头发，脸上被电吹风吹得红红的。弄明白事情的前因后果，她睁大好看的杏眼说："我们每年也就受他一些芦苇叶子，与他没有任何经济上的往来，你们不要害怕。"燕婆婆嘀咕道："我可没害怕。"燕兰摸摸头发，她的头发刚剪短了一些，正好披到肩膀上，经过理发师傅的调理，它蓬松温暖，乌黑发亮，散发出一股香味。燕兰懊恼地说："放着好好的日子不过，去犯法。对不起我刚做好的头发。"突然小葫芦说话了，在这之前她紧闭着嘴巴一言不发。她说："你要是后悔了就去剪个秃子呀！"燕兰伸手打了她一下，生气地说："这孩子，怎么这样说话？没教养。"

小葫芦朝后退了一步，但是她的双眼紧盯着燕兰，表明她现在正与母亲对抗着。燕兰上前推了她一把，说："你傻不傻啊？为人家的事跟你妈对抗。我知道你是为那几只粽子，这样吧，我明天开车到湖边去摘些回来，让你外婆给你包几个。好吧？"小葫芦是个开朗大度的孩子，她马上点了点头，说："好的。谢谢妈妈！"燕兰搂过她，说："世界很无奈，知道吧？女人的生活比任何时候都难。唉，现在跟你说这些你懂不了的。"她转头吩咐燕婆婆，"妈，我到报社去一趟，处理一下事情，再把小汽车开回来。等会儿虎头要是来了，让他等着我，我把他送回家。"

燕兰急急忙忙地走了。她是报社公认的能干女人，她现在就是副主编了，也许过不了多久她就是主编。她的生存状态也许有些问题，因为她经常失眠，大把大把地掉头发，她四十岁不到，却有了更年期症状：月经失调，心慌气短。她每天都很累，食欲不振，性欲衰退。她看到的男人全是竞争的对象，只有长顺，在她想念他的时候，她还能感觉到心底里的温暖。但是就在刚才，她听到长顺犯法的一瞬间，她就与长顺彻底分手了。为什么呢？答案是：世界很无奈，聪明女人知道什么是不能放弃的，什么是可以放弃的。

燕兰，总是被别的女人佩服的燕兰，是无比理性的女人。

小葫芦来到巷口，坐在石栏上，她要在这里等虎头。五月湿润的带着花香的空气让人很受用，这是一个容易让人产生美妙幻想的世界，但是该发生的还是在发生着。

燕婆婆也来了，她给自己的头上扣了一顶黑色的绒线帽。这顶绒线帽太大了，显得她头重脚轻。她说话也是有气无力的。她说："电线杆搬走，真是好事情，你看看，巷口变得这么宽。什么都在变，就是我家的女人没变。"她思路一下子跳到很远，中间没有一点交待，"长顺的爸爸是四月份死的，那年端午节快到的时候，我还想，这个端午节燕兰吃不到长顺家的芦叶包的粽子了。没想到端午节的那天，天还没亮，门上就响起了敲门声。我一想，不好了，准是长顺来了。跌跌撞撞跑出去开门，正是长顺送芦叶来了，他一个人摇着船摇了一夜。他那年才十五岁。我后来对你妈说，你嫁给长顺吧！长顺多好？你妈那时候是十四岁，她也是像你那么说——那好！"

燕婆婆虽说有气无力，还是唠叨够了才回屋休息，留下小葫芦一个人等着虎头。

虎头来了。他手里拿着芦叶，家里发生的大事使他情绪低沉。今天晚上，公安局的人把他父亲带走后，他不想去上学了，也不想再去踢足球，更不想与任何一位女同学说话。但是他看见了地上的芦叶，就打定主意要进城去。他从小就知道，送芦叶到粉盒巷，对于爸爸来说是一件大事。他要替爸爸完成这件事。他拿了叶子，搭上末班公交车，正如他母亲猜测的那样，去粉盒巷了。

两个孩子相见，就像两片云碰见一样，是融洽而随意的。然后，他们说了一些话，一起来到家门口，放下芦叶，又手牵手地离开家门，出了巷子，渐行渐远。

在路上，虎头还在不放心地问她："你真要去杭州看我爸爸？"

小葫芦说："真！咱们去看他，还要给他买几只粽子去。"虎头说："那你要逃学了。"

小葫芦回答："要逃了。"

虎头现在完全听从小葫芦的指挥："我们怎么才能到杭州？"

小葫芦胸有成竹地说："咱们到码头上去搭船。有一年我爸爸就是从码头上搭船带我去杭州玩的。我还记得下了船在什么地方坐汽车到西湖。"

虎头并不问她到了西湖以后怎么办，是不是到了西湖就能见到他爸爸，而是为另一个问题担忧："我妈说了，我爸爸出了事，你家会看不起我们的。我妈还说，你外婆耳朵根子软，你妈太讲实际。我爸爸犯了法，就不是一个好人了。好人和坏人是不能往来的……"

小葫芦果断地打断虎头的话："虎头，别老说他们大人的事。"她脑中灵光一闪，说出一句深情的话，"大人才讲是非，我们小孩只讲爱情。"

向一棵桃树致敬

清潭村的狗狂吠起来。有人敲响了谭海五家的门。

这其实是两件不相干的事，狗吠的原因是几个陌生人到延年家的池塘边上去了。敲海五家大门的是村委会主任陶云生，清潭村里没有狗敢对他狂吠的。

谭海五的老伴龙英去开了门。陶云生一只手撑住门框，悠闲地问，你家晚饭吃的什么菜？空气里这么香。龙英说，海五在田里挑了一把野芥菜，叫我晚上把它炒了鸡蛋。陶云生说，你家海五真会享受生活啊！哪像我们，成天穷忙，这么晚了还出来工作。你听好了，让海五马上到村委会大礼堂开会，村长和书记有重要指示。叫他一定要去。这回再不去的话，我通报批评他。

龙英送走陶云生，回到屋里，对海五幸灾乐祸地说，云生叫你到村委会开会，马上就去。不去通报批评。海五侧着耳朵仔细地听外面的声音，嘴里说，我去，我去……那些狗在延年家那边叫呢。

谭海五没有去开会，而是朝着狗叫的方向去了。

延年家的屋边围着一群大人孩子，汽灯把屋边的大池塘照得十分地妖娆，几位生龙活虎的青壮年正在挖掘池塘边的那棵大杏树。杏树是朝着池塘长的，开了一树粉红的花。每年当它开满花朵的时候，它临水顾盼，映红了半池清水，旭日和晚霞都黯然失色，就是最愚钝的人也能感受到它散发出的骄傲。村里人都说，只有海五家的那棵桃树开了花才能和它一较高下。

杏树的树干上绑了好几根粗大的绳子，大伙儿把它朝岸边拉的时候，它枝叶乱颤，花落满地。活像是一个妇人，披头散发，无奈地被人强拉着走。慢慢地拉着拉着，它轰的一声倒向了岸边。孩子们笑着跳着，叫，成功了！成功了！延年家的鹅和鸭就在这时候突然从院子里跑出来，一齐朝着灯光处嚷叫起来。女人们笑着回过身，把它们赶回去。她们说，这些扁毛畜生也知道烦恼。你看，它们每天在杏树下玩耍，在杏树的影子里游水。现在杏树被人家买走了，它们也舍不得呢。海五接着话音说，舍不得就不要卖！这棵树是延年的爷爷种的。这句话说得气冲冲的，延年马上听到了，他抬头笑嘻嘻地说，海五叔叔，你又在发神经病吧？大树现在很值钱。大家都在卖家里的大树,凭什么我不能卖？爷爷种的怎么啦？顾阿大把祖宗祠堂里的一块字碑都卖了，吴聋子把家里的石井圈也卖给了文物贩子。海五叔叔，好东西隔着很远都会被人嗅出来的。照我看，你家的那棵桃树迟早也要被人看中买走的，你等着收钱吧！

谭海五沮丧地站在人群外面。只见那大杏树直挺挺地躺在地上，池塘边没有了灿烂的一树红，多了一个深黑的大窟窿。海五觉得今晚有些奇怪，这些人就像来办丧事似的。你看，这一池塘垂头丧气的水以后还能看得上眼吗？

海五离开挖树的现场，到了村委会。陶云生看见他说，你真

的要挨批评了，会都快开完了才来。村长和书记都走了。海五突
然发作说，你除了会批评人还会干什么？陶云生愣了一下，又恼
火又好笑，伸出一只手指点着他，好似开玩笑地说，你有什么指教？
你说，你说……海五一脸认真地说，延年，他把池塘边上的大杏
树都卖了。

　　村子里很快安静了下来，听得见一些虫子在泥地里轻轻地吱
声。海五怎么也睡不着，他对龙英发牢骚，说，你知道云生今天
召我们去开什么会？就是为了村里卖大树的事。他说延年家的那
棵杏树才卖了三千块钱，人家村里这么一棵树起码卖五千块。上
次谭阿虎家里的龙形大腊梅卖给人家是八千块，更吃亏，少赚了
五千块。所以，大家要学得精明一些，一是要把价格报高，二是
互相之间不要拆台……我后来就说，我们的苗圃里有那么多的小
树苗，我们心平气和地卖小树苗，不要卖大树。大树卖光了，我
们村还像个什么样子？大家听了我的话全都哈哈大笑，他们说，
没有钱，怎么买电器？买摩托车？……谭老爹干脆骂我是个不识
时务的人，目光短浅，受穷的命……还有人悄悄地说我有精神病。
　　——他翻来覆去地念叨这些话，而龙英在他的边上打着鼾。
　　不久，海五也睡着了。他在梦里看到一帮人拿着粗绳子和挖
树的工具，浩浩荡荡地向他的桃树行进。他看见桃树猛烈地摇晃
着枝叶，树根在泥地里"吱吱"直叫。它在向他求救呢！他满腔
的惊恐和愤懑，从床上一跃而起。把龙英吓得醒了，打了他一下，
一个劲地埋怨他。
　　他在被子里擦着头上的冷汗，庆幸那只是一个梦。他与他的
桃树是有缘分的，有一年清明节前，他到北山去看杏花。看到一
株小小的桃树，被人连根拔起遗弃在路边。叶子干得全都耷拉着，
但是他发现它的树根异常地壮实。他捡起来，把它带回家，种在

菜田边。从看到它的那天算起，它今年刚好满十岁。说来奇怪，他的桃树每年总是与延年家的杏树一起开花，好像约好似的。而别人家的桃花是开在杏花前面的。

海五向别人解释说，这两棵树冥冥之中肯定有神秘的联系，要不然的话，无论如何不会一起开花的。你想，一个每年推迟一点时间开花，一个每年提前一点时间开花，除了它们自愿，就是神仙也不可能让它们每年这样。所以说，它们虽然不是长在一起，但是惺惺相惜，心心相印。当杏树被人卖到别的地方时，桃树肯定会受到惊吓的。海五想，自己做的恶梦恐怕就是桃树做的恶梦。他得起来看看它，安慰它。

一会儿，谭海五就坐到桃树下面了。他与它面对面地沉默着。海五只有一个女儿，大学毕业后在外地工作。既有了女儿，他把这棵树就当成了儿子。他觉得对待儿子就该严肃一些，正经一些，心里对它好，脸上不能表露出来。所以他坐在树下，看着它，抽了一支烟，什么也没说。

第二天的夜里，狗猛地吠成了一片。一行陌生人进了村子。一会儿，有人来敲谭海五家的大门。与往常一样，海五的老婆龙英去开了门。

她很惊讶地看到，门口站着一群穿着体面的城里人，延年一脸寒酸地挤在他们中间。看见大门开了，延年赶紧挤进门里，悄悄地对龙英说，这是城里的大老板，他们刚才开车经过这边，看见你家的桃树长在菜地里，特别漂亮……我说的没错吧，你家的这棵树就像好闺女，迟早被人看中带走的。

龙英皱起了眉毛，说，延年，你不是不知道，我家海五连你们卖树都要骂的。他恨不得把全村的大树都留着。延年说，把树全都留着干什么？打棺材啊？老神经病！人死了都进火葬场了，一缕青烟，什么都没有了，没人让你睡棺材了。所以活着就要想得开，该卖掉的卖掉，该享受的享受。龙英"扑"地把门关了。回到屋里，对海五说，没什么，延年想借个梯子。我家的梯子在谭老爹家里，我叫他到谭老爹家里去。海五一声不吭地看电视，也不知道他有没有听见龙英的话。突然他看到一个好笑的场面，"嘿嘿"地傻笑起来。龙英说，这电视又破又小，也好换个大的新的。海五说，不要不要。忽然回头问，是不是你想要？龙英说，我也不要。

夫妻两个人坐在一张凳子上，张着嘴看电视，随时随地地要笑出声来。今天这电视剧也真是争气，让夫妻两人笑得不亦乐乎。

大门又响起来。

这一次没有狗猛吠。龙英慌忙说，不是延年，肯定是云生。

海五猛地感慨了一句，那帮人里头有人物啊！

龙英起身去开了门，只见还是那帮衣着体面的城里人，陶云生站在前面。龙英把大门拉开了一些，说，啊呀，是小兔子。她叫的是陶云生的小名。陶云生不快地瞧了她一眼，说，叫海五出来！龙英说，陶主任，我家不卖树！海五说了，他要留下最后一棵大树开花让自己看。陶云生一把推开龙英，一个人走进了屋子。

海五一动不动地继续看电视。陶云生坐到他边上，亲热地搂住他的肩，递了一支香烟，凑着海五的耳朵低声下气地央求说，人家肯出一万块钱呢。你给我一个面子。不就是一棵普通的桃树吗？又不是金树银树。见海五不说话，陶云生又平等知心地说，那是市外经局的黄主任，他陪那个女人看乡下风景。那些人全都是那个女人的陪客。我听他们有意漏出来的话，那个女人好像是一个国外大投资商的什么人，一看就是个骚货。她刚才还在说，哎哟哎哟，月光下的桃树，开了一树的花，像诗歌一样。我要让它开放在我的大花园里……

海五浑身一颤。

陶云生卖力地尖着嗓门儿学女人的腔调，学得咳嗽起来。他镇定了一下，把话说到最后。他说，镇长也打电话给我了。他说，不就是一棵树吗？又不是金树银树。海五，你给我一个面子，我不会忘记你的好处，小兔子日夜感谢你！好吧？

海五想了又想，才说，好！不过，眼下它正开着花，这时候迁移于心不忍。陶云生说，他妈的又不是女人怀孕……好吧好吧听你的。你到外面去和人家打个招呼。

他推着海五到大门口。黄主任向海五伸出手，说，不好意思，打扰你了。哎呀，这清潭村我从来没来过啊！这里道路宽敞，住宅整齐，家家有电视，文明程度很高的，不愧为社会主义的新农村。海五谦逊地低下头去，说，还算好，还算好。

桃树的花一夜之间全落了。早晨，一群上学的孩子路过它，每人在树下面抓了一大把落花向天空撒去。海五急忙赶到树下，他思考，到底是杏树走了，桃树伤心成这样呢？还是桃树知道了有人想买它的消息，吓成了这样？最后他以他的方式判定，桃树是知道被卖的消息后，才吓成这样的。人总以为自己是最聪明的，其实动物和植物有时候比人聪明多了。当然这是他的想法，他也从来不敢对别人说出这个想法。一旦他说出来的话，谭老爹会用棍子揍他的脑袋。

海五不得不对桃树说，你放心，我是不卖你的。我们想出理由一天一天地拖延，拖到那些人不想要你为止。这种事多了，拖着拖着就泡汤了。

他怕它还在生气，继续说，你想想，我怎么舍得把你卖掉？你到我家来的第二年春天就开了花，后来就越长越高，越来越壮。花也开得一年比一年红火。不知道为什么，别人家的桃树就是长得不如你高大漂亮。其实我没有比别人家多施肥多用药。如果一定要找一个理由，就是我比别人多欣赏你。每次你开花的时候，就是我的节日。全村人都来恭维我。我说句没良心的话，你给我的高兴，比我那个闺女还多。

桃花谢了以后，树叶一个劲地长。它看上去每天都丰满一些。这一天的上午，发生了一件不寻常的事：一只喜鹊衔来了一根树枝，放在桃树分杈的地方。稍后她身子一滑溜，钻进金黄色的菜地不见了，过了一会儿，她又衔来了一根树枝，交叉放在第一根树枝上。这是一只黑色的喜鹊，年轻而天真，长长的喙，体型比成年喜鹊略小一些，羽毛在阳光下荡漾出一圈一圈的深蓝色光芒。与所有的喜鹊一样，她十分活泼好动。不寻常的是，她没有伴儿。她的伴儿怎么了？没人知道。

海五想，这只没有伴儿的傻鸟要在桃树上筑巢了，海五还从未见过在桃树上筑巢的喜鹊，也许她太年轻了，不知道桃树分杈处对她是不够高的，具有危险的。

半个月后的一个早晨，海五看见桃树杈上静静地安着一只漂亮整齐的窝。他心里的惊奇与喜悦一波一波地荡漾开来。这一整天他都没有离开过桃树，他告诉过往的孩子，喜鹊筑窝是多么的辛苦，她是为了生养下一代才具有了无比的勇气。所以大家要爱惜她，不要拆了她的窝。副村长谭冬梅家的儿子小胖是清水村的孩子王，他带了一帮孩子前来打探，很有原则地盘问海五，喜鹊是益鸟吗？海五说，世上所有的鸟儿都是益鸟，没有坏鸟。这孩子眼珠子狡猾地一闪，颇有心计地说，你没有立场。这喜鹊有可能是害鸟。

他们说话的时候，那喜鹊一动不动地伏在窝里，眼珠子十分镇定的样子，好像挺放心海五的保护能力。谭冬梅家的孩子走了以后，海五想来想去觉得这孩子是一个危险的因素，他曾经亲眼看到这孩子无端地用弹弓射死了落在树上的一只病燕子，他拎着死燕子兴奋地在村子里到处跑，喊道，快来看啊！大家快来看啊！我一弹弓就把它打死了！那毫无生气的燕子象一团烂棉花一样在他手上晃荡。大人们夸奖这孩子真是了不得，长大了还不知如何的能干？这清潭村里要出一个人物了。

海五的午饭是在树下面吃的，现在他要龙英把晚饭也端到树下面吃。龙英劝了一句，你这么做，人家要笑话你的。她说了一句之后发现无效就绝不再说第二句，她是个爽快的好女人。她顺从地把饭和菜端到了树底下，然后自己拿了女儿从外地寄过来的一大袋蜜枣和果脯到谭冬梅家里去。她把东西放在孩子手里，直截了当地说明来意。她知道别人会笑她的，谭冬梅果真放声大笑，笑得弯下了腰，一张胖脸放大了一圈，说，你是我们妇女当中，最会宠男人的人。换了我的话，早就一脚把他踢出门去。哪有这样的男人？正经事不干，不想赚钱不想发财，脑子里光想这些没用无边的事。龙英陪着笑脸说，是的，他就是这么一个人，认死理儿。你还是让小胖别去沾他的鸟窝，这人着急了，什么事都会干出来的。谭冬梅对小胖瓮声瓮气地喊道，听到没有，不要去惹他。神经不正常的人不要去惹，他打了你就是白打。

龙英看见小胖的脸色陡然有了一丝紧张。她放心了，知道吓住小胖了。至于谭冬梅嘴里的胡言乱语，她只当没有听见。

这边，谭海五独自在树底下吃晚饭。暮色渐深，路上起了雾，眼睛看出去有些朦胧了。他喜欢乡村简朴的暮色，让人受用，让人心安。

那边路上站下来一个人，喊道，海五，一个人坐在树底下，赏赏菜花，看看风景，喝喝小酒，真是其乐无穷啊！这是陶云生。海五抬起头说，你看花眼了，我没有喝酒。他悄悄地对自己说，不能喝酒的，没听说桃树喜欢酒味。再说，酒味还会把喜鹊熏跑的。海五唧唧哝哝地自言自语，一副不想搭理别人的样子。陶云生怎么看不出这一点？所以他并不纠缠，而是马上把来意说了出来，海五，闲话少说吧，人家说你的桃树落花了。海五不吭气。陶云生追了一句，海五，做人要讲信用，说好落了花就给人家的。

　　海五抬起头，装着傻，好像听不明白的样子。两个人远远地对着，好一阵子沉默。

　　后来，海五总算说话了，可怜的讨饶的样子，说，云生，不是我不讲信用。你去和那个女人说，喜鹊在树上筑了一只窝，要下蛋了。她也是女人，也是有慈悲心肠的。等喜鹊把蛋生下来，孵出小鸟……陶云生怒气冲冲地挥着手说，对啊！孵出小鸟，把小鸟养大……小鸟再下蛋，再孵小小鸟……我迟早打翻了你的喜鹊窝。海五委屈地喊道，小鸟长到一个月就要走的，不会留在老窝里下蛋。求你告诉那个女人去，看她怎么说。事到如今，陶云生只好冷静下来，吐掉嘴里的一口酸水，恨恨地说，告诉你谭海五，东西在你手上，算你狠。这件事以后再说吧，现在你马上到村委会开会去，今晚有重要的事。海五觉得陶云生神色不善，就怕自己一离开，他就会抢在小胖前面毁了喜鹊窝。他坚决地拒绝说，不去！陶云生问，不去？他回答，不去！就是不去！

　　夜里，海五真的睡在了树下。龙英不管他，她乐观地说，你和我睡在一起，我就在你边上打鼾。你不和我睡在一起，我就一个人打鼾。

　　夜里还是冷的，风从四面八方吹过来，一点一点剥夺海五身上的暖气。但是春夜里有着种种花草美妙的香味，补偿了海五受到的寒气。海五一夜没怎么睡着，想了一些事。他想起小时候，大人们讲喜鹊也是神仙啊，可怜的牛郎织女隔着银河，一年在天上相会一次，就是喜鹊们用身体搭成一座桥架在银河上，让他们在桥上相会。他记得与龙英结婚的时候，镜子上贴的就是一张喜鹊登枝的剪纸。海五想的全是关于喜鹊的好事。总之，他认为守候在喜鹊身边是对的。天微微亮的时候，海五醒了，喜鹊在窝里发出一连串的咕噜声。在海五听来，那就是一个女儿在撒娇呢。他凑过去看看她，用手拨拨她的翅膀。喜鹊雍容华贵地站起来，把身体挪到一边，让他看看窝里她下的五只蛋。

海五说，哦哦，你什么时候下了这么多的蛋？

清潭村与中国所有的农村一样，是没有秘密的。一个人知道喜鹊生了五只蛋，不到一天的时间，所有的人都知道海五的桃树上，喜鹊生了五只蛋。今天上午，海五守着鸟窝的时候，延年引着城里的一个古董商看他老婆的樟木箱子。延年的老婆哭得十分动情，她说这箱子是她奶奶的奶奶传下来的，你们看看延年，什么东西都舍得卖掉。下午，延年从城里押了一车子的新家具回来，他老婆一看，马上不哭了，欢天喜地的，接待前来参观的人。参观者涌了一屋子，走掉一批又来一批。他们说，延年真有本事，一只旧箱子换一屋子的西式新家具。儿子结婚用的东西基本上全有了。延年脸上放光，说，那箱子被一个日本老板买走了。日本人很奇怪，看见这只箱子拍着手唱起歌来。一个女人骂，延年，你给日本人东西，你现在是个汉奸了！这句话说得又俏皮又解恨，大家哈哈大笑。不巧的是，这个女人一眼看见了龙英，心里意犹未尽，还想引大家发笑，于是说，龙英啊，听说你家的喜鹊生了五只金蛋，那要卖多少钱啊？大家果然发出一阵爆笑。龙英也笑着，以退为进地回答，早上才生的，你就知道了啊？这个女人说，当然了，他们说是五只金蛋，要不你家海五怎么会一天到晚地守着？龙英看着大家笑得前仰后合，知道这时候自己说什么都是可笑的，悄悄地走了出来。

走过谭二奶奶的门口，八十岁高龄的谭二奶奶正坐在门槛上，眯起眼睛，津津有味地看西边的晚霞。龙英走过她身边，她一下子伸出拐杖拦住龙英的脚，颤巍巍地厉声说，龙英，不高兴的时候，念念阿弥陀佛，就像我这样。龙英感激地说，谢谢二奶奶。我不用念佛也是高兴的。你坐在这里当心受了晚凉。谭二奶奶专注地看着她的眼睛说，你笑笑，笑笑让我看看。龙英在老人面前慢慢地展开笑容。谭二奶奶这下放心了，说，嗯，你是个心里明白的人。然后，谭二奶奶又节外生枝地批评别人说，心里明白的人不多了，他们全都被糊涂油蒙了心。

龙英一路微笑着到家。她先到桃树下看海五。海五说，你为什么这么高兴？龙英说，我是个明白人，我为什么不高兴？海五说，我问你为什么高兴？龙英说，我为什么不高兴？

夫妻两个正绕着口，那边路上出现了谭老爹的身影，他拄着一根短木棍子当拐杖，手里端着一只木碗。高高兴兴地走过来了，站在路上朝海五叫，海五，我孙子从城里回来了，他听说你有五只喜鹊蛋。龙英，你把碗拿过去，把蛋放在碗里，我拿回去煮给小家伙吃。龙英一听，吐吐舌头，赶快从另一条路走了。

海五说，吃什么不行？非要吃喜鹊蛋？谭老爹不愿意多费口舌的样子，说，不就是图个新奇吗？你不想多给也行，你自己留两个，给我三个。海五梗着头颈，没有好声气地说，三个……一个也不给。没有商量的余地。

谭老爹愣住了，突然他把木碗用劲地砸到地上，恼怒地说，我知道你还记恨我，因为"文革"的时候我让你爹游过街。我为什么这么做，因为你爹打我七叔。你爹是"支派"，我七叔是"踢派"……他脑子里不可遏止地飞快地现出一些血腥的场面，自己也觉得无趣，住嘴不说下去了。因为刚才的大喊大叫，他的嘴角上拖出了两道白沫子。他细心地用袖子擦去，然后弯腰捡起木碗，吹吹上面的灰尘，不慌不忙地说，我回去告诉我孙子，做人要争气，要么当官，要么发财，不然的话，连喜鹊蛋都吃不到。

海五还在问，为什么非要吃喜鹊蛋呢？他没有得到答案，但是他笑起来，因为喜鹊从窝里探出漂亮可爱的小脑袋。他算了算日子，再有半个多月，小喜鹊就会出壳了。小喜鹊出壳一个月后离开娘的窝出去独立生活。到时候他就没有负担了。海五想到这里，心里由喜转愁：他可是与人家说好的，等小鸟离开窝的时候，要把桃树卖给别人——不，有了前面的诺言，就是还给别人了。

江南的春季一向是温和的，谁也没想到四月下旬的一个傍晚来了一场狂风暴雨。这天太阳落了山以后，空气沉闷燥热，像一块烤热的铁板。树叶纹丝不动。突然，微风轻拂，许多人跑到屋外让风吹着自己。这情形过了没有几分钟，有人看见远处的树一齐狂摇起来，一刹那波及到麦田和菜地。人们还没有反应过来，狂风一下子到了面前，把人吹得一个个东倒西歪，立脚不住。大风刮了一阵，猛地停了，满世界飞扬的黄土，无法降落的样子。就在大家惊疑不定的时候，暴雨气势惊人地从天上喷吐出来，简直要把人间摧毁。风又开始呼啸了。

狂风暴雨的这一刻，海五穿上了雨衣，他企图走到桃树那里看看情形。他刚走出门，雨衣就被风从脖子里刮跑了，从天直泻而下的雨砸得他直不起腰。他抓着墙回到屋里，瘫坐在椅子上，不甘心地看着外面。过了片刻，他一跃而起，穿上雨衣再次冲出大门。这一次打击更大，他的雨衣从脖子上翻起来，包住了他的头。风死死地扯住雨衣，雨衣带着他狂奔。他费了很大的力气从头上拉掉雨衣，索性什么也不要，下定决心继续朝桃树方向前进。

龙英是亲眼看见海五两次冲出去的。第一次他很快回来了，第二次去了很长很长的时间。龙英望着黑漆漆地狱一般的门外，皱着眉毛，疑心重重。当海五出现在她面前时，她不由得吓了一大跳。海五浑身上下沾满泥巴，衣服湿透了，看上去瘦小了一圈。

他对龙英有气无力地说，不行，不行。我被风刮到水田里，好不容易才爬回来。龙英又气又笑地说，听天由命吧！这老天爷你拿它有什么办法？她惊奇地看到，海五的眼睛里冒出了水。她有些不相信，伸出一只手指头试试，热的，果真是泪水。

大风大雨来得快，去得也快，半夜时分，风一下子就没了。海五马上就在床上醒来，侧耳听听外面的动静，只有雨还在下，很轻很轻地下着。龙英在他边上说，手电筒放在草帽里，草帽放在供桌上。

海五走出家门，村里没有灯光，到处传来不安的人声。这一场暴风雨刮断了电路，毁坏了庄稼，一些大树被连根拔起扔在地上。海五正走着，一只手电筒的光从后面照过来，云生喝道，海五，慌慌张张地朝哪里去？你过来，跟着我到吴聋子家去，他家一间屋子倒了。海五也不理他，低了头继续朝前走。云生追过来，扳住海五的肩膀，手电筒照住海五的脸问，你是不是去看你的桃树和喜鹊窝？海五点点头，神色泰然自若。云生数落道，人家家里房倒屋塌，你倒一点也不关心。光想到你的树，你还是个人吗？海五不想说话，在聚光下眯起双眼。云生转了一个念头，说，好吧，我跟你一起去看看桃树的情况。那只鸟窝肯定被风吹到河里去了，那棵树肯定也被风吹倒了。就是不倒，也不像个样子了。这样最好，省得大家麻烦。

他俩走到桃树那里，站在大路上，云生抢过海五的手电筒，把两只电筒的光并到一起，远远地照过去，见那树干依旧笔直，只是树叶有些凌乱。云生把它从头到脚照一遍，不禁亲热地骂，厉害，厉害。你他妈的是一棵树吗？这么大的风雨你怎么一点事也没有？你是神吗？

　　当然它不是神。因为云生接下来就对海五说，你赶快把它给了人家吧，放在这里让人提心吊胆的。海五，你是个有运气的人，路上捡来的一棵小苗苗，现在值一万块钱，简直是白白送上门来的。

　　云生走了。海五打着手电筒走近大桃树，他怀着异样的心情再一次把它从头看到脚。树安然无恙，鸟窝也是安然无恙的。它们靠着什么样的力量经受了这场劫难？实在是个谜。此时的树叶浸透了雨水，比平时看上去更为碧绿青翠，透出一股不管不怕的神气。在它的树杈上，结实的窝里，大喜鹊和小喜鹊紧紧地团睡在一起，它们天真单纯，却与大树一样坚强。

　　这件事不仅令人感动，还带来了另一种结局。天亮以后，海五再看到云生时，毫不犹豫地坚定地说，云生，树不卖了。你想怎么罚我就怎么罚我，我都认了。所以，我们可以认定大树和鸟窝的力量传给了海五，让他干净利落地拒绝了云生。

　　又过了一天，上级部门派了一行人专程来到清潭村视察灾情。村子受了灾，看上去七零八落的。太阳高挂，因为没有与阳光相配的东西，这村子显得平庸而刻板。一行人拖泥带水地走着，忽然有人朝前方一指，于是纷纷凝目远望。他们看到那棵生机勃勃的大桃树，配着一只漂亮的大鸟巢，伫立在田野里，精神抖擞，艳光四射，在阳光下散发出大自然赋予它的无穷魅力。

马德里的雪白衬衫

　　马德里停下脚步四处张望。一街茂密的生气勃勃的梧桐树，暗黄的灯光从树叶间打下来，照着空无一人的长街。他长长地吸了一口气，仿佛是惆怅的，又是欣喜的；心里装着的幸福好像是满满地，一转念又空了。总之，年轻男人马德里的这个夜晚患得患失，分外复杂，因为他正在惦念一个名叫郑碧霞的女人，他感受到的东西与正常人不大一样的。

　　虽说大街上空荡荡的，他还是忍不住举止诡异地隐到一棵梧桐树后，从书包里掏出一件白衬衫，打开来在月光下面仔细端详。

　　这是一件崭新的衬衫，有着新鲜的略显僵硬的折痕，散发着淡淡的化学剂味道和衣料单纯清洁的香味，表明它刚从厂里到国营的商场里，再从商场的柜台里到郑碧霞的手上。郑碧霞没有骗他，确实是一件没有穿过的男衬衫。她说她昨天刚给丈夫买回来，丈夫三天前到乡下探亲去了，她还没来得及告诉丈夫呢。

　　郑碧霞的声音软绵绵的，带着一些颤音，有些像老旧的电影里失真的声音。马德里每回听到她的声音，就会喘不过气来。就是现在想起来，他还是又激动，又害羞。

树叶间除了灯光照射下来，还有一丝丝夜雾游了出来。马德里靠在大树上，捏住白衬衫，一会儿把它放在狂跳的胸口上，一会儿把它放在发烫的脸上。一九八一年的秋夜，没有熙熙攘攘的人群，没有铺天盖地的霓虹灯。所以，空间很大，非常寂静，足以让马德里无所顾忌地对一件白衬衫抒发激情，他胡乱地哼哼了一句：白衬衫啊！白玫瑰啊！

他不记得自己曾经这样放肆过。

但是问题来了，马德里看见白衬衫的领口上有一排黑点，他看得仔细，这是圆珠笔的笔痕，有六个，每一个有绿豆那么大，整整齐齐的，看得出描它们的人当时是用心的。马德里用手指头轻轻地按住它们，轻微的湿润，还有着新鲜的弹性。凑得近一些，鼻子里闻到一股圆珠笔的笔油味道。他听到了郑碧霞吃吃的笑声。

马德里面色灰白。白衬衫落到了地上，它面目刻板，透出无比的阴冷。在月光下，显得比月光更白。

走过来一个中年妇女，看样子是刚下班。马德里站直身体，眼神直勾勾地盯住中年女人，他有心问问这个面善的陌生女人：郑碧霞为什么要在衣服上画六个点？中年女人一碰到他的眼神，吓了一跳，急急急忙忙地绕开他，回头看了一眼，嘴巴里下意识地对自己说了一句："谁都不要相信？"

马德里也吓了一跳。

马德里带着白衬衫回了家。他的一大家子，父亲和母亲，哥哥和嫂子都坐在客厅里。他抬头看着他们，问："你们怎么还没睡？"他清清楚楚地听到自己的声音是颤抖的。

他的父母哥嫂都不吭声。马德里突然明白一件事，最近，每当他晚上回来时，不管有多晚，大家都没有睡。是的，他是家里的主心骨，他的前途关乎大家的前途。

马德里走到自己的屋子，他的嫂子跟进来了。他对嫂子说："友琴，你让爸妈去睡。"嫂子叫友琴。友琴说："他们回房睡了。爸爸让我对你说，要珍惜自己。"马德里轻轻笑了，低下头说："原来你们都知道了。"友琴说："世上没有不透风的墙。"马德里想了一想，说："那好，我给你猜一个谜——一个女人送给一个男人一件白衬衫，是昨天才买的，为什么领子上有六个圆珠笔画的点。"友琴的脑子转得飞快，伶牙利齿地回答："有三个人会破坏这件新衬衫。一是这女人的丈夫，二是这女人的孩子，三是这女人自己。我知道这女人没孩子，这女人丈夫三天前到乡下去了，因为他的干妈死了。剩下来的答案你知道，是这女人自己糟蹋了这件白衬衫，她给了你一件新衬衫，心里又不太情愿，所以在领口上画了六个点。"

友琴说完，看也不看马德里，马上就走了。她走到屋外，悄悄潜到窗口，马德里的窗边长着一棵石榴树，眼下正是满树果实的时候。透过石榴树望进屋去，她看见一幅令人不愉快的画面：马德里捂着脸，使劲地憋住呜咽声。

过了两天，马德里在夜色掩护之下潜到郑碧霞家，从屋后的窗户里看到，屋子已经换了主人，是一对带着孩子的年轻夫妻。马德里敲开大门，这对说着浙江话的夫妻告诉他，原主人已搬走了，这房子现今他们租用着。至于原主人搬到了哪里，他们一点也不知道。马德里一面点着头向那对浙江夫妻致谢，一面嘴里说着毫不相干的话："原来如此，原来如此。"他身体摇晃了几下，那对小夫妻四只眼睛瞪圆了，担心地看着他，怕他会晕倒在自家门口。

回到家里，马德里在日记上写下三个字：为什么？他再翻开一年前的某一页日记，上面也写着三个字：为什么？他记得很清楚，这是他第一次看见郑碧霞的日子，那天是"五一"国际劳动节，市政府组织了一批"劳动模范"到大礼堂做报告，他错过了来接他的汽车。大礼堂就在不远处，他还知道他是最后一个做报告的人。所以他就走着去了。走着走着，他碰到了郑碧霞。郑碧霞倚在梧桐树上，用手绢扇着脸，脚下放着一只大竹篮子，里面五花八门的菜，一副刚从菜场里出来的模样。确切地说，马德里先是看见篮子，然后再看见郑碧霞的脸。那张脸红着，但是表情很丰富，既焦虑又期待，叫人一看就明白。马德里是个劳动模范，助人为乐是他的本分，他二话不说上去提起篮子。

很巧，郑碧霞的家就在大礼堂边上的小巷子里。他把郑碧霞的篮子一直送到她屋里。过了两天，他收到郑碧霞的信，邀请他到她家里去，为了感谢他，她包好了馄饨在家里等他。

马德里居然去了。吃了她的馄饨，他浑身不舒服，因为郑碧霞的勾引那么明目张胆。他在回来的路上对自己说："马德里啊马德里，她说下次还要请你吃馄饨，如果你再去，就是一个没有道德的小人。"他记得那天的天气极好，太阳光极亮，简直想把什么东西都照透。他像喝醉了酒，迷迷糊糊地不切实际地担忧着一些事，譬如太阳的野心，还有人的野心，等等。

下回郑碧霞又写信请他吃馄饨。郑碧霞在她的信笺上洒了一些香水，还画了一只小小的人心。马德里皱起了眉头，忧心忡忡，呆呆地看着这颗心，对郑碧霞产生了一丝恨意。但他居然又去了。这一次，他认为郑碧霞包的馄饨很好吃，以前他总认为他妈妈包的馄饨是最好吃的，现在看来他的想法是可笑的。

这就是马德里与郑碧霞认识的过程。

在这之前，马德里认识过无数的女孩子，他是一个十分理性的男人，从未迷恋上任何女孩子。她们总是太单纯，像一杯白开水一样乏味被动。郑碧霞也单纯，但她不是白开水，不会等着别人主动去喝。那些女孩子们除了乏味被动以外，每个人还有一些让马德里无法接受的缺点。郑碧霞也有缺点，譬如她有事没事爱拿根牙签剔牙，有时候莫名其妙地吃吃而笑，在人不注意的时候，眼神突然会凶狠地一闪……这些缺点，马德里统统都能接受。他是如何接受的？这是一个谜。

马德里合上笔记本，木然地坐着，他根本不知道为什么。

马德里的哥哥叫马赛。

马赛走到马德里的屋里来了。马德里忧郁地对哥哥说："如果一个女人，送了你一件白衬衫，却在领口里面用圆珠笔画了几个点，这是不是说明她不爱你？"

马赛坐在马德里边上，皱起眉头思考这个问题，最后他认真地回答："我不知道，女人的心是奇怪的，有可能她是爱你的，有可能她是不爱你的。但是现在她躲藏起来了，你已经找不到她，爱不爱的就不再重要了。我求你不要再想这个问题，还不如及时为自己筹划将来。我来就是告诉你，你嫂子给你安排了一个女孩子，叫萧雅，是个大学生。跟你嫂子一样，也是在妇联工作的。你最好见上一面。"

哥哥总有哥哥的严厉。

马赛走了。马德里把白衬衫从书包里掏出来，再看一眼衣服领口上那六个污点，冷静地仔仔细细地把它折叠好，放在衣橱的最下一层，用了许多旧而重的衣服压在上面。他清晰地知道，这辈子他不会穿这件衣服。

马德里很快结婚了。他是我们巷里乃至区里的大人物，他的婚事也就是我们的大事。巷子里许多人都请了假不上班，到他家里帮忙、道喜，或者看热闹。新娘子就是在妇联工作的萧雅，此时她坐在一张"实现四化"的招贴画下，微微低着头，不说话。她算得上漂亮，和眉顺眼的，一副温柔的模样。女人们涌在新娘子面前，逗她说话，想看看她的牙齿。她很知趣地配合着笑了一笑，一嘴的石榴形小白牙，十分好看。所以，女人们都说，这个新娘子没有架子，性情好，会做人。哎，再问问她用的是什么牙膏。

参加婚礼的大人物来了许多，小汽车把巷子都堵住了。这也难怪，马德里是何等样人物？他是轻工系统的省级劳模，他的几项发明得到过中央首长的夸奖。光凭他经常到省里和北京去开会，我们就明白他的前途不可限量。有那么一天，他会坐在大人物中间开会或接见外国人，而我们就在电影正式放映前加映的新闻短片里看到他。

马德里的父亲多喝了几杯，站在门口朝看热闹的人大声嚷嚷说："当初我给他们弟兄两个一个起名叫马赛，一个叫马德里，多少人背后骂我？骂我自不量力，敢把人家的首都拿来做名字，是猪八戒的鼻子上插葱——装象。现在你们知道了吧……"话没说完，忽然人群里有个男人大声说："他收心了就好，人家说他勾搭有夫之妇，没有道德。"马德里的父亲一下子酒吓醒了，张着嘴喘息片刻，勉强问道："谁？谁在哪里瞎说的？"

说话的人已经走了。

马德里的父亲讪笑着，对围着他的人说："我儿子是个意志坚强的人，不会乱性的。"

再说马德里，他在喧闹声中暂时忘了郑碧霞，面对着一屋子贺喜的人，他笑得有些难为情，心里仿佛是愉快的，而这种愉快是熟悉的。白天过去，到了灯光通明的新婚之夜，马德里对新娘子说："我不算个粗人……但是我真的不懂女人。你是在妇联工作的，你一定知道许多人间的真理。"

冰雪聪明的新娘子萧雅马上严肃起来，摆出一副聆听问题的态度，说："你有啥搞不懂的问题，尽管说，兴许我能回答你的问题。"

马德里问："如果一个女人，她送了你一件白衬衫，却在领口里面用圆珠笔点了几个点，这是什么意思？"

萧雅的脸色变了，她先替自己想了一想，然后再考虑了马德里的问题，回答说："第一，她确实想送你一样东西；第二，她想留一个纪念。"

马德里"噢"了一声，不知道明白了什么，扔下萧雅，一个人跑到院子里抽烟沉思去了。夜深了，马德里坐的台阶上洒了一层清露。萧雅拿了马德里的外套，走过来披到他身上，坐在他身边说："我知道你心里有一件事解不开。谁都会这样的。你有什么事尽管对我说，相信我，我会替你解决所有的问题。"马德里心里有些惊讶，说："你真心这么说？你会后悔的。"萧雅拍拍他的手心，笑着说："和你赌一百块钱，看我是不是会后悔。"马德里不由得高兴起来，说："那就赌两百块吧。"萧雅说："行！我应战。但是你要答应我一个条件，你心里的事情不要对任何人提起，只对我一个人说。"

新娘子这么说，马德里还有什么不答应的呢？

马德里和萧雅是在秋天结婚的，两个人一起度过了新鲜的秋天，度过了有趣的冬天，和煦的春天过去，理应是艳丽的初夏，因为意外的一件事改变了颜色。

那天中午，马德里的师傅过生日，请了他的朋友和徒子徒孙们去家里喝酒。师傅家的小方院子里摆了两桌，一桌是师傅师娘和他们的老朋友，一桌是师傅的徒子徒孙们。马德里是师傅的得意门生，师傅看待他有时比儿子还亲。所以马德里的那一桌上，他就理所当然地成了喝酒的靶子。年轻气盛的人，闹起酒来不可收拾，马德里是个酒量很大的人，也经不住大家轮流劝酒，宴会快结束时，他终于喝醉了，嘴里胡言乱语，就像换了一个人。他用力拍着桌子叫大家安静，不许说话，听他一个人讲故事。他说：

"有一个男人喜欢上了一个女人，特别特别地喜欢……"他的一个师兄红着脸反驳："什么特别特别的，要举例说明。"师兄这么说，马德里马上想起一件事，有一次，郑碧霞似是开玩笑地对他说："你是大名鼎鼎的劳模，肯定收入不止这些，我要你给我买一条足金项链，好不好？"马德里自从爱上郑碧霞以后，每个月的工资有一大半花在她身上，这次他不敢问家里讨钱，就去卖了一次血，给郑碧霞买了一条金项链。郑碧霞很高兴，说："你看你看，我没看错人……"

马德里虽然喝醉了酒，但脑子里尚存一线理智，这件特别特别的事快到嘴边时忽然中止了。他的师兄很不高兴，也拍着桌子恼火地问："不行不行，讲话怎么讲到一半就没有了？"马德里说："没有了。"师兄说："好的，你不说拉倒。"马德里说："有一个男的，爱上了一个女的，特别特别的喜欢。有一次，那个女的要搬家了，想摆脱这个男的，就把男的叫到家里去，说，我们相好了这么长的时间，你对我这么好，我从来没让你碰过我。我今天有些后悔自己的做法，我铺好了床在等你……"别人又吵闹起来了，师兄着急地说："快讲啊！他们要打起来了。"马德里说："这个男的说，我要的是你的真心。女的叹了一口气说，心有啥值钱？心会变的。快来吧！这个男的又紧张又害羞，就走了。那个女的从家里追出来，拿了一件白衬衫给他，吃吃地笑着说，这是送给他的礼物。后来……"他没有讲完男的女的，桌子上的师兄弟们就乱成了一团。眼看着再也无法讲下去，他生气地走了出来，带着六个点的疑问走出师傅家门。

师傅住的地方是一片家属区，马德里很快碰到了一位厂里熟悉的一位大姐。大姐好心地把他扶到墙边坐下，赶快到隔壁的烟纸店里给马德里家里打了电话。萧雅慌忙赶来时，看见大姐歪着身子，马德里坐在地上，捉住大姐的一条胳膊，头埋在大姐的手上，哭得很伤感。大姐有些傻气，冒冒失失地对萧雅说："你是他的爱人吧？你快去给他买一件白衬衫吧！他的白衬衫上有六个污点，不能穿了。"

萧雅把马德里扶回家，守在他的床边，一夜没有合眼。她知道自己犯了一个错误，她低估了马德里，马德里太固执了。她也才知道，马德里心里的事情没有人能替他整理清楚。当然，她愿意等他清楚的那一天。她爱马德里。她没见到他时就爱了。

马德里第二天醒来，萧雅口气有些严厉地对他说："你答应我不对别人说的，你对了许多人说。你不信守你的诺言。"马德里烦躁起来："我也没有要你一定信守你的诺言。"萧雅哭了，说："我真的很好奇，她到底是个什么样子的女人？"马德里认真地想了一想说："她是个表情和内心都很丰富的女人。"萧雅擦掉眼泪，赌气地说："好吧，既然这样，让我去替你搞明白，这六个点到底是什么意思。"

阴天，光线暗淡均匀。在这样的阴天里，有的物体是亮的，有的物体是暗的，亮与不亮全靠自己本身的资质。譬如红砖，在阴天里显得比太阳下还要明亮。但是沾了湿气的瓦片是天底下最暗的东西。深绿的广玉兰叶片也是暗的，但它树叶间朵朵大白花，在阴天里就象一团一团白光。还有一样东西是暗的，那就是人的脸，马德里喝醉酒的第二天没有上班，萧雅也请了假在家里，她睡着或醒着，脸都是暗的。马德里的心是暗的，暗无天日，无边无际。

第二天，下着雨。萧雅打着雨伞出去了。她走的时候与马德里没有说话，晚上回来时，与马德里说话了，说："我知道送给你衬衫的女人搬到哪里去了。我把她的地址告诉你吧。"萧雅是妇联工作的，她若想知道本市一个女人的底细是易如反掌。马德里眼睛看着萧雅，脸上现出惊恐，说："我不要她的地址。"萧雅问："你不想知道一些事情的原因？"马德里说："说不清楚的。再说那跟她无关。"萧雅无精打采地说："你，你莫名其妙。你是不知道她，我是不知道你。"

其实马德里从结婚那天起就不想再见到郑碧霞。

马德里不想见郑碧霞，萧雅想见。

郑碧霞是怎样一个人呢？郑碧霞今年三十二岁了，不算年轻。但她说话做事儿都很悠闲，加上没有生育过孩子，所以时间到了她的身上好像放慢了脚步。她身材偏瘦，脸上却多肉，嘴唇与眼睛看上去肥肥的，松弛而懒散，散发出孩子气的撩人的味道。她的内心也像孩子一样浅浅的，什么事情都不朝深里想，关于精神上的东西，更与她无关。不爱精神的人，肯定是爱物质的。她身上偶然有一点凶狠和智慧，全是关于物质的算计。丈夫林阿大和她一样没有家底，工资也少，偏偏也与她一样喜欢钱。一个偶然的机会，郑碧霞碰到了一个愿意为她花钱的男人，这男人上门与林阿大认了干兄弟，源源不断地拿东西给他们，大至照相机、自行车，小到一条咸鱼，两双丝袜。当然郑碧霞和林阿大最终要摆脱他的，摆脱他的途径很多：搬家、给脸色、下最后通牒。这个男人通通不吃这套，他花了这么多钱，想要得到郑碧霞的人。于是郑碧霞约他到家，正要上床，早就埋伏在屋后的林阿大带着几个弟兄冲进来了。一顿拳打脚踢，这个男人再也没敢上门。

这是一个极端的例子。接下来的若干事例几乎都是和平解决的。郑碧霞和林阿大的感情也很好。他们同舟共济，没有理由不好的。

第三天是星期天。上午十点钟，萧雅走着去见郑碧霞，她到底年轻，对即将到来的见面有些怯场，一路上盘算着说什么话，怎么开场，怎么结束。她还得着重说明白，她是为了心爱的人才上门的，她要问一问郑碧霞：你有什么理由在白衬衫上画六个点？这有多伤人？你知不知道马德里为了那六个点过的是什么生活？萧雅想到这里，眼泪不由自主地流了出来，不得不在墙边站了一会儿。

她按照调查来的地址径直走至一间屋子，这屋门大开着，好像欢迎大家随时进去喝茶聊天儿。萧雅一脚踏进去，看见一个白皙丰满的女人坐在椅子上剔牙，镇定地若无其事地看着进来的陌生人。好像有谁有耳边提醒萧雅，这就是郑碧霞了。与一路上盘算的内容恰恰相反，萧雅看到郑碧霞，忘了自己的身份，顾不得体面，站在屋中间大叫："来人啊！救命！救命！"

郑碧霞慌忙站起来，这种场面她还没有经历过。她扔掉牙签，朝后面大叫："阿大，阿大！"叫了一阵没人答应，后面有个门，林阿大肯定出去赌钱去了。

萧雅一鼓作气，上前打了郑碧霞一个耳光。可也奇怪，这一个耳光一打，郑碧霞倒不慌了。萧雅也冷静下来，找了一个椅子坐着，反客为主。郑碧霞抱了胳膊，一只手捂在脸上，等着萧雅先开口。萧雅指着郑碧霞的脸说："告诉你，我是马德里的妻子。我是市妇联的。我问你话，你老老实实地回答，要不然的话，我打个电话叫派出所来人。"郑碧霞这才放下心，她不怕回答问题，她也看出来萧雅不是个难对付的角色，她虚张声势罢了。看到萧雅，她想起马德里傻乎乎的作风，脸上差不多要笑了。"好吧。"她油滑地回答，"你有啥事只管吩咐。"

萧雅想问的事十分地多，他们怎么认识的，怎么交往的，又是怎么结束的……但她对马德里有过承诺，她首先要问的是，郑碧霞为什么要在白衬衫上画六个点？郑碧霞无所谓地回答："我不过随手画画。这有什么？难道它不能穿了？"

这句话，萧雅一直没有告诉马德里。她仅仅告诉马德里，她见过了郑碧霞，别的什么也没说。现在说什么都是无意义的，她回家一看到马德里的脸色就明白了这一点。她在马德里放旧衣物的柜子里找到了那件领口上描着六个点的白衬衫，白衬衫确实是崭新的，有着略显僵硬的折痕，散发出淡淡的化学剂的味道，它一次也没有被穿过，却历尽伤痛。

萧雅看过了白衬衫，把它放好。她收拾了自己的一些东西，回娘家住了。临走时，她对马德里说："一个人静着心，试试看不要再想那件白衬衫。你想通了，我就回来。"马德里苦笑了一声，笑得极苦极苦。

这句话一说就过了二十多年，这二十多年的时间里，萧雅始终住在娘家，她不想再结婚，所以也没有提出离婚。她远远地守着马德里，坚定地固执地守，好像很明白自己要等什么。马德里和她一样的心情，不想离婚，也不想让任何女人靠得太近。他们把这种奇怪的生活过得像正常人一样，有时候会见个面，也是百感交集的，感叹两个人之间总有一个厄运梗着。

马德里，他没有像我们期望的那样飞黄腾达。虽说他后来也做了厂长，但是这个职位与我们期望的相距太远。关于他的私生活，关于他的职务升迁问题，我们这些邻居中有许多猜测。事情的真相如何，除了他和他的家里人，谁也不知道。但是我们欣喜的看到，马德里没有示弱，他每天步行着上下班，几十年如一日，身体轻捷，脸上的神情始终是平静开朗的。

他只是不想示弱而已。

二零零五年的"五一"国际劳动节，马德里晚上从厂里回来，经过路边的一片草地时，意外地看见一只白色小家兔一动不动地伏在草地上。它的头颈和耳朵受了伤，一对红宝石一样的大眼睛温顺地看着马德里。它来历不明，又楚楚可怜。马德里把它握在两手之间带回家，小白兔看上去非常信任他，一动不动地窝在马德里的手心里。到了家里，友琴见了这只小兔子，童心大起，说："我们给它弄个纸箱子放着，放院子里。我们再给它起个名字，叫小雪好不好？或者叫白雪，好不好？"马德里淡淡地打断友琴说："它叫小霞。它要住我屋里。"说完就捧着兔子进屋去了。友琴气得翻翻白眼，说："它要住你屋里？是它跟你这么说的？笑话！当心是一只兔妖，夜里出来吓你……还小霞呢？谁不知道你在惦念……"

马德里根本不去理睬友琴的话。他非常喜欢这只小白兔，每天早晨醒过来的第一件事就是吹一声口哨，把小霞唤到床边，抚摸它柔软的温暖的大脑袋。他侍候小霞时简直像女人一样细心，菜叶子都要消了毒才给它吃，还给它搔痒、梳毛。小霞喜欢吃馄饨里的肉馅，马德里从此后只吃馄饨皮，把肉馅都给小霞吃。白天他上班时，小霞就躲了起来，什么人都不见。一听到他的脚步声，小霞就像一只小狗一样蹿出来迎接他。一个月后，马德里晚上散步时就把小霞带在后面了，半年之后是冬天了，马德里让小霞睡在自己的枕头边。

小霞没有活过冬天，这是大家都没想到的事。

小霞的死源于马德里在一个冬夜里做的梦。这个梦是黑白色的，很乱，很简单。黑白色的女人们一个又一个无穷无尽地走过马德里面前，马德里肩负着评价女人的的使命，平时无法说出口的话尽情地说了出来：荡妇，淫妇，泼妇……每走过一个，他就要说一句坏话，他筋疲力尽，焦虑而沮丧。这个梦复原了他生活里深藏的一种黑暗，他喘着气醒了过来，一时间对自己的生活丧尽了信心，跳起来一头撞到了墙上。声音在宁静的冬夜里十分地响，住在隔壁的母亲先醒过来，马上推门进来，打开电灯。马德里在灯光中一眼看见了小霞，它醒了过来，若无其事地只顾努嘴，一只爪子放在嘴边。他发了狂，抄起小霞跑到院子里，把它扔到井里。母亲跑出来，扒着井栏，伸长了头颈朝水里看，井里面很安静，哪里看得见小霞啊？

马德里在井边站了好长时间，看上去他对自己的行为十分吃惊。他回屋去穿了衣服，深更半夜的就到厂里去了。第二天上午，厂里的书记打电话到家里来，说马德里自己要求出差到北非去。他脸色不好，精神也差，劝他不住。

母亲听到马德里出远门的消息就哭了。这边，友琴倒高兴了，悄悄地给萧雅打了个电话，说："萧雅，告诉你一个好消息，他把小霞扔到井里淹死了。看上去他心里的事彻底结束了。"萧雅的想法与友琴不同，她伤感地说："啊？没想到他还是这样！"友琴着急地问："他怎样了？"萧雅冷不防被友琴问糊涂了，她细想一下，是啊，马德里心里是怎样的，谁说得清楚？他自己说得清楚吗？

萧雅与友琴说完话就到马德里家里来了，她看望了马德里伤心的母亲，把小霞从井里捞起，埋在马德里窗口的石榴树下。光秃秃的石榴树上还挂着几只老石榴，不知是回忆青春茂盛时？还是在等待明年花期？萧雅暗地里落了一阵眼泪，在埋小霞的地上放了一张纸，用石块压着，上面怨恨地写道：小霞之墓。害你的那个人心里充满仇恨，我们都忘了他吧！

马德里出差了半个月，回来了，气色和精神看上去都不错，还给大家带回了礼物。他说，他在南非碰到一位有名的心理医生，是个中国人。心理医生诊断他有焦虑症，抑郁症加狂燥症……总之，病不少，但吃一些药就好了。母亲和父亲暗地里都喘了一口气。萧雅留下来的那张纸早就给母亲扔到垃圾桶里去了。但是友琴快嘴快舌地告诉马德里："是萧雅埋了小霞啊。萧雅多好的人啊！这样的女人这辈子错过了，你就再也找不到了。我知道有一个男的追了她十几年了，她为了你一点都不动心的。"马德里点着头说："是啊是啊，她确实是一个可爱的人！让我给她打个电话去吧。"

马德里一个电话打到萧雅的住处，萧雅在那头优雅地问："谁啊？"她听不出马德里的声音了。马德里心中一震，觉得大事不妙，只好报上名字："是我，马德里。"萧雅这才听出是马德里的声音，她突然变了一个人似的，声音急速变换，尖锐地叫喊起来："马德里，你完了！你这辈子没法解脱了。我想通了，我后悔了。我不会再等你。"马德里赶紧安慰她说："我有病。我会好的。我在吃药。"萧雅狂乱地说："你把药扔了吧。你吃啥药都没用，心病要用心药治。你的病就是那件白衬衫。你把白衬衫烧了吧……不，不，不要烧，烧了你也不能好起来……"马德里无话可讲，只好说："那么……我们结婚那天打过赌……你输了，输了两百块。"他听到萧雅"啪"地扔了电话，根本不理会他的幽默。

萧雅从未对马德里发过火，事后证明，这是第一次，也是最后一次。

没过几天，马德里就收到萧雅用圆珠笔写得认认真真的一封信，她先抱歉说对不起。这么多年，她终于想通了，不再追究马德里是否爱过她，她得到了解脱。她准备接受一份健康人的正常的爱，那个人无怨无悔地等了她十几年了。现在，请马德里与她去办理一下离婚手续。只有解除了婚约，她才能安心地和别人谈情说爱。马德里"哼"了一声，讥讽地自言自语："等了你十几年还算正常？我看这世上的男人都差不多的——都有病！"他用手机给萧雅发了一个短信：信收到。同意你的做法！他忽然有些舍不得萧雅。他咬住牙，好不容易忍过了一阵难过。

他们办了离婚手续。不到一个月的时间，马德里就收到萧雅的结婚请柬。萧雅结婚的那天，马德里真的去了。他站在人群外面，看见萧雅神清气爽的脸，庆幸她终于解脱了。她的男人看上去也是个好人，微微有些害羞，额头上冒出一片急促的油汗。他被萧雅轻轻一推,就主动过来和马德里握了一个手。他握着马德里的手,用力一捏,好似说:你的事我都知道了,好好活,伙计!马德里被他捏得心里又是一酸。

到了四月份,马德里查出生了胃癌,住到医院里做了胃切除手术。住进来时天还是冷的,做了手术没几天,天气就热了。友琴在家里把马德里的箱子翻了一遍,大大咧咧地把看到的衬衫全拿来了。然后,她让管理病房的小护士去叫一个护工,马德里换下来的厚衣服应该是护工拿回去洗的。友琴以前还给马德里洗衣服,随着年纪大了上去,她精力衰退,不再给马德里洗衣服了。有空的话,她宁愿晃荡着两手,跑到社区的公园里找老大妈们说三道四去。

护工由病房的小护士陪着进来了,友琴不在。马德里突然醒了,他听到小护士和另一个女人一边翻检着他的衣服,一边商量着哪件衣服应该洗,哪件衣服不用洗。两个女人的声音他都无比熟悉似的,就如置身家中,周围全是亲人们。他微微抬起头,一眼认出了郑碧霞。

郑碧霞做了护工了?她骗来的钱财到底是不护日子的。她五十好几了吧?完全不见了以前的风采,头发干燥花白,胡乱一把扎在脑后。曾经多肉的脸现在像风干的枣子,瞧着人的眼神是疲惫的,退让的。她那时候如何的尖利刻薄?如何的滋润轻佻?原来她也是个凡人!

现在,郑碧霞挽起了袖子,露出青筋毕露的胳膊,听从小护士的指挥,一件一件地把马德里的脏衣服放进一只大布袋里。窗帘被风吹得轻轻鼓起,马德里恍惚觉得自己也被风吹得鼓起来了。他感觉前所未有地好,就像重生一样。就在刚才,他认出郑碧霞的一刹那,心中如释重负,原来他明白了一件事:他并不恨她!

安宁重新回到他的心里。他简单、轻松,可以原谅自己了。

　　他向郑碧霞招招手。他招手的时候有些犹豫,就像年轻时那样,略略感到害羞。郑碧霞来到他的面前。他看着她的眼睛,吃力地一字一字地对她说:"我原谅……"原谅谁?他的话郑碧霞根本没有听清楚。她经常会见到这样的病人,想对她说什么,结果说也说不清楚。她给他掖了一下被角,提了装满脏衣服的大布袋子走了。她不知道,她的布袋里还装了一件白衬衫,一件从未被人穿过的白衬衫,领口上有六个污点。小护士翻开这件衣服时很惊讶:它是干净的,看上去还是新的,但领口为啥这样糟糕呢?她随手把它扔进了郑碧霞的布袋里,命令道:"好了,都拿回去洗吧!洗得干净一点,一个污点也不能有。"

"崔记"火车

　　街道的大拐弯处，一对中年夫妇在这儿摆了一个缝补摊——"崔记"缝补摊。在他们面前，每天来来往往的人数以万计，水一样流淌不休。他们的手艺很好，有做不完的活。除了吃饭，从早到晚坐在小凳子上，埋头缝补顾客的衣服，就像水边的两块石头。每天都这样，辛苦，乏味，然而正常。

　　这天下午，天色阴着，刚才还漂了一阵毛毛雨。路上行人不多。"崔记"缝补摊前走过来一位男子。这男子令人望而生畏：他大摇大摆；光头，留着黑漆漆的八字胡；上身穿一件亮闪闪的白底黑花缎子中式上衣，却配着一条蓝色牛仔裤，脚踏一双尖头黑皮鞋。没说的，这几样东西放在一起全不合适。但他有霸道的眼神，他的眼神让这些不仅显得合理，更显得惊心动魄。

　　他走过来，摊子上的中年女人抬起头，他也礼节性地看了她一眼，与她说话。奇怪的是，这位让人生畏的男子说起话来十分温柔，还有点害羞。

　　他拿来的是一条红短裤，裤腰的线松开了，让她重新缝一下。

他回过身走开的时候,她叫住了他,"下午四点钟来拿。"她吩咐道。

下午四点半钟,这位男子来拿缝好的短裤。他显得心事重重,眼睛看着地,匆匆忙忙地付了钱就走了。没有了霸道的眼神和大摇大摆的步伐,他令人生畏的光头、八字胡、亮闪闪的花上衣和尖头皮鞋显得一钱不值。她眼睛看着手上的针,耳朵里充满他的脚步声。对这个人现出的沮丧模样,她心里十分地怜悯。

这是发生在"崔记"织补摊上的一幕,平常的一幕,除了她的内心像闪电一样击过,没人会觉得这件事有什么特殊的意义。连坐在她边上的丈夫,摊主老崔也没察觉出什么。老崔在这方面十分敏感的,他坐在那里头也不抬地缝缝补补——他不需要抬头,他全身上下都长着眼睛呢。

快到五点了,天色亮了一些。太阳在云层里像要出来的样子。老崔对她说:"秋媛,你先回去烧饭吧。"

织补摊边上,理发师傅小皮从理发店里踱出来,对着街道伸了一个懒腰说:"一天又过去了。没有生意,没有希望。一天一天地过去,体会不到快乐。快乐就像这个太阳,被云闷着,不得出来。"在他的脚边,修车摊上的老庄点上一支烟抽了起来,他接着小皮的话发表议论:"人生最大的快乐就是娶一个漂亮贤慧的女人,手上再有一点子钱。就像老崔这样。老崔,你说是不是?"老崔没有回答,也没有抬头,但是他的身体突然绷紧了,手上的针戳了一下手指。他没有理会这根受了苦的手指头,而是竖起了耳朵。他了解这一对说话的好搭档,接下来肯定还有什么了不起的话。

果然小皮蹲了下来,偏了头,指着老崔的小凳子说:"老崔,我敢和你打个赌,你小凳子后边两只腿上,一条腿上有一个鸡蛋一样大的节疤,另一条腿上有一个鸽子蛋一样大的节疤。"老庄正眯缝着眼睛有滋有味地打量着老崔,他看见老崔把头抬起,手上的针掉下地,马上嘻皮笑脸地说:"小皮,今天是什么好日子?你这嘴巴里一吐就一只蛋，再一吐就两只蛋……难道人家老崔没有蛋嘛？"

吃完晚饭，老崔没忘了小庄的话，抓起那只小凳子，翻过肚子，仔细地端详它的腿，看着看着，他的气开始粗重急促起来。正在洗碗的秋媛浑身一凉，正想出门，老崔说："唉，真有两个节疤，一大一小。"

秋媛硬着头皮走过去，凑近了一看，可不是，真有两个节疤。它们都被红漆盖住了，不仔细看的话是不会发现的。秋媛说："我到珍玲家里去。"看看丈夫脸色转成灰败，心里又是害怕又是怜惜，又说了一句："别人的话你不要放在心上……要不我们明天也去找他小皮一个印记，拿出去给大家说说。"老崔仿佛自言自语地说："连小凳子上两个疤都会让人发现，这世上还有什么事瞒得过别人的眼睛？"秋媛说："呸，听了别人的话，就不活了？"

她话音刚落，老崔冷不防地举起手里的小凳子砸到她的头上。砸得很重，秋媛跟跄了一下，差一点倒在地上。她来不及察看自己的伤口，拉开门冲了出去。

老崔的老母亲在里屋着急地问："为啥有这么大的声音？啊？我从来没听见过你们出这么大的声音。留点子力气给我造个孙子出来啊？"走出来一瞧，媳妇不见了，她中气十足地对着儿子甩手大叫："她到哪里去了？你这么大的两只眼珠子，怎么不看住她？快把她找回来！"

老崔望着地上那只小凳子，苦着脸说："我浑身上下都长满眼睛了！我恨不得脚心手心里也长出眼睛！"

挨了一板凳的女人出了门，急急忙忙地跑到铁道边上去了，她走得一心一意的，目不旁顾，看上去目的性很强。一辆火车在她的身边呼啸而过，割开空气，吹起她衣服的下摆和头发，惊心动魄地向着远方飞驶。她四下看看，慢慢地在铁轨上躺下来，感受火车驶过留下的微颤和热气。夜幕深沉，天上没有月亮也没有星星，是一个不透光的夜。铁轨边杳无人迹，没人看见她诡异的举动。

片刻，她站起来，离开铁轨，重新走回镇子里。并没有回去，而是去了珍玲的家里。她的样子把正在吃晚饭的这家人吓了一跳。珍玲扔下手里的饭碗，把她拉到大门外，问明原由，心疼地给她整理一下凌乱的头发，摸摸她额头上肿出来的大包，说好像有点潮湿，不过也不太潮，像刚挂下的露水。

两个人没有话，慢吞吞地沿着路去散步了。她们看见了算命的老范。老范嘴里叼着一支香烟，无所事事地坐在屋前面。老范是个六十岁的孤身女人，秃顶，从来不戴胸罩，走起路来，肚子和乳房一起上下颠簸。她大声搭讪说："你们看我种的丝瓜，呸！藤条直朝天上爬，瓜呢，就没结上几个。"看到她们沉默的样子，老范深吸一口烟，喷出来一句惊人的话："金秋媛，刚才我回家的路上，听到香烟店里的大胖子说，你家老崔的右脚上，大拇指和中指是生了灰指甲的。你告诉我，是不是这样？"

秋媛停下脚愤愤地说道："老范，你凭良心说，我和老崔两个人，是不是从来没得罪过人？我们两个人，一天到晚只知道埋头干活的，在这条街上抛头露面地坐了五年了，眼睛从来不朝别人多望一眼。老范，我今天才知道那么多的眼睛一直望着我们，你们到底想干什么？"

老范慢吞吞地喷着烟说："是别人想知道你要干什么。"

秋媛问："我想干啥？"

老范说："你想干啥我怎么知道？"

秋媛看着她的脸，不说话。老范扔掉烟头，一根手指着天说道：

"金秋媛，我已经知道你想干什么了，但是天机不可泄露。不过我还是可以透露一点子消息给你听：你命交桃花，花败人衰。"

珍玲说："老范，秃婆子，你个破嘴，装神弄鬼的。我找个粪勺扣住你的嘴。"

老范说："我活得一点滋味都没有，谁想整死我，我举双手欢迎！"

秋媛拉了珍玲的手，放低了声音说："走吧，别和她吵嘴。你刚才骂她秃婆子，我一下子想到她四十岁不到就秃了。她怪可怜的，算了。"

秋媛的心还在剧烈地跳荡着，今天真是一个复杂的日子，她已经不在乎老崔在她头上砸的那一板凳了，秃头老范的话具有莫大的刺激性，引发出她不安和盲目的想往。生活的危机也在这时候演变成了另外一种面目，似乎孕育着让人兴奋的事。

她对珍玲说："我今天晚上，想见一个人。"

她说得如此郑重，声音也不小，引起了一个男人的注意，这个男人接着话音说："秋媛，你想见的人一定是我。"这个男人就是修车的老庄。他是外地人，老婆不在身边，每天吃好晚饭后，他就像游魂似的在街上乱逛。他发现是秋媛，马上尾随上来，跟在后面劝说秋媛："你也不快乐，我也不快乐。我们在一起玩玩就会快乐了。"珍玲从地上捡起一块石头，做出打狗一样的姿势，老庄这才嘻嘻哈哈地跑开了。珍玲放下石头，斜了她一眼说："你想见谁？是不是顾俊才？"

不是他又是谁？

这件事珍玲知道的，顾俊才是镇上邮电局的局长，去年的时候，他到"崔记"来缝补一件呢大衣，呢大衣的胸前被他的香烟头烫了一个洞。他看上了秋媛，眉来眼去，在大河边的芦苇丛里约会过一次，那一次两个人说了好些滚烫的话，快到四十岁的人，居然都有些晕头转向。两个人正说得缠绵，不巧得很，被一个到芦苇丛里撒尿的男人看到了。虽说没有看到顾俊才和秋媛的真面目，两个人还是赶快回家了。以后……以后的事就没了下文，顾俊才尽力躲着秋媛，但是他只要一看到她，马上又会脸红，眼睛里也放出异样的光彩，一副欲罢不能的样子。在他看来，实在是秋媛有些惹人。秋媛走路重心不稳，因为乳房大，她觉得别人的目光总是在她的胸前扫瞄。为此她害羞了多少年，走路含胸低头，跌跌冲冲。这样走路的姿势配着她的细腰和长腿，倒是显得别有风味。

珍玲去叫顾俊才了。她真有办法，一会儿就回来了，身后跟着顾俊才。珍玲说："你要的人我给你找来了。"又补充了一句，"他家的晚饭花开了一大片，好香啊！"

顾俊才不肯走近，站在灯光照不到的地方。秋媛想引他说话，就说："你家种了晚饭花啊？我家屋后也种了。"顾俊才好像不愿意说话，过了一刻才回答："哦，原来是这样。你家也种在屋后？"

秋媛朝他走近了一步，顾俊才吓得朝后退了一步。秋媛故意再朝他走上一步，顾俊才慌乱地又朝后退了一步。秋媛轻轻地笑了，然后就长长地沉默了。

顾俊才说："我还以为你有事呢。你没事的话，我要回去了。"秋媛回过头去看珍玲，珍玲说："你不要看我，有话就说好了，还怕我听？你的事我有什么不知道的？"

顾俊才在黑地里咧开嘴，一副不知所措的样子。看到他的样子，秋媛忽然生出勇气，令人猝不及防地大声笑起来，笑声尖锐而干脆，又是失望，又是自嘲。顾俊才心软了，走上前摸摸她的手臂，轻声说道："我是不敢啊！你知道有多少眼睛盯着你们家？你和老崔到底是怎么回事？看上去挺好的一对。回家吧，你家老崔也不容易的，你要可怜可怜他。"

顾俊才说完这些话站在那儿一动不动，不知是留恋秋媛，还是害怕秋媛，反正他过了老大一会儿才说："我走了。以后不要找我了。生活里有太多的事让人不快乐，应付都困难，我哪有心情与你谈情说爱？"他走后，空气里好像飘来一股晚饭花的香气。这是他家的晚饭花香？还是秋媛家里的晚饭花香？不管花开谁家，香气是公共的，无法独占。

秋媛说："今晚我还想见一个人。"她情绪兴奋，一副不想罢休的架势。

她这次想见的人，珍玲不知道了。

这个人就是今天下午让秋媛缝红短裤的男子。见一个陌生的男人，是不是很不合理？

秋媛的愿望非常急切，急切得坦诚、直率，掩盖了愿望底下的疯狂。她一五一十地向珍玲描述了那位男子的相貌：光头，黑漆漆的八字胡。今天下午看到他的时候，他穿着一件白底黑花缎子中式上衣。这个人的眼神坚定有力，看来敢作敢为，与她是一路人，而顾俊才和她不是一路的人。

珍玲猛然记起来了，说："这个人我不记得了，但是我记得这件衣服，因为这件衣服太扎眼了。我看见过两回，在小蒋的大饼摊上，都是在早晨见的。所以他一定住在大饼摊那一带。那一带都是出租的破房子，住的全是外来人。我们去找找看。"

珍玲牵了秋媛的手，沿着大河边朝小蒋的大饼摊那里走。小蒋夜里不做大饼，他的大炉子冷冷清清地站在门外。秋媛说了一句："可怜的小蒋。"珍玲没听懂秋媛的话，小蒋有什么可怜的？走过去又看见一只母鸡宿在墙根边，秋媛又说了一句："可怜的鸡，和小蒋一样，没有快乐。"珍玲又好气又好笑，说："我看你才可怜呢，你为了找快乐到处乱走。"她忽地觉得这句话不妥当，为了惩罚自己，左手打了一下右手的手背。

找到外地人的聚结地了。那些房子都很小，一间连着一间。走着走着，两个人黑暗里被一根晾衣绳绊了一下，定神一看，晾衣绳上晾着一件白衣服，正是那件让秋媛牵挂的衣服，暗地里，它模模糊糊的看不清边际，小了好些，但还是白晃晃的。

看见了衣服，珍玲犹豫起来，两个女人，一个三十五岁，一个三十八岁，夜里来找一个陌生男人，这可不是闹着玩的。于是她说："你想好了啊？真要见这个人？这可不是我的主意。"话是这么说，她的心里早就激动起来了。她没有来由地认为，只要今夜秋媛见了某一个人，生活从此就会快乐起来。除了这个莫名其妙的想法，她恍惚也觉得自己的生活中缺少一些东西，希望像一个怀春的女人一样，像秋媛这样，夜里到处寻找男人。

秋媛没有回答珍玲的话，扯起嗓门儿大叫："谁的缎子衣服啊？落在地上了。"

有一扇门打开了，走出来一个穿短裤的男人，正是她们要找的人。这是秋媛第三次见到他，每一次他都发生着变化。第一次他是那么令人生畏，第二次有点猥琐，他现在穿着肥大的短裤和到处有破洞的汗衫，恢复了一个辛苦拮据的平常的男人面目。他的嗓门儿也不轻，并不想在女人面前收敛自己："啊！谁啊？谁在喊？"

他认不出秋媛。他对秋媛并没有特别的印象。

拿回衣服，他就着昏黄的灯光上下察看，到处拍打拍打，又放回晾衣绳上。

秋媛显得话很多，"夜里会有露水的。"她说，"你晾在这里不合适。""没事的。"他声音依然很大，"我今天夜里的火车，马上就穿上它走了。"他的情绪十分快乐，哼起小调子。秋媛想，第一次看到他时，他令人生畏，又害羞。现在完全不同了。男人和女人一样，都是天上的云，变化不定。就说顾俊才，记得他去年冬天那夜里，在芦苇丛里山盟海誓，过了几天在路上碰到他，他就像不认识她一样。还有老崔，刚才他砸了她一板凳，没准等会儿回家他还下跪呢。

秋媛说："你坐火车走啊？我每天都听到它的声音，但是从来没坐过火车，想起它，心里就会激动。"这位男子回答："那你就去坐啊！和你家的男人一起去坐。"秋媛说："我家男人身体有病，不爱出门，就喜欢坐在街上大拐弯那边，给人缝缝补补。"男子认出她来了，但是脸上什么表情也没有，说："女人就该陪着男人，男人在什么地方，她就得在什么地方。"他的语气里有一股狠劲，说完之后追问了一句，"他得的是什么病？"不知是关心她还是关心他的男人。

秋媛说："没有快乐！"这句话没头没脑的，但是这位男子注视着秋媛，自认为听懂了。他不想表示出听懂的样子，他是个本分男人，只有不了解他的人才会被他的外表迷惑。再说他到这里来，是打短工，他马上就要到远方的一座煤矿去干活。他从晾衣架上取下衣服，穿在身上。就是说，他要走了，坐火车去远方的煤矿谋生。

秋媛说："你看，我好不容易地找到你，你什么话都没有。"

男子说："大姐，看来你活得不高兴。不高兴的女人我是不要的，因为我也活得好累好累。"

他是个粗率冷淡的人，连一句安慰的话都没给秋媛。

老崔的一板凳到现在才显出它的威力来。秋媛嚷嚷着，说是很疼，里面像弹棉花一样，"扑通扑通"地跳。她坐到路边的一块石头上，双手捂住脑袋，说："不好了，声音越来越大了，像火车的声音，轰隆轰隆的。"像说得很轻，神情专注，好像在聆听脑袋里火车的声音。"轰隆轰隆的。"她反复强调火车的声音，"真的和火车声音一模一样。我听见这声音，心里就会激动起来。"

珍玲说："我看你自己就像一趟火车，喷着火气，七上八下的。你和老崔应该一起去坐一次火车。刚才人家也这么说来着。"

珍玲不知道的是，老崔不喜欢火车，所有快速的富有热力的东西他都不喜欢：火车、飞机、汽车、烟火、电饭煲……当然这些事情秋媛不会和珍玲说的，老崔是一个好人，心地善良连蚂蚁都不踩的一个人，必须给他留下面子。那怕外人沸沸扬扬地传说着什么，那怕这些传说已是真相，只要她的嘴里不说出真相，真相就不一定是真相，老崔就能保住最后的一点尊严。

她继续捂住脑袋说："轰隆轰隆的，来了好几辆了。"珍玲忍不住笑出来，说："你脑子里铺着铁轨呢！"今天晚上，珍玲被秋媛搅得心神不定，到现在才回过神来。她想起了老崔，老崔生命中最重要的就是秋媛，没有了秋媛，他这个人也就没有了。

珍玲劝她说："回去吧。老崔肯定在外面找你呢。"

秋媛放下手说："不行！今晚一定要见一个人。"

珍玲简直天昏地转："老天爷！你还想见谁？"。

秋媛嘴里反复说："要见一个人，反正要见一个人……"

忽然下起了雨，毛绒绒的雨丝满天乱飘，虽说细小，但是绵密得很。珍玲说："你等着，我回家拿伞去。"

她没有回家，而是直接去了秋媛家里。老崔寻不见秋媛，正好回到家里。两个人打了伞就去接秋媛。到了秋媛坐的地方，人不见了，石头上只有雨水。两个人看着石头上的雨水，看了又看，好像要从雨水里找出秋媛来。珍玲说："也许她去坐火车了。"她不太肯定地说，"也许她回家了。"

两个人又撑了雨伞往家里走。走到半路上，珍玲说："我不跟你回去了，有什么事你打个电话告诉我。"

老崔着急了："你不能走，我还不知道她到什么地方去了。你说她要去坐火车的。"铁路上的一列火车猛地吼叫起来。他扔下伞，使劲地蹲到地上，两手捧住头，说话的声调一听就是在哭了，他说："小皮和老庄，我要杀掉你们！"珍玲吃了一惊，不敢马上走了。她不知道老崔为什么要杀小皮和老庄，她想，老崔真要杀人的话，应该杀顾俊才和那个穿缎子上衣的男子。但这两个人也没多少理由杀掉的，要杀应该杀秋媛。但是……唉，这世上老崔谁都敢杀，就是不会对秋媛下手的。

"谁让你砸了她一板凳？"珍玲伸手把老崔拉起来，拿起他扔在地上的伞替他撑在头上，"你也真是的，平常把她看得死死的。她也是个人啊！"她说。老崔生了什么病，她隐隐约约地有些明白。议论的人很多。因为秋媛和老崔看上去彼此尊重恩爱，所以议论的人更多。

老崔看来很感激珍玲的善意，他朝珍玲身边靠近一些，抹了一把脸，吸吸鼻子，不哭了，"人家的眼睛看着我们，我的眼睛看着她。"老崔评论说："这就是我们的生活现象。"他把"现象"两个字咬得重重的。然后，他又朝珍玲身边靠了一靠，看来他今夜把珍玲当成了知心人。他轻轻地说："我给了秋媛充分自由……你要相信我，我是只跟你一个人说这些话，就是我妈也不知道这些事——她光是今年的春夏两季，就跟三个男人好过。三月份跟水厂的汪发，五月份跟工地上的李包工头，七月份跟电管所的宋技术员……"

珍玲不自觉地朝后退了一大步，她扔掉老崔的伞，连自己的伞也不要了。"你说谎！你们都是疯子！"她近乎崩溃地喊叫，转身狂奔而去。她听见老崔追着向她说了些什么，她没回头，她不想知道。

珍玲早上醒来时头疼欲裂，想起昨夜的事，眼里立刻涌上了眼泪。但她到底还是惦记着秋媛的下落，就起身了。吃了早饭，对家人说到街上去买点东西。今天是星期六，休息天，她不用去小学校给孩子们上课。

走到街道的大拐弯处，一眼看到了老崔和秋媛坐在街边的小凳子上，低着头做活。今天的太阳是金黄色的，每一束金黄色的阳光里都浮着暗红。质地柔软，带着昨夜的雨水，亮闪闪的令人愉快。这样的阳光会抚慰所有不快乐的人吧？

老崔和秋媛就和平常一样忙碌，在他们面前，来来往往的人从不间断，买菜的，闲逛的，上班的……各式各样路过的人就像水一样流淌。他们安定，稳妥，一成不变，成了水边的两块石头。他们是辛苦的，然而他们不慌不忙安详的样子透露出一个信息：他们生活得很正常。

珍玲走过去，决定先和老崔打招呼："老崔，生意好忙啊！"老崔不吭气也不抬头，只是微微地点了两下头，算是给珍玲打了一个招呼。这是他一贯的做派。珍玲再去和秋媛打招呼："秋媛，生意好忙啊！"秋媛看了珍玲一眼，眼睛里有一种内容悄然一闪。

两下招呼打过，珍玲发现秋媛身边趴了一辆纸做的火车，绿纸做的。它有六节车厢，一只庞大的火车头。它惟妙惟肖，就在这人来人往的街边，仿佛一错眼就要吼叫起来。珍玲拿起来放在手上仔细观赏。嘴里说："啊呀，我没猜错的话，这是老崔的手艺吧？"

秋媛悄悄地一拉珍玲，两个人来到了街边的大河埠头。这儿有一位男孩和一位女孩席地而坐，女孩趴在男孩的膝盖上让他检视自己的长头发。赏心悦目的一件事，两个人做来却无精打采。

"你昨晚到哪里去了？"珍玲问。

"瞎走吧。走着走着不知不觉到家门口了。"秋媛说："早晨两点到家，老崔还没睡，灯下面给我折纸火车。他对我说，不要想坐火车出远门了，就在家里坐坐火车吧。"

珍玲附和着说："那是。你就安心地呆在家里吧。"她的好奇心战胜了礼貌，开口问了一个重要的问题："秋媛，老崔到底得的是什么病？你从来就没有对我说过，你是不是瞒了我许多事？"她等着秋媛说出这个秘密，当然她是有些明白的，镇上的人好像也是明白的。

　　秋媛低了头不太愿意回答这个问题，但是过了一会儿她还是回答说："我让他在城里的大医院看的，多少年了总是不好。影响了我和他的感情……他得的是精神病，忧郁症。心里没有快乐。"

　　珍玲脱口而出："你说谎！"

　　秋媛愣住了，问珍玲："我为什么要说谎？你认为他得了什么病？"

救月亮

　　做母亲的还很年轻，待人接物也是有礼有节的，不知道做父亲的为什么抛弃了她。两个人有一个长相甜美的乖巧女儿，今年十一岁。这一家人应该是幸福的。事实上他们也是幸福的，从他们的脸上就看得出对生活的满足。但是突然有一天，做父亲的扔下妻女，跟着别的女人跑了，这件事别说做母亲的想不通，旁人看在眼里也是大惑不解的。

　　自从改革开放以后，我们这条小街尽出些有伤男女风化的事，都是喜剧，大家茶余饭后讲起来就笑，就乐，仿佛所有的人生都不值得让人尊重，光让人发笑。但是这件事大家都笑不出来。

　　做母亲的是刺绣厂的顶级绣工，叫聂小玲。聂小玲擅长绣花鸟，不知道是长期做手绣的缘故，还是她天生的性情，反正她本人就是一幅绣品：安静，细腻。她从来没学会大声地嚷嚷，她与街上的娘们打起交道来总是一脸的惶恐。她是个柔弱温顺的小女人，就像她绣花用的丝线那么样。做父亲的在银行工作，姓马。马什么不知道，大家都叫他小马。小马是个大学毕业生，神情安详，眼神坚定。小马和小玲，两个人气息相投，都是静悄悄的人，晚上常常携手出去散步。十多年过去，这一幅散步的画面已经定格在我们的心上了，不知不觉地滋养着我们的心灵。

事情到底是怎么发生的，除了当事人以外，别人都搞不清。但我们都记得这一天傍晚，大家坐在门口乘凉，打麻将的，嗑瓜子的，哄逗孩子的，数落家里事的……这时候小玲和她的女儿搀着手从远处过来了，有人就和她打招呼："小玲，你好！和女儿散步啊？小马今天没回来啊？"小玲回答："是啊，散步。"说着就走过去了。她走过去的时候，好像带着一股冷风，一下子把大家的嘴巴禁住了。这些人以后回忆起当时的情景，都说，是的，小玲那天走过去的时候，确实带着一股冷风。听的人不信，那可是七月份的大夏天啊！坐着都朝下滴汗。回忆的人说，我不管七月份还是八月份，反正她的身上散发出一股冷气。

当时，大家都不说话，不约而同地瞧着她的背影。空气里一定在酝酿着一个让人不安的东西，谁都小心地提防着不安的东西。果然，聂小玲转过身，语声细细地说："小马和我离婚了！他说再和我一起过下去他就毁了。"

小玲走了好远，才有一个女人动了动，瓜子壳在她脚下"喀嚓"轻轻一响，把别人吓了一大跳。

小玲没了小马，好像不知道怎么生活。举一个例子：她到菜场买青菜，把塑料袋里的菜拿进来一棵，又拿出去一棵。想想，再拿进来。最后，还是拿出去。菜贩子认识她的，就笑她："没见过你这样的，为一棵菜左右拿不定主意，你以前怕不是这样的？"她认真地告诉这个人："我现在在家里是两个人吃饭，少了一个人，我不知道买多少菜才好。"她最想做的事不是买青菜，而是说上面的这几句话。

　　买青菜是这样，买肉也是这样。她若是买鱼，就得站在鱼桶边上老半天，嘴巴里叽叽咕咕地算计，这条比那条小一点，那边一条更小……那是个小小的菜场，买卖双方相处时间长了，大多数都认得。有些不耐烦的多嘴的摊贩就把小玲的情况告诉了我们街上的女人们。我们街上的女人再去劝解小玲："小玲，往后少了一人吃饭，不管买什么菜，相应少一个人的份就行了。你老是这样，我们心里都……"小玲慢悠悠地说："你们的话我懂。我买菜的时候也在想，少了一个人吃饭，到底要少买多少菜呢？好不容易算清楚，想一想我和小马以前的情意，说不定他突然回来跟我们一起吃饭了，吃完饭就不走了，又和我们一起过了。这世上的事说不准的，什么样的事都会发生的。"这几句话她要说很长时间，说的时候脸涨得通红。她说的是真话，真话是叫人伤心的。别人不忍听，又不忍心一走了之。所以往往她在说着以上这些话，听的人把头低了看地上有什么东西。

　　女人们听了她的话，当着她的面一个劲儿地点头表示同意，一回身就做鬼脸吐舌头。过几天，不知是谁想出一个富有激情的主意，叫冯老太和退休的石老师到小马的银行去，就算是小玲的父老乡亲找领导讨个说法。小玲的情况摆在大家的面前，她的父母都去世了，她又这么柔弱，要是疯了，谁心里都不好过。

　　冯老太以前是居委会的主任，她当居委会主任的时候，我们街上的风化情况良好，有她在，别人休想大张旗鼓地搞道德败坏。她拿过奸，打过负心人的嘴巴，跟踪过第三者，偷听过墙壁……照她的话说，她那会儿不知道帮了多少弱男子或弱女子的忙。她还说，现在的居委会只管忙着搞三产，私设小金库，哪管老百姓的死活。哪像她，心里装着每一个人的影子，就是不能看到弱者受欺凌。所以说，这件任务让她去执行是很恰当的。石老师用来壮声气，他的任务就是在冯老太出现不能应付的情况时，奋勇大叫：

"不得了，欺负人啦！"老头儿以前是教声乐的，嗓子拉开来，一条街都听得清清楚楚。

他俩来到小马的银行，随便找了一个工作人员问信，人家告诉他们，小马出差去了，有事找那位坐在门口的女同志，她是值班经理。值班经理一听是这种事，就叫他们去找工会主席。不巧，工会主席出国考察学习去了。因为他们赖着不走，最后是银行的行长亲自接待了他们。

行长坐在宽阔的桌子后面，人埋在牛皮大转椅里，手里在写着什么，与冯老太他们隔着老远，冯老太打量着他们与行长的距离，这段距离铺着厚实的地毯，冯老太暗地里叹了一口气，这段距离把她镇住了。她规规矩矩地坐着，行长问她一句，她回答一句。最可笑的是，行长问他们与小玲是什么关系时，她反而不敢说实话，指指石老师说："小玲她爸。"指指自己，"小玲妈。"

行长告诉小玲的假爸和假妈，这件事他是知道的，小马和小玲不是已经离婚了？好说好散嘛。你们说的第三者也是银行内部的，就在下面的营业厅里，既然你们来了，明天就把她调到别的地方去。至于你们说的要讨个说法，这件事他不能办到，听说小马和她领了结婚证书了，受国家的法律保护。但是小马最近表现不佳，本来要提拔他的，这次就免了吧。

冯老太高兴得脸上放光，手在下面激动地握住石老师的手，把石老师搞得惊诧不已。她高兴了一阵，又提出要求："其实我知道小玲的心情，这种惩罚对她来说是毛毛雨……"行长很有水平地打断她："没办法。你们回去劝劝女儿，叫她要头脑灵活一点。现在的事全搞不明白，反正老天爷在打瞌睡，下面就会发生稀奇古怪的事。"

冯老太一言不发，站起来跟着值班经理朝外面走。走到一楼营业厅时，她沉闷地对值班经理说："也算来一趟，总得让我们看看那个女人的样子，也好让我们一条心死了。"值班经理悄悄地一拉她的手，手指头暗地里一指，"看见了？烫长头发的，脸上没肉的那个。"冯老太点点头："看见了看见了。"她回过头问石老师，"你看清楚了？"石老师一说话，空气就"嗡嗡"响："看清楚了。这么一个大活人，又不是一根针。"

出来到外面，冯老太高兴地一拍手，说："这下我一口气咽得下了，原来是这么个丑东西。太丑了太丑了！跟我们小玲没法比。"老教师这才明白冯老太为什么叫他看仔细了，他迟钝地慢吞吞地回想一遍，觉得小马的那个女人确实长得丑，非常瘦，嘴巴部分像猩猩一样突出来，不知道她是想笑还是想哭。这样的瘦人，眼睛应该大的，偏偏是小眼睛，真不知道小马看上她什么？

冯老太摇着头微笑，得意得很，小玲有救了！这件事是她的功劳。回到家，她就去找小玲，握着她的手，满有把握地对她说："小玲，我劝你去看看小马的那个女人。你一看啊，心里的气全消了——那个丑，不是一般的丑啊！你是天，她是地；你是凤凰，她是老鼠。"没想到小玲抬起眼睛，无精打采地说："我知道，我见过。他带回来让我见过。"冯老太吃惊地问："啊！有这种事？你有没有打她两个耳光？"小玲睁着两只空虚的眼睛，定定地看着冯老太的脸，冯老太在说什么，她好像一句话也听不到，半天才说："下雨了，收衣服吧。"

天根本没下雨，这是小玲的幻觉。

小玲和小马的女儿叫马爱玲。她十一岁了，家里发生的事她一清二楚，凭着她的慧性，家里还没发生的事她也有预感。譬如说，自从她父亲走后，她预感到母亲会发疯的。在她的观察下，母亲几乎不吃东西，白天闷头大睡，夜里总在转悠，从抽屉里翻出一些旧东西，堆在那里不时地看上几眼，眼神油亮油亮的，让人不敢对视。爱玲从来不敢对人说起母亲的情况，家里出了这种事，无论如何是不光彩的。要是街坊邻居问她妈妈怎样了，她就回答："好着呢！"很爱面子。

这样沉默地过了一阵，有一天早晨，爱玲正要洗脸，突然想起一件事需要告诉妈妈。原来，再过一个星期，到下星期六的傍晚，就是月全食的日子，老师叫班上爱好天文的同学一起到学校去观察月全食的过程。爱玲不知道自己是不是爱天文，但她是班长，班长理所当然地应该参加这些活动。

爱玲来到妈妈的房间里，她惊讶地看到，妈妈一反常态地躺在被窝里呼呼大睡，整齐漂亮的长头发变了样子。我敢说你一辈子也看不到有这样的头发，它的形状十分狂乱，有的短至发根，有的长至脖颈，长长短短不说，还剪得坑坑洼洼。枕头边放着一把修剪花木的大剪刀，床上到处散落着头发。爱玲看到妈妈的样子，腿都软了，站在床边一步也动不了。她一眼不眨地紧盯着妈妈，害怕她在这个时候醒过来。

还好，聂小玲睡得很香很沉，爱玲也从惊惧中恢复过来，她扔掉手中拿着的洗脸毛巾，像兔子一样窜了出去，她不再沉默了，她要求救。她窜到外面的时候，正好是我们街的娘们活动的时候，有锻炼身体刚回来的，有上菜场去买菜或买完菜回来的，有带着孩子准备上学的……早晨和晚上，一般都是她们在忙碌，也是她们的天下。爱玲一伸手就拦住了几个女人，也不看清是谁，马上跪下了，央求说："阿姨，阿婆，你们救救我妈吧！"

女人们拉起爱玲，围着她问了一阵子话，又随着她回家。她们在聂小玲的床边商量着话，而聂小玲自始至终地闷头大睡，好像这一切全与她无关。最后，这些女人们告诉爱玲，她们现在还不能冒险叫醒小玲，因此无法确定她是不是完全疯了。如果她还没疯，那也差不多有点疯了。当然，只要她还没完全疯，就有办法抢救。爱玲最好是让爸爸小马回来一趟。女人们反复说，只有小马，才能救得了小玲。真的只有小马，才……

　　小马此刻正独自走在路上，他有车，他的女朋友——不，应该是现任妻子也有车。但是他最近有些想法，愿意走着上班。婚礼在即，他对自己的身体特别关心起来，也特别地不自信起来。增强体质还是必要的，走路是最好的锻炼。他在报摊上买了一份晚报，一边走一边看大标题。有一个大标题写着某月某日将发生月全食的消息。不知道为什么，他对这条消息很反感，一反感情绪就有些糟，因为情绪有些糟，他马上想起了现任的妻子，一想起现任的妻子，他的心情就陡然明朗起来。这是他近一年来养成的习惯，每当他情绪不好或者心虚气弱的时候，他现在的妻子就是他精神的源泉。他很爱她，因为这个女人很坚强，她会一辈子给小马无穷无尽的力量。就为了这个，不管别人会怎么评价他们，不管会受到何种惩罚，小马也是无怨无悔的。

　　因为有雾，这个早晨闻上去还是很清新的。小马终于走到单位门口了，他心情不错，嘴里哼哼着路边听来的一首歌。当他看见爱玲站在银行门口时，眼睛竟一时认不出她来。他站在爱玲面前，苦着脸，浑身的不自在。爱玲像成熟的女人一样冷着脸，讨债似的对父亲说："妈快疯了！你回去救救她吧！"她一副坚决的口气，容不得小马跟她讨价还价。

　　这样小马就跟着爱玲回去了。一回到这条老街上，他走路的姿势，他的神态，全像一个偷偷摸摸的贼。这不，他看见有一堆女人聚集在谁家门口，凑在一起好像在说着别的什么，但他知道她们一定是为他而来的。他捏起拳头给自己打气，坚强！坚强！一不留神喊出了口，爱玲就问他："爸爸，你说什么？"他老老实实地坦白说："我叫自己要坚强。"爱玲关心地又问一句："你是不是不坚强?"他说:"是的,我不太坚强。"爱玲嘱咐他:"那你要坚强一点,妈妈还等着你去救呢。"他点点头,心里更慌乱了。

到了家门口,小马突然一把拉住爱玲的手,哭丧着脸对她说:"对不起爱玲,我不进去了。我救不了你妈妈。你要相信我没撒谎,我真的救不了你妈妈!"爱玲固执地拉住小马的手,说:"你能救的,我知道。"小马扒开女儿的手,说:"你还太小,有些事你是不懂的。你妈妈是存心想把她自己逼疯。她要是疯了,我这一辈子也毁了。就是你的新妈妈,那么强的人,也救不了我。"

爱玲看着爸爸离开的背影,无声地哭了。她小小年纪,已经为父母泪流满面了。

小玲呼呼大睡到下午,起来以后神情轻松了不少。她坐在床上,脸色红润,像一个刚醒过来的婴儿,嘴唇和眼皮都是厚厚的。爱玲坐在她旁边背书,她一醒来,爱玲就知道了,放下书本看着她。她居然开起了玩笑:"哟,好学生逃课嘛?"

聂小玲起来以后,到门边去找出一顶遮阳帽,在大镜子里照照,不好意思地笑笑,对爱玲说:"你在家里乖乖的,我到隔壁的理发店把头发修理好,再去买菜。"爱玲睁大眼睛看着她,她走路的样子又稳重又轻松,像是好了,也许她睡觉的时候上帝说服了她。

聂小玲没过一会儿就回来了,手里没有菜。她摇摇晃晃径直走到床边,一头又倒下去睡了。爱玲从厨房里出来走到床边,给妈妈脱掉帽子,露出来的头发更吓人,一半没修,一半却修理得整整齐齐。爱玲经过这几天的磨炼,已经很沉着了。妈妈这种样子回来,她一点也不奇怪,也不想知道是受了别人的刺激还是妈妈自己在折腾。她只是小声地恳求着:"妈妈,求求你别疯!你替我想想,你疯了我怎么办?"小玲一甩手,赌气说:"不行。你求也没用,肯定要疯的。"睡了一阵,她觉得还想说一些话,就坐起来,说："爱玲，你知道你爸爸为什么不要我，他嫌我太弱，说和我在一起没有精神生活，没有指望……爱玲，我也不想疯的，我舍不得你。但是一定要疯的……"

爱玲一个人吃了自己做的晚饭，给冯老太打了一个电话，告诉她妈妈的情况。冯老太说，她们马上就来。爱玲知道，冯老太说的"她们"，就是一大帮叽叽喳喳的女人，她们像一大团云一样，蜂拥而来，转眼即去，不能给她爱玲解决什么问题，但是她们会解除她临睡前的紧张不安。爱玲放下电话，心里很赞许自己，想：我倒是很坚强很能干啊！不像妈妈。看来以后我不会被人扔掉。她露出小牙齿笑起来，操心了几天，颧骨突了出来，像一个成熟的小女人了。

冯老太她们来了，正好小玲也醒了。有一个会结绒线的女人马上回家拿了一顶薄薄的线帽来了，她一边给小玲戴上，一边怜惜地说："你这口气什么时候才能消了呢？你什么时候心里才刚硬呢？"

小玲坐在床上，用正常的语调向她们描述自己的心理状况，她说现在她什么也不想，什么也不计较，不恨别人。但是她知道自己要疯的，她也想不疯，可是不成，她是个软弱的人，她斗不过心里的疯魔。怎么说呢，她现在跟心里那个疯魔只隔着一根丝线，只要稍稍朝那边一晃，她就崩溃了。崩溃多好啊！崩溃比出家当尼姑还好，舒舒服服的。冯老太她们就劝解她，这是命，命是反复无常的，今天这样，明天那样。所以你搞不清事情为什么是这样，为什么是那样。一句话，你决不能疯，要咬牙撑着，过了这一关就好了。天涯何处无芳草，再说你也知道世事难料，小马既能莫名其妙地走出去，谁说不会又莫名其妙地走回来？

看来，女人们理想主义的劝解没起多大的作用，她们走的时候，小玲快速地从床上爬下来，跪下了，一字一句地说："各位好心人，我是个累赘。小马走掉以后我才知道我是个累赘。以前是他的累赘，现在是大家的累赘。一个累赘是没脸见别人的。"她是朝着墙跪下的，她的后脑壳上挂着长长短短的头发，不像是一个人的脑袋。

冯老太走出去就说："她自己要疯，谁也拦不住！"

女人们一个个面色凝重，颇有同感。

爱玲在星期四下午就和老师说，后天她不到学校来看月食了。妈妈身体不好，她要陪妈妈在家里看月全食。然后她回去对妈妈说，明天晚上八点钟就是月全食，她要妈妈起来，和她一起在家里的阳台上观赏。可怜的小玲，她已经瘦得成了一把骨头，神智是昏昏糊糊的，说的话有些让人明白，有些让人不明白。听到爱玲的话，她不知道想起了什么，虚弱地在枕头上撑起来说："爱玲，妈答应你。妈到星期六过后再疯不迟。"

前面的话是明白的，后面的话又不通了，但不管怎么说，她爱女儿的那份心还在。

月全食又叫"天狗吃月亮"。关于这件事，我们这条老街有许多说法，颇为恐怖。譬如说，有些人看了月食以后，眼睛就瞎掉了。在月食之夜，有些精神不好的人就会变成疯子。张六爷的眼睛本来是好好的，自从看了一次月食就瞎掉了。他到现在还在气忿忿地到处嚷嚷，花了多少多少钱治眼睛，全都打了水漂。春分他娘就是在月食之夜疯掉的，还有四眼婆婆，一个解放前的大学生，也是在月食之夜死在了她家的井里。人家说她是高度近视，一不小心栽进井里的。但是为什么早不死晚不死，偏偏死在月食这天的夜里呢？聂小玲从小就住在这条街上，她听说过这些故事。爱玲一走出她的房门，她就一把揪住自己的领子，扳着手指头十分精明地算开了账。算来算去拿不定主意，只得哑着嗓门儿大声地说出心里话："月食之夜，千载难逢。不疯，对不起我自己……疯了，对不起女儿！"

　　这时候，冯老太在菜场里一边买菜，一边和菜贩子津津有味地唠叨后天月全食的事，说着说着，想起了聂小玲，无奈地叹出了一口气。突然她看到那口气在脸前变成了一道白烟。这是冬天才会有的现象啊！她吓了一跳，揉揉眼睛，眼睛有些酸涩，也许是白内障的缘故，才有这种幻觉。不过总的说来，这是不吉祥的，这些不吉祥的现象都和月食有关。她很不高兴，菜也不买了，转身就回家了。打个电话去问爱玲，爱玲说，妈妈精神很好，答应她一起观赏月食。冯老太嘴里"哦哦"地应着，看见猫过来扯电话线，顺手狠狠打了它一巴掌，猫尖叫一声窜到了沙发底下。她是从不这样下狠手的，心里疼着猫，于是就搁了电话。

　　爱玲在后来的几天中，接到了很多电话，都是那些女人们打来的，她们问她妈妈的情况，还再三关照她留意她妈妈的情绪。她们还说，她妈妈会好的，只要她过了月食那天还是好好的。爱玲不知道那些骇人听闻的传说，更不知道别人都心怀鬼胎地瞧着她妈妈。星期五下午，她放学回家的路上，看见了爸爸小马。他好像心事很重，两只手插在裤子口袋里，低着头慢吞吞地走路，像一个梦游的人。爱玲站在马路对面看着他，心里巴望一件事发生，就是让她爸爸的脚下突然生出一块大石头，让他跌得半死，眼镜打碎，满脸鲜血，鞋子跌出去老远。当然这情景没有发生。但爱玲还是很高兴，至少爸爸在她心里已经跌过跟头而且头破血流了。她一蹦一跳地回家了。

　　小玲今天起来了，下了厨，饭桌上烧好的菜放得整整齐齐。母女两人吃完饭，小玲给妈妈在阳台上放了椅子，准备看月全食。昨天的空气还是热哄哄，湿答答的，今天却很爽朗。一丝一丝清风像鱼儿穿梭在空气中，它们的个头差不多，速度也一样，开始有一、两条，后来就多了，有七、八条，它们在小玲的阳台前面一会儿游过一条，一会儿游过一条……小玲开始还伸出手去抓风，后来就收了手，一动不动地温情地看着天空。随着夜色渐深，苍茫夜空里的物体一个个凸现出来，令人感到一丝寒意。小玲到屋里去找出帽子套在头上，依旧坐好一动不动地看着夜空。她发现天空被她从眼睛里看到心里了，她的身体正在起着某种减轻重量的变化。今天的夜空与她如此接近，她们是同一种质地的东西，她是小溪，天空是大海，小溪注定要汇入大海。快了，快要与天空融合成一体了。她轻轻地动了一动，有一丝隐隐的害怕，但还是满腔地期待着。她知道过了今夜就会解脱了，她甚至能提前感受到那种安宁和幸福，她的身体和心一起舒服地摇晃起来。天空温暖而亲切，大大小小的星粒也是她早就认识的，它们中的大多数曾经隐居在她看不见的地方，如今全部现身，闪耀在她的眼前，涤荡她尘世的杂念。

爱玲洗好碗坐在她旁边。爱玲的期待与妈妈的不同，她听说月食时月亮会变红，她想看到天空中一轮红月高挂是什么样的情景。当然，她会感到害怕，但她不会说出来，因为就在这几天里她长大了，她要考虑到妈妈的感受，妈妈是她最亲近的人。爱玲想到这里，看看妈妈，满足地叹了一口气。

母女俩静悄悄地坐在阳台上，天空是一个大舞台，她们坐在舞台下面。

月亮开始变化了，它坚定地不容置疑地慢慢暗淡，慢慢残缺。它气势如虹，执意要变一个天地间最大的戏法；它意志强悍，漠视众生；它压倒一切的排场打破了一开始的秩序，这一来，它成了观众，恶意地从空中俯瞰下来，观察芸芸众生的姿态。

小玲开始变化了。首先她悄没声地把两只脚蜷起来放到椅子上，这个姿势很不舒服，要把两只脚放到屁股边上也是不容易的。幸亏她的脚又细又小，扒在椅子上就跟手指头差不多。做好了这个姿势后，她就像一头烦躁的鸟一样，伸长了头颈，死盯着月亮，两只眼睛在黑暗中越睁越大。随着月亮渐渐缩小，她身体里那根理智的丝线也越绷越紧，眼看着就要断。她张了张嘴，想喊出些什么。她听到天的最远处传过来一个声音，天的声音告诉她：只要她一喊叫，就会得到永恒的宁静。这一刻她心情无比欢畅。

就在同样的月亮底下，小马和他的女人携手走在一条林荫大道上，他们要到湖边去，那儿有许多人坐在湖边的草地上看月食。小马透过树叶缝隙看见天空中一个半明半暗的月亮，它马上就会变成一个没有光亮的月亮，就像恐怖片里的镜头。小马想到这里，就对女人说："我们到湖边去坐在什么地方呢？草地上有潮气，木凳子和石凳子都被外地人搞得脏兮兮的。"他不说心中的害怕和厌恶，而是找了一个借口。女人呢，回头瞄他一眼，把他脸上的神情收在眼里，心里想了一想，就握紧了小马的手。她的手大而温暖，仿佛带着磁性，一直熨到人的心里去。平时，只要她这轻轻这样一握，小马的那颗心再烦躁也会安定下来，但是今天他一把甩掉女人的手，尖刻地说："你这种方式也是可怕的，你们女人都一样，是无形的剑。"他呲出牙齿，神情大变。那女人低着头想了一刻，恍然大悟地说："我知道了，你这样的男人——什么样的女人都会毁了你。"

再说小玲，她终于找到喊叫的对象了，月亮只剩下了小半个。月亮到那里去了？月亮就要被天狗吃了，月亮是个可怜的东西，它需要她的保护和爱。小玲浑身上下充满了勇气和力量，充满了无边无际的爱，在这一刻她是个有主见有信心的女人，她在椅子上一跃而起，无畏地大喊一声："救月亮啊！"

郎情妾意

　　王龙官从此就在小巷口摆开了摊子，他很感激一些人，让他在下岗的第五个月就领到了摊位证。当然他也满意自己，他一看到自己的摊位就油然地升起满意之情：我真能啊！我的自行车摊子就是与众不同，不佩服不行。

　　巷道的另一边是一个牛奶摊子，年青人大毛是摊主。大毛先来搭讪："喂！哪一路的?"然后他就把摊子搬到王龙官这边来了。王龙官这边张着一面大伞，上面写着某种啤酒的名字，伞下是王龙官的工具箱，各种工具和零部件充塞其中，让人头晕目眩。引人注目的是箱子上放着一盆石榴花盆景，纤细的枝条上坠着三只大而红的石榴。这只盆景删繁就简，让它周围的繁琐显得无足轻重了。大毛说，他喜欢这顶大伞和石榴，也喜欢王龙官这个人，他从此就有伴了，不会感到寂寞了。

　　不出两天，王龙官就从大毛嘴里知道了许多事，有关这条巷子的。大毛住在隔壁的巷子里，但对这里也是很熟的。

　　大毛说，他在这里摆了一年多的摊子，越来越觉得像在梦里一样，每天他面前会走过许多人，他的耳朵会听到许多声音。刚开始的时候，他全身每一个细胞都被这些人，这些声音所激活，所伤害。后来就视而不见听而不闻了，所有的人都在街上梦游着，只有动作，没有表情，也没有声音。非常恐怖。

王龙官想了一想梦游的情景，不禁打了一个寒战。他是个敏感的男人，不乏脆弱。近半年之内，他哭泣过三次。这三次哭泣的情景依次如下：

第一次，接到下岗通知时，他来不及找个没人处，当着别人的面就哭开了。他感激看到他哭泣的那几个人，他们只当没有看见，若无其事地走开了。第二次哭泣，是老婆带着女儿跟着一个做生意的温州人跑了。他不怎么怪女人，这是个对男人尽心竭力的女人，长得又美，理应过好日子。当然，那温州人是老了一点，所以这女人的将来还是存在着危机的。这个意思他对女人说过了，女人不置可否地笑笑。第三次哭泣有点莫名其妙：有一次，他在路上碰到交通堵塞，他前面是一辆新而大的轿车，开车的是一位小姐，卷曲发亮的头发，粉红嫩白的小脸，尖尖下巴扬得高高的。小姐边上坐着一位中年的先生，一脸的尊严，西装革履，头发也是发亮的。他们的头发那么有光泽，只有外国人才有保养得这么好的头发，但他们是中国人。堵塞了二十分钟，先生和小姐始终保持着这个姿势，自尊而自傲的。他们的人生与他们的姿态一样，也是坚硬的，找不到脆弱的地方。他回到家里，坐在那边，像个孩子一样拉着脸，为那位小姐和先生哭了一场。

现在，大毛以指导人的身份吓唬王龙官一通，转而安慰他说，王龙官的印堂生得好，也许在这里摆多少年的摊子心理都不会变态。

"龙官，"大毛说，"我们这种人迟早都会变态的，早点或者晚点。"

王龙官老老实实地说："我想晚点。"

大毛说："如果你想晚点的话，我教你一个办法……"

王龙官问："什么办法？"

大毛说："改天我带你到浴室去。你，进去是愁眉苦脸的，出来就是眉开眼笑了。"

王龙官一想就知道了，他离婚至今还没有碰过女人，他有点怕女人。浴室里的女人他知道，很便宜的价钱就给你了，做起生意来特别公事公办，她们的对象就是王龙官大毛这些人。王龙官不愿意找这种女人，她们太公事公办了，她们的情欲粗糙乏味，再多的钱也无法让她们变得细致而敏感。

王龙官说："好吧。不过要过些日子再说。我现在要做生意。"

大毛教唆他："做生意的时候，也能沾女人的便宜。"

大毛爱说话，巷子里他认识的人他都一一介绍给王龙官知道。有一次他指着一个骑在自行车上的女人说："你看你看，这个女人你看见了吧？这条巷子里最苦命的女人，替人家帮佣，上午一家下午一家。男人是筑路工人，长年不回家。家里住着老公公老婆婆，还有她的老娘。她每天搭地铺睡觉。去年夏天，一整个夏天，我只看见她穿过两件衣服，今天这件，明天那件，轮流穿。我妈六十几了，夏天的时候还有一大堆衣服，穿个把星期不会重复的。女人做到这个地步，还有什么乐趣？"

王龙官抬起头去打量那个女人，这个女人颧骨高，下巴宽，一点不漂亮。恰好那女人与他一对眼，下了车子过来了，问他："配个喷嘴上的螺帽，要多少钱？"王龙官回答不要钱。那女人的脸上现出感激的神色。

女人走了以后，大毛说："你记住她的名字，她叫范秋绵。你看她走过来的时候，挺着胸，小眼睛眯得一条缝。她看上你了。"

王龙官问大毛："她不会为了一只螺帽看上我吧？"

　　大毛说："怎么不会？女人就是这样的。别说螺帽，女人有时候还会为了一句不值钱的话看上你。这就是女人！"

　　王龙官每天都看得见范秋绵，她好像真的看上他了。她长得确实不漂亮，颧骨高，下巴宽，皮肤黑，但她的头发永远梳得光光的，眉毛拔得又细又高，这就有些撩人。还有一样撩人的地方：她的脸很会使用表情，微笑或者娇嗔。她脸上使用表情的时候，是全力以赴的，让她显得既多情又有头脑，还充满阳光。她身上散发出来的气息告诉王龙官：她是穷苦的，但是她对待爱情是无微不至的。她要尽力掩盖穷苦带来的卑微。她懂得享乐，像猎犬一样在她的时间里逡巡，不会放过一丝一毫的享乐机会。

　　看见王龙官的一刹那，她就知道机会来了，她的心已经等待了许久。她知道这是个善良的男人，身体健壮，内心对生活充满矛盾，脑子有点简单，但懂得配合。他还有点诗情画意，对女人会付出真情。

　　范秋绵打主意的时候，浑身上下即刻焕发出光彩。没有人能看出她的蛛丝马迹，只有王龙官看到了。他全身每一个细胞都欢呼起来，但欢喜过后又有点害怕。他看见了一张蛛网，母蜘蛛为了捕获他，把蛛网装扮得光彩照人。

　　他开始回避女人每天的目光。

　　范秋绵捕捉到了他的情绪，马上改走另一条路，不再从他面前经过。这是个煞费苦心的举动：改走了另一条路，每天她要多花半个小时在路上。

　　一个星期以后，王龙官魂不守舍了，干活的时候频频朝路上张望，他不相信这个女人就此罢手了，他感觉到他与这个女人之间有一场接一场的好戏。

　　大毛对王龙官的态度不高兴，照他看来，范秋绵这种女人只能在寂寞的时候偶尔调调情。大毛问王龙官："你真的对那个女人动心了？"没等王龙官回答，大毛马上做一个厌恶的样子，表示对这件事的否定。大毛独身，有过无数的女朋友，他衡量女人的唯一标准是在床上，他对女人在床上的表现十分在意，他狂热地认为：男人和女人唯一真实的联系是在床上。可惜他不能总是在床上，他也至今没有找到一个在床铺上令他满意的女人。他对女人的认识就是：凹陷的，多水的，阴险的，与男人相处时马马虎虎的、潦潦草草的，只想找个富足的家庭安全产仔的。

大毛一眼就看出范秋绵在吊王龙官的胃口，他喜欢女人玩这一套，但他又认为范秋绵不配玩这一套。她既不高贵，也不漂亮，没钱，没时间，她甚至看不出有什么风情。

他再次对王龙官表示不满："这是个定时炸弹。懂吗？"

王龙官认真地对大毛说："大毛，人和人是有缘分的，你不喜欢她，不等于她不好。如果你再说一句她的坏话，我就一脚踢在你的屁股上。"

大毛自己找了个台阶下："好吧，你的事我不管了。要是我，才不找这个麻烦呢，我宁愿到浴室去。"

王龙官一本正经地陷入沉思。他太渴望女人了，恨不得马上就跟着大龙到浴室去。但是且慢，生活中还有一些更有意义的事要做，譬如在箱子上放上石榴花，把它像个闺女一样带来带去。他最喜欢听的书是《卖油郎独占花魁》，他愿意像古代那个卖油郎一样，把心爱的女人当宝贝一样供着。当然，男女关系发展到最后不可避免会上床，在这之前，王龙官愿意每天守候在这巷口，盼望一个女人出现。说上一些双关的话，递一个别人察觉不到的眼神，让两个人的内心一波未平又来一波。就是这样，让生活细腻起来，有一点质感，有一点远离庸常生活之外的高贵，就像轿车里那对男女展示的生活一样。

　　王龙官抛开对浴室的渴求，开始想念那个名叫范秋绵的女人，她不漂亮，但是她善解人意，她的笑容很好看，她又黑又瘦，但她的臀部却令人注目地高翘，可见她是个会风情的女人。

　　王龙官在心里把范秋绵盘算来盘算去，禁不住把自己盘算到了绝路。他想到一点：范秋绵如此风情万种，善于勾引男人，她怎么可能没有男人？也许她有许多男人。

　　想到这里，王龙官醋意大发。

　　一个下着小雨的上午，王龙官决定休息一天。他的屋子很小，开了窗子透气，透过一株野蜡梅，看得见对面的人家。对面人家是一对老夫妻，在这儿住了十几年了，他们成天不停地说着话，总是那句话："我在这里。咳，我在这里……"别人听见了忍不住要笑。

　　王龙官躺在床上，多情地嘀咕了一声："我在这里，你在哪里呢？"他在心里描述了此时此刻范秋绵的行乐图，一个男人和一个女人。因为他吃醋，所以画面模糊不真切。他翻了一个身，叹一声，又描绘了他和范秋绵的行乐图，这一次图面很清晰，行动也非常果断干脆。但是恍恍惚惚的，范秋绵从他的身上下来之后，走到门口，回过来，缠绵地，多情地，有些犹疑地说："我，我在这里。"

　　王龙官猛然被这句话惊醒，他一下子知道了他和范秋绵的关系就是应该这样的：若即若离的，想进又退的，欲罢不能的……总而言之，就是半抱琵琶的。

　　王龙官的灵魂快乐得出了窍。

　　他马上决定到巷口去工作。下午，天还是淅淅沥沥的，王龙官躲在大伞底下，心里一片光明。他的石榴放在雨地里承雨，收音机放在工具箱上，开出一点音乐之声。他问大毛："哎，最近兰桂苑在说什么书？"因为下雨，大毛的牛奶上午没有卖完，所以他耷拉着嘴角，不想回答问题。王龙官自问自答道："可能还在说'卖油郎独占花魁'。"

这个故事是说，古代有一个勤勉本分的卖油郎，看上了一个漂亮的妓女，辛辛苦苦，积攒了足够的嫖资，到老鸨那儿要了这个妓女。但是妓女喝多了酒，不愿意理睬他，这个卖油郎一片真情，侍茶侍水，把他的心上人搂在怀里一直到天亮。

大毛有了说话的兴趣："你喜欢听这档子书？这么说，你肯定嫖过。"

王龙官不说话，因为他看见范秋绵从巷子里走出来了，一手撑伞，一手端着一盆兰花。她的眼神在王龙官的眼睛里一闪，人就到了面前。王龙官连忙打招呼："你来了？你到什么地方去？怎么不骑车？是不是坏了？"范秋绵不回答，转过头跟大毛打了个招呼，对大毛说："我到人家去做家务，下雨天，我就走走，反正路也不远。"然后对王龙官说，"我最喜欢这盆兰花，放在你这儿浇浇雨，你给我看着。我下午五点就回来了。"

下午，有一阵子雨大了起来，王龙官把两盆花收了进来。他收花的顺序是先收兰花，再收石榴花。后来，他觉得两盆花放在油腻腻的地上有点委屈它们，就把收音机从工具箱上拿下来，准备把花放上去。他先把兰花放了上去，再放石榴花时，觉得太挤，想了一想，就把石榴又放回地上。石榴就是他自己，自己受点委屈没有关系，范秋绵生活得很辛苦，不能再让她在自己这里受委屈。

快到五点的时候，雨有些停的样子。王龙官想：好了，她这时候回来正好。雨伞不会怎么潮，裤子也不会怎么潮。人撑着伞走在小雨里，说不出的美观。

五点过了，王龙官等的人还没回来。到灯火通明的时候，王龙官等的人还是没有回来。雨又大了起来，雨脚细而绵密，带着丝丝叹息一样的冷风，在灯光下面冷寂寂地垂直而下，忧愁得不得了。

街上渐渐空了。

范秋绵一动不动地坐在不远处的一家面店里，此刻她动了一下，看了看手表，把手里的面筹子和一只小锅子递给服务员。那服务员是个矮胖的女孩儿，拿了锅和筹子放到取货台上，低声对锅台上的小伙子说："这个女人有神经病，在这里坐了好长的时间啊，差不多一个小时吧。你说她买给谁吃？"小伙子说："反正不是买给你吃。"矮胖的女孩儿快活地回答："我啊？要我买给你吃啊，我起码买一大块'德芙'巧克力给你。一碗小馄饨，我有那么白痴吗？"锅台上的小伙子微微一笑，眼睛看着女孩儿。

很快地，这一碗小馄饨到了王龙官的嘴边，他已经听了范秋绵许多解释的话。范秋绵说的大致是这样：对不起，她今天回来晚了，有点事在那家里耽搁了。她知道王龙官饿了，所以借了一只锅子，路过面店的时候买了一碗馄饨。当然，她已经在做的那家里吃过了。

王龙官听了心里很受用，不住口地夸："好吃好吃。"他认为范秋绵耽搁得很意义，这样一来，所有的事情都朝有趣的地方发展了。

吃完，两个人坐在一只长凳子上看雨中夜景。微风掠过潮湿的树梢，让这个夜里充满慵懒的半推半就的绿色微响。

看完夜景，王龙官收摊子。一顶伞打在两个人的头上，走着走着就到了范秋绵家门口。两个人干干净净地道别，范秋绵当着王龙官的面把门关上了。王龙官颇有失落感，对着门说："关了好，关了好。"

话音刚落，窗户开了，范秋绵在窗里问："你说什么好？"王龙官说："我说你好。"范秋绵问："我好什么？"王龙官说："你在窗户里说话的样子好。"范秋绵又问："这样子怎么好？"王龙官脱口而出："漂亮。像书里面的人。"范秋绵铁了心地问："像书里面的什么人？"王龙官情意绵绵地回答："像书里面的小姐，大家闺秀。"范秋绵发出一声短而清脆的笑，说："那你就是书里面的相公了？"说完，她就关上窗户，落下了窗帘。

王龙官在原地愣着，想着刚才的话。刚才一番话来话去的，只有范秋绵最后一句话说得有点不舒服，隐隐约约地有些油滑。照王龙官的想法，她应该含蓄地不说话，或者说：哎哟，我那有这么好？

但这是一点小疵，微不足道，整件事情还是很有美感的。

王龙官回去躺在床上激动得好久睡不成，夜里十二点钟的时候，他涌起一个念头：去敲范秋绵的门，和她睡上一觉。

当然，范秋绵守护着自己，不会开门的。王龙官这么想着，心甘情愿地败下阵来。

再说大毛，你已经知道大毛是个何许样人。他心地不坏，但浮躁，嘴巴也太快。从范秋绵雨夜送馄饨后，第三天，他就搬到巷子的另一头去了。他对王龙官说搬走的原因是那一头人多，这一头人少，但他对巷子那一头的居民说，他主要是看不惯范秋绵和王龙官两个人酸溜溜的样子，像真的一样，玩起精神把戏来了，他们好像是全世界最懂得玩这套把戏的人。他们脸上神采焕发，脸颊红红的。他大毛一看见两个人那一模一样的红晕，就感到天晕地转，心力交瘁。

大毛还说，其实王龙官也不是那么复杂的人。他知道王龙官也嫖过娼。嫖娼是什么，就是把自己简单地处理一下，只比自娱自乐略复杂一点。至于范秋绵，她是什么样的人物，他大毛一眼就知道。王龙官没来的时候，他和范秋绵还调过一回情。范秋绵来买牛奶，对他主动说："来两个，配对。"他回答说："你找对了人，我来压你最合适不过。"大毛的手在范秋绵的手臂上一将，范秋绵顺势拿了牛奶后退一步，嗔怪道："要死，找打啊？"大毛说："打啊！我还没人打我呢。"范秋绵说："打断你的腿。"大毛说："我断了一条腿也能压你。"范秋绵说："好汉，你有种晚上来。"拿了牛奶转身就走，大毛吼叫道："我知道你不想付钱，你来的时候就没想过要付钱。我又没真的摸你。你这个女人，狠毒心肠啊！我摸摸你的手，没摸你的屁股，就损失两袋牛奶。乡亲们，你们不要和她打交道，要吃她的亏。"

巷子里消息灵通的人多的是，那么多的人都告诉大毛说，那范秋绵确实是一个春情荡漾的女人，或者说，她撑那个家，有一半依靠这个手段。她对男人很果断的，有一次大家亲眼看到一个大男人站在她家门口，苦苦哀求她让他进去。最后实在没有办法，拉长了声音哀叫："看在我给了你金戒指，看在我给了你金项链——份上，秋绵，求求你，你就让我进去，跟你最后睡一次。"

真的，很多人看到的。女人们怕窘，就在门里面听。

最后还是没开门，可见范秋绵这个女人的手段。可惜她长相不好看，不然的话，真是个妖精。

大毛幸灾乐祸地想：王龙官，你恐怕要人财两失啦！

又过了个把月的模样，一个冷冷清清的上午，大毛突然看见范秋绵搬家了。浩浩荡荡七、八辆黄鱼车，破破烂烂的东西装了个结结实实。范秋绵坐在第一辆里，大毛叫着把她拦下。

大毛问："你搬家了？"

范秋绵点点头。

大毛瞅瞅她的脸，说："你有点不高兴嘛。"

范秋绵不说话。

大毛问："你怎么不走巷子那一头？那头比这头大。"

范秋绵看看大毛。

大毛饶有兴趣地问："王龙官不知道你要搬家吧？你怎么不告诉他？"

范秋绵说："有人告诉他。"

大毛说："我才不替你传话哩。"

看着范秋绵要走，大毛急忙又问："哎，你为什么要搬家？看上去你不像到好地方享福去。"

范秋绵说："我到什么地方你不要管了，你给我传一句话，就说我那盆兰花送给他了，想我的时候看看。"

大毛看范秋绵走远，才鄙薄地"呸"了一声。

大毛的牛奶到中午就卖完了，他收了摊子去看王龙官。王龙官正在忙，油黑的脸上，一片红光。大毛乐观地想：好了，这片红光快完蛋了！于是他对王龙官说：

"龙官，我明天搬回来。"

王龙官抬起脸，大毛赶快给他点上一支烟，说："抽烟抽烟。哎，我想问问你：你和范秋绵发展到什么地步了？说得干脆一点吧，你们睡了没有？"王龙官憨厚地笑笑，说："还没有。"大毛说："那你给她什么了？"王龙官说："我也不是小气鬼。她没跟我要，我就不好意思送她什么。"大毛说："真奇怪，她今天上午搬家走了，让我告诉你，那盆兰花送给你了，想她的时候看看。"王龙官把烟一扔，看着大毛不解地说："你说什么，她走了？"大毛站起来，低声说："是啊！走了走了。"他看见王龙官弯腰从地上捡起一把沉重的扳手，千钧一发之际，大毛撒腿就跑，扳手落在他的脚后，咚的一声。他回头大叫："你有本事把兰花砸了。"

王龙官的一场缠绵情事就这样结束了。

大毛觉得他必须对朋友负责任，所以他不仅搬回来了，还陪着王龙官渡过一段沉闷时期。沉闷时期过后，还帮着王龙官渡过一段亢奋时期。亢奋时期内，他得忍受王龙官无穷无尽的喋喋不休，所有的话题都从兰花上引起。被重复得体无完肤的风花雪月，还有那个永无休止的问题：

她为什么要搬家？为什么突然无声无息地消失掉了？

待一切平静，有一天，阳光灿烂，凉风习习。大毛对王龙官说："我看你已经好了。"王龙官回答："好了。你看兰花都长大了。"说完低头忙他的活。大毛问："心里的野火都发掉了吧？"王龙官老老实实地说："又起来了——是另外一种野火。"大毛说："正好，这两天我也心里发慌。今天晚上我带你到一个浴室去洗洗，再放松放松。如果你想玩精神把戏，不妨也跟小姐玩玩。"王龙官沉闷地说："你不知道的，有些人是可遇不可求的。跟小姐怎么玩得起来？"

入夜，大毛带着王龙官朝浴室走去，这家浴室门脸很小，但是里面弯弯曲曲的十分幽深，当他们经过一间房间时，一个女人从沙发上站起来，背对着他们朝着门口走去。

她就是范秋绵。

她取了衣服，麻利地一边穿一边到了总台。今天是老板娘看管这里，老板娘厉声问："你朝哪边去？"

范秋绵说："今天不舒服。我明天再来。"

老板娘说："什么地方不舒服啊？我马上陪你上医院去。于大头今夜要来，你一定得等着，他是我们的恩人。于大头这个人有眼光，就是要你。"

范秋绵说："老板娘，谢谢你夸奖我。但是今天夜里我实在不能留在这里，我真心喜欢的一个男人刚才走进来了，我不能在这里，我要回避一下。"

她的眼泪掉下来了。眼泪掉下来的时候她想：为一个素昧平生的男人做了这么多的事，心里居然没有委屈。

小男人

一

上午十点钟，小柳巷。袁庭玉的春梦做得正香的时候，猛听得脑袋上头响起来。他睁开眼睛，玻璃窗上满满的金黄色阳光，一只大手在上面乱敲。他披上衣服，晃着眼神起来，出房门，走过院子，阳光耀眼，院里的一棵绿梅开得没头没脑的。临街的院门轻轻一拉就打开了，他这才想起来昨天晚上在小酒馆里多喝了几杯黄酒，回到家里怎么都打不开门，当时心一横，狠踹几脚把门踢开了。大门一夜就那么虚掩着。

院门外站着铁头和金老虎，一人骑着一辆自行车，两个人满脸喜色。金老虎是个胖子，一激动脸上就汗浸浸的。他大胖脸上汪着油汗，说："十万火急呀！快去看西洋景。吴门浴室着火了，没穿衣服的女人全跑出来了，跑了一大街。"

吴门浴室开张于解放军进城那年，到现在它还是国营的。它外面破破烂烂，里面气味难闻。因为价钱低，洗一次澡才五块钱，所以它任何时候都生意兴隆。当家的女人们拖儿带老，吵吵嚷嚷，吆喝小的，拉扯老的，找了衣服丢了裤子，一个个被热气熏蒸得满脸飞红。这种浴室一旦着火，当真就是光屁股女人跑一大街。袁庭玉熟悉这家浴室，他从小跟着妈进去洗澡，一直洗到八岁，到洗澡的女人们集体抗议才结束。他对女人的身体再熟悉不过，又亲切，又无所谓，就像碗里放的一碗白米饭。女人的身体都是一样的，就是多一些肉和少一些肉的差别。女人珍贵的不是身体，而是她的精神世界。

他想起来，这街上还有许多女人冬春两季在那里洗澡，像桥头上氽臭豆腐干的苏小妹和她的老娘。他睁大了眼睛，恼火地说："那、那又怎么样？你、你俩看光、光屁股女人看得还少吗？"

袁庭玉每逢激动，便要结巴。

大家愣在那里沉默。

过了一会儿，铁头一本正经地说："庭玉，不是我抽冷子戳你的心——你和你爸爸一个样子，凡事太认真，所以活得累。"袁庭玉冷着脸说："和你们同流合污，还不如死吧！"说完把门一关，不去理会他们。

金老虎嘀咕道："铁头你说得对，他和他爸爸一个样子，但是没他爸爸脾气和顺。"铁头说："算了，王秋媛刚甩了他，他脾气大也是正常的。其实，哪个男人没被女人甩过？我被女人不知道甩了多少次，哪一次都是我占她们便宜。问题就在这里，他老是被女人占便宜。老虎，我们先去看，回头再来。——出发！"

袁庭玉听见两个人嘴里叽叽咕咕地说他的事，懊恼地爬到床上想再睡一会儿，但是睡不着了。他睁着眼睛胡思乱想，忽然笑起来，原来他记起了刚才做的一个梦：细雨绵绵中，桃花盛开，他信步走到一家人门前，只见门一开，一个艳若桃花的姑娘出现在他面前。他随口吟诵："去年今日此山中，人面桃花相映红……我是小柳巷的袁庭玉。"

他在想，这个姑娘仿佛有些像谁来着。

轻轻的敲门声。

他吓了一跳，大声问："谁?"

外面小声地回答："是我。"

他脑袋还在发晕，听不出是谁的声音。外面那个人显然有些失望，声音都有些变了："是我啊——苏小妹。我把你的薄被子绗好了。"他定下心来，懒洋洋地说："大门锁不上了，一推就开。你用劲推。"

他听见木门"咯吱咯吱"响了一会儿，苏小妹的脚步声在院子里了，只听她自言自语地说："这门怎么会这样……怎么会这样?"声音到了门口，她迟疑片刻，走了进来，把被子放到袁庭玉的脚边。袁庭玉把被子朝身上拉拉好。苏小妹惊慌地说："天热了，你把被子换了吧。"她毛手毛脚地一把拉掉袁庭玉身上的厚被子，红着脸把新被子一把抖开，覆在他身上，恍惚见袁庭玉毛毛的两条腿和雪白的短裤，又是一阵心慌，喘着气坐在床沿上，扭转了头看外面的院子，看见那棵刚开的绿梅,说："你家的梅花怎么才开?人家的梅花都开得差不多啦?哦，这么绿啊!"说着就用手当成扇子去扇滚热的脸。

新绗的被子上散发出淡淡的樟脑味，让袁庭玉想起寒流突然而至的深秋，脚跟一下子有些冷，灯打开也是暗暗的，新被子从橱里拿来，顿时一股温暖弥漫开来。他伸出手去摸摸被面，感觉一下被子的柔软，心在那一刻也是柔软的。他从枕头边的烟盒里拈了一支烟，对苏小妹说："给我点上。"

苏小妹赶快找到打火机给他点了起来，站在床边，不敢坐也不敢走的样子，很是拘束。袁庭玉吐出一口烟，没头没脑地想，这女人要不是身上有股臭豆腐干的味道，倒可以把她当成一个红颜知己，时不时地叫到床边说说话。他拍拍床，叫她坐下，她就轻轻地坐下了。他看见女人坐下的时候，轻轻地鼓起鼻翼，吸了两口气。袁庭玉说："你闻吧，我很干净的。"苏小妹难为情地说："你是出了名的爱干净……你身上香香的。"袁庭玉拥在新被子里，懒懒地说："我……有点……洁癖。"

两个人沉默着，有点说不下去。过了片刻，苏小妹伤感地说："我是配不上你，我炸臭豆腐干。我不像你，一人吃饱全家不愁。我要养活一家子老老小小四口人。"她这么一说话，脸上马上又出来了红色，经久不褪。袁庭玉等她的脸色恢复正常，才说："你说哪里话？我跟你从小就在这条街上，一起长大。你对我的心思我明白，你要给我一点时间……不是才和王秋媛分手吗？"苏小妹低头良久，说："那女人不是你该要的人，走了倒好。反正你考虑着，你我要是能在一起的话，我不要你做家务事，你爱怎么就怎么，你爱看闲书，你就一天到晚看……"袁庭玉眼珠子朝她一转："你说错了，我可没有一天到晚看闲书。"苏小妹不理会他，继续说："你喜欢王南风你就喜欢去……"袁庭玉抗议："谁说我喜欢那个泼妇的？"苏小妹苦笑一声，说："我和你成不了的话，我也不会埋怨你。但是我要看着你结婚，我才结婚。"

说完话，她就安静地看着袁庭玉。袁庭玉感觉到她的安静里头透着一股逼人的执拗，但她因为是安静的，袁庭玉也不好说什么。他放下烟，说："我有一瓶香水，是我表姐从法国带回来的，我才用了一次。有点薄荷香，男女都能用的，你拿去用吧——在我的电脑桌上。"苏小妹嘴里"哎"地一声，甜甜地答应了，拿了香水就走了。

袁庭玉想想苏小妹的话，觉得苏小妹真是好，谁娶了她管保他一辈子过好日子，妈妈当初有她这么好，爸爸也不会生了胃癌不吭声，藏起了医院的诊断书，一心想死……袁庭玉揽过小镜子照照自家的脸，自嘲地说："你倒是一块香饼。我看你干脆去做'鸭'吧，又省心，又赚钱。"他心情愉快，捂着嘴巴"咕咕"地笑了两声。

二

苏小妹从袁庭玉家里出来，走过半条巷子，回到了桥头。这座阔板桥宽宽的，几乎成了个正方形。苏小妹在桥头上摆了一个油炸臭豆腐摊子。桥头上还有一个修鞋摊，摊主是个瘦精精的老头，戴着瓶底一样厚的眼镜，身边放着一个破录音机，整天放着评弹大书。

桥这头是小柳巷巷口，一边一个，长着两棵巨大的柳树。桥那头是大马路，也栽着一色的柳树。眼下柳枝都绽出了绿芽，风一吹，柳枝飞舞，树上的雀儿忽悠悠地荡秋千。再朝前说远一些，到四、五月里，柳叶丰满，天然的一道绿屏障，任你车水马龙，像隔了音似的，是一个安静详和的世界。

——正说安详呢，马上就不安详了。王南风驾驶着黑色轿车回来了，她摇下车窗，墨镜也不拿掉，"哇哇"地叫着："小妹，给我炸十块豆腐干。我中午喝多了酒,肚子现在是空的。你快点！"

老鞋匠笑嘻嘻地凑过去问苏小妹："王局长要几块豆腐干？"苏小妹悄悄地说："什么王局长，是王副局长。她的局里，平起平坐的副局长还有两个呢……她那副墨镜倒是不错的。"老鞋匠还是笑嘻嘻的，嘴巴凑着苏小妹的耳朵，说道："你不要不服气。你们两个人是我看着长大的，她从小就比你能干。你住的还是旧平房，人家住的是别墅，小区门口有警卫一天二十四小时看守。做人不服气不行的。"苏小妹微笑一声，低下头不吭声了。

王南风拿下墨镜，狐疑地看着老鞋匠和苏小妹，皱着眉头把墨镜甩来甩去的。苏小妹炸好了十块豆腐干，放在塑料袋里，走过去递到车窗口。王南风就在苏小妹的手里拨开袋口一看，拿起来"扑"地摔在地上。

苏小妹吃了一惊，朝四下里看看。王南风中午的酒意还在，泼口骂道："你看什么？我知道你心里想的什么，你巴不得袁庭玉现在正好出来，看见我虐待你。你哭啊！你一哭，他就出来了。"

苏小妹俯身拾起豆腐干，端着手上，无奈地看着王南风，也不说话。这时候，铁头和金老虎骑着车子回来了，看见这情景，问了老鞋匠一番。问明白事由，两个男人你看看我，我看看你，一齐咳了一声，谁也不想先说什么。

苏小妹开腔说话了："王南风，你开口闭口袁庭玉，你要是真的喜欢他，为什么不敢嫁给他？"王南风戴起墨镜，摇晃着脑袋说："把他留下来给你。"苏小妹笑着说："你有这么好心？谁不知道你是个好色的女人，生活复杂得一塌糊涂。"王南风变了脸色："想男人想疯了不是？可惜人家心里没你。"苏小妹说："我刚在袁庭玉那边坐了一会儿……我给他送被子去，他叫我给他点烟。他还送了我一瓶法国香水。"王南风闻言"哈哈"大笑，说："小妹，你真够纯洁的。以后记着，该叫男人为你点烟。"苏小妹眼神定定地说："我就是喜欢给他点烟，一个女人一辈子爱一个男人是幸福的。"

她刚说完，大家的耳边"呱"地响了一声，原来是一只鹦哥站在柳树上，想必是刚从主人的笼子里逃出来，又喜欢又轻浮，还没忘掉主人教给它的话，看见众人瞧它，来了精神，一抖羽毛，张嘴卖弄道："我爱你！"字字清楚，把正在吵架的两个女人惹笑了。

吵不成架了。

王南风打了一个哈欠，发动车子开走了。开到袁庭玉门口，她下了车挽起袖子去擂门，几下子就把门擂开了，大叫："袁庭玉，你死啦？出来！"

袁庭玉马上出现在门口。她劈头就训斥："还挺风流的！让别人点烟，哪里学的这一套调情法子？"袁庭玉看着她说："她、她、她……"一句话还没结巴出来，门慢慢地悠过来，碰到王南风的脚，她飞起一脚把门踢过去，不等袁庭玉把结巴劲缓过来，就走了。

袁庭玉伸长了头颈，一直看到王南风的车子消失在白果巷八号的新房小区里。对于王南风的撒泼，他一时纳闷，一时欣喜，心里像有十七八个吊桶打水，七上八下。他呆了一阵，突然明白了：王南风想回来了。她还爱着他。袁庭玉自言自语：王秋媛，你走得好啊! 走得及时!

铁头和金老虎过来了。铁头对袁庭玉说，王南风是个心思多变的女人，玩人的手腕奇多，不是袁庭玉该要的女人。金老虎接着就说，其实苏小妹还是不错的，小家碧玉，温婉慎重，不像王南风那样神经搭错。袁庭玉没听进他们的话，他还在想着王南风，觉得刚才在梦里见到的女孩子就是她，一模一样，只是时间略有差池：梦里开的是桃花，现实里开的是梅花。

袁庭玉心里高兴，转头就问铁头和金老虎有没有看到不穿衣服的女人。两个人一脸沮丧，说不知道传话的人传错了，还是他们听错了，是西门浴室着火，不是吴门浴室着火。袁庭玉赶紧撺他们，说，还不快到西门浴室去，去晚了就看不到了……好了，我关门了。

"嘭"的一声关了门。

铁头冲着关上的门啐了一口说，现在去看不到了……我知道你他妈的就是想赶我们走。

袁庭玉知道，每回风吹草动，王南风必定会来电话约他出去吃饭。他得等电话铃声美妙地响起，从屋子里响起，响到他耳朵里，再响到他的心里。

残余的小半个下午眨眼之间就过去了，王南风没来电话。袁庭玉从窗户里看着天边的晚霞，心里火烧火燎的。好不容易捱到天黑，晚七点钟，电话铃响起，他一把抓过电话，听到王南风的声音，心里酸酸的，暖暖的。

王南风果然是约他出去吃饭。袁庭玉建议她到家里来。他的理由是：今天是农历初十，大半个月亮在这时候快到了头顶，他们可以坐在院子里，一边喝酒吃菜，一边赏梅。梅花在月光下也会开放的，它们的香气在夜里传播得很远。它们近看像一树的白蝴蝶，远看像一堆雪。

王南风说："放屁! 什么看梅花? 看着看着就看到你的床上去了。"

结果，袁庭玉还是依着她到了一家咖啡馆。看着王南风点了许多华而不实的食物，他一个劲儿地心疼，要知道，他刚负气从电脑公司出来，现在还没有找到工作呢。他负气的理由是简单的：王秋媛也在那里工作。对他的辞职，同事们都不理解，这是什么年代了，还这么较真? 没看见老板把他情人的丈夫弄到本公司当保安头了吗?

在等菜的时候，王南风突然给王秋媛打了一个电话。她们是大学里的同学。两个女人在电话里唧唧哝哝地说着话，笑着闹着。袁庭玉不知道王南风是什么意思，正纳闷，王南风把手机塞到他手心里，说："说话呀，跟她说话。"袁庭玉只好对着手机说了两个"喂"，对方迟疑片刻，一言不发挂了手机。

袁庭玉脸上怏怏的，把手机扔到桌子上。他想起小时候家里养的一群鸡，母鸡闯了祸，公鸡就要啄它的脖子。被啄的母鸡四处乱蹿，却躲不过公鸡那锋利的尖嘴。但是王南风和王秋媛不是母鸡，她们即便是母鸡的话，任闯多大的祸，袁庭玉也不敢对她们下嘴。

王南风拿了手机大笑，说："你这个傻瓜，你该羞辱她。你对她说，她新找的男人没什么了不起的，钱再多也是个六十几的老头了。"袁庭玉喃喃地说："你真可爱。你一点也不像当局长的人。"王南风把手机放回包里说："你说得对，我也觉得我有时候很无聊，非常无聊。怪这世道不好，不是我个人的原因。"

西式热汤上来了。这道汤是王南风爱吃的，她"稀哩哗啦"地把它一口气喝光，拿出一支香烟，对袁庭玉说："给我点烟。"袁庭玉说："我不会点。"王南风在桌子底下踢了他一脚，说："敢不点?"袁庭玉一边给她点烟一边感叹："女人啊，真是小心眼!"

他嘴上埋怨，心里十分受用。

又上了中式饭菜和点心，王南风扯过来就吃，吃了一通，想起一个问题，抬起头，嘴角上还挂着一粒饼屑，说："袁庭玉，你知道我们今天约会的意义吗？"袁庭玉说："爱情！"王南风想起柳树上那只鹩哥，喷了一口饭，此举惊动了旁边的四个女人，她们把头凑到一处，悄声说了些话，其中一个女人抬起头说："野鸡。"她的声音不大不小，刚好能让袁庭玉和王南风听到，然后她们站起来，在昏黄的灯光下悄然鱼贯而出，她们全都拎着小小的手包，穿着长长的质地沉坠的长风衣，静穆的样子宛若四条从不说话的鱼。

袁庭玉说："看看，你把人家吓走了。你刚才为什么笑我？"王南风说："我笑你迂。其实你和苏小妹两个人很配套的，因为你们都是我搞不懂的人。"袁庭玉说："你、你……"他又开始口吃了。于是他闭上嘴，低头喝汤。咖啡馆里放着一首悲伤的歌，一个劲地问爱人：为什么？为什么？……强行抑制的态度颇像现在的袁庭玉。

王南风不乐意地说："你口吃了。我最不喜欢听你口吃。我喜欢你语气坚定，意志坚强。就像我这样！你看……这样我才会爱你。"她摆出一个姿势。袁庭玉说："好的，那我坚强。"语气委婉，不像立志坚强的样子。

两个人从咖啡馆里出来，意犹未足，驾车去了郊外。袁庭玉平时没有多少机会到外面去玩，他提出把车子开到东山去，前些天他听说东山的梅花开成漫山遍野的，不知道现在开成什么样了。他坐在车子里，时不时地瞄瞄驾驶座上的王南风，只见她兴致勃勃的，他就放下心来大谈梅花。谈了一阵，王南风说："我小时候，有一次在路上碰到你父亲，他对我说，小妹妹，你们想不想看绿色的梅花，想看的话就到我家来。你这酸样子跟你父亲简直是一个模子里脱出来的。"

再一次听人提起父亲，袁庭玉心里本该是酸涩温暖的，却吓了一跳。

　　父亲是唱昆剧的小生，他演《游园惊梦》里的柳梦梅，手持垂柳一枝，"依依呀呀"地唱着风花雪月。但他在私底下却对人说，他平生最大的愿望是想手里持着一把精钢大刀，而不是柔若无骨的柳枝。打敌人，用刀刃，打老婆，他就用刀背。碰到灭国当亡国奴，他就用刀砍了自己的头颈，杀身成义。

　　想是想，他这一辈子从来没摸过刀，连切菜刀水果刀都没摸过。哪里的刀掉在地上，他都要吓一跳。

　　持着柳枝的父亲在家里一辈子没有抬起过头，这巷子里的人都说，柳梦梅是属兔的，台上与美女一块蹦跶，台下被老婆耳提面命。正应了那句唱词：原来姹紫嫣红开遍，似这般都付与断井颓垣。良辰美景奈何天，赏心乐事谁家院? 他台上热着，台下冷着。常年冷热夹攻，年纪轻轻的在四十岁那年得了胃癌。真是，他不得胃癌谁得胃癌?

　　他也玩绝的，本来不会那么快就死，他藏起了医院的诊断书。一直到晕倒在台上爬不起来，别人才知道他生了绝症了。他对上台来抬他的人说："别抬我下去，要死我也要死在台上!"他回家却对老婆说，"好了，好了，大功告成了!"

　　生了绝症他却高高兴兴的。

　　临死前的几天，他拒绝袁庭玉的母亲走进他的房间。这是他一生中唯一一次扬眉吐气的时候。他给袁庭玉的遗言是一封信，如下：

　　　　孩子，我快死了! 我这辈子只得到一个经验：女人都像狐狸精一样会变脸。想当初你妈是和我好好过日子的，怎么没两年就变了? 越变越差，拉都拉不住。事业放在其次，我但愿你找到一个不会变脸的女人。有一个好女人在身边，吃糠咽菜，受苦受难，心里都是幸福的。关乎灵魂，切记切记!

父亲去世这么多年，袁庭玉总是惦着他，不知道他的在天之灵有没有得到安宁和舒展，他临终前幽深的眼神令袁庭玉不寒而栗，经年不止。

两个人说着话，到了一个叫"梅花坡"的地方，沿着大路，两边都是长满梅树的山坡。这地方适合幽会、打劫、伤春或者悲秋。两个人选了一个平缓的山坡坐下来。从重重叠叠的梅树里望出去，大半个月亮高高悬挂，白光照彻天空，比它更白的是梅花，但是月亮将圆，梅花已残。

袁庭玉顺着斜斜的山坡躺下了。王南风说："你是个小男孩子，你还没长大呢。要不我的意思你怎么不明白？"袁庭玉说："你是个挑剔的女人。我对你的好你心里有数。"王南风身子一歪，并头躺在他身边，把手朝他的腿上一放，说："好不好要用实际行动来回答我。"袁庭玉听见这句话，忽地坐了起来，王南风的手从他的腿上落下，还没落下地，又抬起来探进袁庭玉的衣服里，好像有一股风跟着她的手进去了。她张开五只手指，从袁庭玉的后颈处一直抓到腰里，再从腰里反挠上去，嘴里说："躺下，躺下。你不听话我就把你扔在这山里喂母狼。"袁庭玉拿开她的手，却舍不得放下，把她的手放在胸前，依言躺下。

王南风说："你知道我失恋了，救不救我？"袁庭玉说："当然救。"王南风气息咻咻，手在他胸前挠过来挠过去，像母狼的爪子。袁庭玉只顾着目光迷离地憧憬："我俩互相拯救，一同进入一个温馨世界。"王南风说："哦，你说的是两个人一块自杀。"袁庭玉说："我要为你买一个镶钻的白金戒指，办一个体体面面的婚礼。你不想生孩子也没关系，我们两个人轻轻松松地过日子，有梅花的时候看梅花，有菊花的时候看菊花……"王南风说："你的眼睛盯着我，我的眼睛盯着你。"袁庭玉大喜："是啊！你就是家里的女王，你想干什么就干什么，想玩，想喝酒，尽管去。我守家，家里的家务由我来操持安排……"王南风不等他抒情的话结束，手伸到他的肚子上，一把攥住他的裤带，厉声说："废话少说！你到底干还是不干？"

袁庭玉一动不动，也不说话。一阵风透过来，梅花缓缓落下，飘了他们一脸。

他半晌才说："我要爱情！我喜欢爱情！"王南风倒笑起来，说："放屁放屁，真是放屁。这年头还有你这种没出息的人，送上门的货也不要。你又不是没碰过我。"袁庭玉坚决地说："那时候年轻不懂事。现在要碰也要等到结婚那天碰。"王南风打了一个哈欠。这一张嘴不要紧，她一个接一个地打起哈欠来。打完哈欠，她抓起地上的梅花瓣恨恨地扔到袁庭玉的脸上。

袁庭玉不死心，还在温柔地表白："我要你救我，我也要救你。我们结了婚就得到了拯救。"王南风不耐烦地说："你嘴巴里在念些什么经？夜深了，走吧。你这个自私透顶的男人。"她站起来要走，被袁庭玉两手一围，抱住了她的双腿："刚才还高兴的，现在怎么又不高兴了？你生我的气了？"王南风说："谁生你的气了？"袁庭玉说："那咱们说好了，我要去买戒指的。"王南风手一挥："你想买就去买吧，谁拦着你？自私鬼！"

两个人一路无话，王南风时不时地打个哈欠。

车子到了袁家门口，王南风停下车子，拉过袁庭玉，在他的脸上亲了一下，正色说："庭玉，你现在正好是软弱的时候，你当心，不要被别人趁虚而入。你记住，只有自己才能救得了自己。你看我，我刚才还是很软弱的，现在又好了……还有，一个人对别人做假没关系，别对自己做假。"

袁庭玉有一肚子的话想说，但是王南风把他搡开了。他站在原地，一直望到看不见王南风。正想进家门时，只见月光下一个人影鬼鬼祟祟地掩过来，他吓了一跳。那个人笑着说："别吭声，我刚从外面回来。"原来是铁头。他白天没有看到光屁股女人，也许晚上去看了。

第二天快到中午时，王南风还在睡觉，接到局里的电话，要她下午去办公楼开一个会议。她起来胡乱吃了一些东西就出门了。路过苏小妹的炸豆腐摊，看看四下无人，她踩住刹车，对苏小妹讲："小妹，昨天庭玉不是叫你点烟吗？你今天再给他点，看他还要不要你点。"说完大笑而去。

三

苏小妹听了王南风的话，心中忽上忽下的，脸上也忽红忽白的。抽了个空，跑去看袁庭玉，敲敲门，没人应声，就把门推开了。院子里静悄悄的，几扇房门都紧紧地关着，她屏住气听了一会儿，判定家中无人，只好快快地走了。下午，她忍不住再次跑去找袁庭玉，还是没人。她回到桥头，问修鞋老头："你会修门锁吗？"老头说："修鞋子和修门锁，在古时候就是一个行当。"苏小妹自己先收了摊，央求修鞋的老头给袁庭玉家修门锁。然后，她不管老头愿意不愿意，叫一个邻居替老头看着摊子，说付老头双倍的钱，拉着他就走。

修鞋的老头看着苏小妹一个劲儿地摇头叹息。苏小妹去买了一把新锁，老头的手很巧，没多少时间就修好了门。他说他不收钱，只是要求苏小妹听他讲一个故事。他讲："从前有座山，山上有座庙，庙里有个老和尚。有一天，老和尚对小和尚说——从前有座山，山上有座庙，庙里有个老和尚，有一天，老和尚对小和尚说……"苏小妹打断他的话，说："你老人家不要说了，你的意思我懂。你放心好了，笑到最后的是我。"修锁老头打量她一眼，脸上有些吃惊的样子，不说话了。

苏小妹把新钥匙放在自己口袋里，回到家，搬个小竹椅子在家门口的花圃边，坐着有一搭没一搭地打毛线衣，眼睛时不时地瞄瞄大路。眼看着阳光黯淡，暮霭沉沉，还是不见袁庭玉的影子。

袁庭玉到哪儿去了？袁庭玉去等候王南风了。

他已经在王南风的工作单位门口等了半天了。阳光始终灿烂地照着他，把他的心都照彻了，照得他的心都透亮了。他感觉到自己的心像肥皂泡一样轻巧，连带着他的身体也莫名其妙地飘逸起来。他在办公大楼的花坛边静静地坐着，牢牢地看着王南风办公室的窗户，一心指望王南风无意中走到窗边，无意中看见他，于是两个人满心欢喜。

太阳落下，夜幕降临。办公大楼的灯一个一个地亮了许多。他忍不住地给王南风发了一个短信：

星期天也要加这么长时间的班吗？

好长时间，王南风才回了信：

是的。

他马上发过去：

我在你的楼下等你到什么时候？

楼上的一扇窗户马上打开了，王南风出现在窗前，她"咯咯"地笑起来，又有几个人头出现在她的边上，一同朝下张望。袁庭玉仿佛听见他们带着笑议论他，心里一气，走了。

他没有马上回家，而是去了昨天与王南风吃饭的咖啡馆，一个人坐着，心中的寂寞无法言说，不管不顾地点了一瓶白酒喝起来。不知道喝到了什么时候，王南风给他发了一条信息：

好好爱惜自己！

他愣了半天，觉得王南风到底还是爱惜他的，心中略略放下一些。回了一条信息：

我给你买戒指好不好？

没下文了。他闷了头继续喝酒，他本来酒量不大，又带着情绪，很快就喝得晕乎乎的了。又过了不知道多少时候，王南风给他打电话了，电话里一片吵嚷声，有人在边上起劲地吆喝：喝，喝……

王南风在那边大着舌头说："庭玉，亲爱的庭玉！你刚才是不是对我说，要买戒指给我……他们都不相信，他们说你骗我……来，你说给他们听。我限你两天之内让我看见戒指，我要让他们看看我是何等样人……"

袁庭玉欢喜得酒都醒了。放下手机，他就看见一个瘦而高的时髦女人向他走来，坐在他的桌子对面。他一时恍惚，清了清眼神才认出这是王秋嫒。她前一阵子请了假说是到香港去看她的姨妈，一回来就提出与袁庭玉分手，直言不讳地说，有个香港老板看上了她，这香港老板本人也没有什么特别的好，年纪大，还有点哮喘，问题是他的钱实在太多。大陆人实在穷怕了，一到了能抢的时候，真是见什么抢什么，连红绿灯上的一秒钟都要抢，何况那么多港币？

袁庭玉冷静地考虑下来，自认为不是港币的对手，于是就大方地说："那就分吧，祝你幸福！"马上辞了职，回家睡了两天。他像乌龟一样静止不动的时候，世界还在轰隆轰隆往前走，梅花也在院子里静悄悄地开了一树。

　　没过几天呢，这女人就变得让人认不出来了。她的嘴笑着，眼神里却是愣愣的，一下子老了许多。她身上穿着时髦的衣服，却多了一股暧昧的气息，似是烟灰气，似是风尘味，带累得她的脸面五官都模糊起来。

　　袁庭玉打了一个酒嗝，向她伸出手："你好！祝你幸福！"顺着她来的地方望过去，只见那边桌子上坐着一个清瘦的老头，脸色红润。这红润不是风吹雨打的红润，也不是化妆出来的红润。红是粉红，润是涩润，像注了水的，撑得那皮肤吹弹可破。他倨傲地举起酒杯，向袁庭玉淡淡地示意。

　　袁庭玉对王秋媛说："好啊！你终于找到幸福了。"他心里却想：这女人变得这样！她看上去一点不幸福。王秋媛指着自己的脸，苦笑着说："你看我幸福吗？我他妈的不幸福！"她把脸凑过来一点，压低了声音说："他把财产公证了一下，归我名下的只有这边的一幢小破别墅，还有几样不值钱的珠宝。"袁庭玉赶快把脸朝后挪，他害怕见到王秋媛这种样子。

　　王秋媛自个儿点着了烟，一口气吸了小半根，说："你同情我吧！你可怜我吧！"袁庭玉犹犹豫豫地打量她，不知道她说的是真话还是假话。后来，他觉得应该相信她，就说："大家活得都不容易嘛，我理解你！"王秋媛从嘴上拔出香烟，绽开笑容说："你真好！你是我见过的最好的男人，不知道将来哪个有福的女人嫁给你？"她的腿不知怎么的就放到了袁庭玉的腿上，一边和颜悦色地劝说袁庭玉："庭玉，帮帮忙好吧？老头一见到你，就要我来说给你一件事。他有一个事业上的搭档，是个六十几岁的老太太最近心理上有点不正常，想找个体面的有爱心的男士说说话。"袁庭玉说："我体面吗？"他晕乎乎的，举起一双手看来看去，仿佛自己很体面的。

　　王秋媛站起来回到老头那儿去，老头在一张小纸上写了些东西，他写得很认真，花了很长时间。这张纸到了袁庭玉手上，他展开一看，上面写着：

　　　　明天下午五点半；星月茶楼；二楼海音阁；郁女士。

　　王秋媛的嘴巴贴到了袁庭玉的耳朵边："给好多钱呢。可惜不叫我。"她说完就回去了。袁庭玉注意到，她的走路姿势都改变了，夹紧了胳肢窝，两只胳膊装腔作势地放在肚子前面。老头已经站起来了。两个人并肩一同走出咖啡馆。外面的一条街上到处是酒店，灯光闪耀，真是灯红酒绿。

　　袁庭玉定定地看着桌子上的小笺，这张小笺做得很是精致，粉红的，里面隐着暗花，让人想起一件久远的温情的事，或者一个温情的女人，或者桃花浮在流水上的情景……他喜欢这种娘娘腔的情调。

　　袁庭玉一路走着回了家。喝下去的酒借着胳膊腿的甩动，挥发了一大半。到了家门口，一推门，怎么觉得这门有了变化，再一推，才知道门锁上了，锁得很结实。接连狠推了几把，门竟然纹丝不动。这一来他的酒彻底吓醒了。仔细看看，没错，确实是自己的家，但见门上换了一把新锁，门上还有折腾过的印迹。

　　他大叫起来："我回不去了！谁把我的门锁换了？"

　　这时，苏小妹还在家里的灯下打毛线衣呢，她一直等候到现在。听见袁庭玉在巷子里大呼小叫，抿住嘴莞尔一笑，伸手把她有时病病歪歪有时没病装病的老娘从小床上推起来，叫她送钥匙去。老娘不愿意地一扭身，被苏小妹一个指头点到额头，老娘"哎哟"一声，只得拿了钥匙出去了。

　　老娘穿得太多，像一床会移动的棉被。她慢慢地移到袁庭玉边上，慢悠悠地说："别这么大声叫喊！丢人现眼的。这条巷子里除了苏小妹关心你，谁会学雷锋做这样的好人好事？拿去哟——"

她恶作剧地把钥匙朝地上一扔。

　　袁庭玉呆住了。他抗议道："这是怎么说的？她怎么能这样？"

　　老娘说："谁叫你的脸蛋长得比女人还标致？招女人爱哟！不是有个算命的说你将来要靠女人吃饭？这就对得上了，我家小妹喜欢养你，恨不得把你供在她梳头的镜子上面。"她扎撒着双手转了一个身，一边朝回走一边说，"你可不要辜负她的心啊！她生起气来，一锅子滚烫的臭油浇到你的脸上，把你毁容，叫你变成个坑坑洼洼的癞蛤蟆。"

　　袁庭玉看着地上那把簇新的钥匙，咧开嘴，又苦又愁。

　　这边苏小妹在审问她娘："你去了，怎么说？"老娘洋洋得意地说："好囡，你想说的我都替你说了。我办事你放心。"苏小妹笑起来，说："我说娘就是能干，就是懂事，改天我给亲亲的娘买一件羊绒衫。"

四

　　袁庭玉愣了片刻，只好垂头丧气地捡了钥匙，把门打开。刚走进屋子，手机发出短信过来的声音。他打开一看，是王南风的，写道：

> 我是一个不要脸的女人，你是一个自私的男人。不要
> 脸的女人不会嫁给自私的男人。

　　袁庭玉害怕得浑身都抖起来，但他不敢给王南风打电话，只好乖乖地回了一个短信：

> 你是一个好女人，我是一个好男人。好男人与好女人

一同过幸福生活。

王南风的短信又来了，三个字，连标点也没有：

没勇气

袁庭玉马上发短信过去：

没勇气是什么意思？你一向是有勇气的，是我的榜样。

他站在那里等了好久，不见王南风回信。他想王南风肯定喝多了胡言乱语。且不去理会她，该做什么还做什么。

接着他给苏小妹打了一个电话。想到苏小妹的侵犯行为，他恨得满嘴的牙齿吱吱发痒。但是苏小妹早有准备，任凭他说什么只是温婉地"嗯"一声。

袁庭玉大喊大叫："你晓得不晓得，这样做是违法的？"

苏小妹"嗯"了一声。

袁庭玉还在叫喊："不管你什么用意，这是侵犯人权的。"

苏小妹又"嗯"了一声。

袁庭玉只好放低音量说："我真是搞不懂你，你是个可怕的女人还是温柔的女人？"

苏小妹低低地说："是可怕的女人！"她说完就挂了电话，撇下袁庭玉一个人在电话那头发愣。苏小妹放下电话，正碰见老娘询问的眼光，她轻描淡写地说："没事了，让他吼去。我就爱让他吼两声。"老娘说："他跟他爹是一个模样，没屁用，光知道吼两声。吼完了就万事大吉。"

袁庭玉拿着"嘟嘟"响的电话，摇摇脑袋，他心里隐隐约约地感到有一个东西在逼近他，这个东西来自所有的女人，王南风、王秋媛、苏小妹……一个预言或者一个陷阱，它带着"飕飕"阴风和细溜溜的哭泣声。他害怕起来，浑身发冷，气也喘不匀，遂一把扯开了窗帘。外面是安静详和的夜，路灯尽心尽力地睁大眼睛。

他心跳恢复正常速度。他懒得洗漱，一头倒在床上，开始正常的人生思考。

不管怎么说，他能准确地感觉到苏小妹对他是一片真情，比王南风牢靠得多。但是这不能说明什么，爱情不是施舍。他又想起了一个问题：既然他不愿施舍给苏小妹，但王南风愿意施舍给他，他是不是接受呢？

他自个儿点点头，说："接受！"恐怕声音太低，自己听不见，遂大声重复，"接受！"

然后他给金老虎打了一个电话，金老虎和他一样，是一个人单住着。金老虎好长时间才来接电话，迷迷糊糊地咕哝着什么，一听是袁庭玉，他马上打起精神，讨好地问："你现在心情怎么样？"袁庭玉说："不说这个。我问你一句话——成立一个家庭，爱情和理智的比例是多少？哪个多一点，哪个少一点？"金老虎哀嚎起来："对不起！对不起！我很累，我要睡觉，我撑不住了。"他把电话一挂。

袁庭玉笑着骂了一句："没脑子的猪！"放下电话。过了一会儿，他睡着了，身体像个孩子似的蜷成一团。他很快地进入梦乡，看见了父亲。父亲穿着古代的盔甲，浑身熠熠生光，在小柳巷里踽踽独行，一会儿他又挽了一个女子的手，那女子好像是王南风的样子。袁庭玉走近看时，却是苏小妹。袁庭玉心里糊涂，问他们到什么地方去。父亲冷着脸说，我带她殉葬去。说刚说完，空巷子里传出许多女人的哀叹声，一声连着一声，越来越近，声音撞在墙上，满巷子都是阴阴的回声。袁庭玉的心狂跳起来，一身冷汗地醒过来。他想，最近几天心思烦乱，总是梦见父亲是不奇怪的。

父亲生前软弱，在儿子的梦里倒是光彩照人的，可惜这仅仅是个梦而已，它不能提供自己需要的东西。

第二天早晨，竟下了雨。屋檐上滴下的雨水被风吹着，落在一只井桶里，"滴滴答答"的声音忽而轻忽而重，一时绵长，一时又短促。袁庭玉听了很长时间，想着要给王南风买戒指的，他的存折上有一些钱，是留着结婚时翻修屋子用的，又是定期的。他去翻抽屉，抽屉里没几块钱；又翻口袋，口袋里只有这个月的生活费，不到一千块。

他想了一想，给苏小妹打了一个电话。他假惺惺地感谢她的新钥匙，然后就问她能不能借他五千块钱。苏小妹镇静地问他："谁要啊？"他不敢说是自己要，这样一说的话，苏小妹马上就会问他干什么用。不管他撒什么样的谎，苏小妹一定会穷追底细的。他撒了谎，说是替朋友借。苏小妹刚一听见，马上咳嗽起来，她越咳越厉害，好像一口气就要堵住似的。袁庭玉只好说："你去喝口水吧。"挂了电话，袁庭玉守在电话边等了很长时间。电话没有动静，说明借钱的事没有指望了。

忽然他在口袋里摸到了那张粉红小笺，想起王秋媛的话，心思不由自主地活动起来。既然又能赚钱又能帮王秋媛一个忙，何乐而不为呢？想起王秋媛，他有些伤感，毕竟是爱过的女人，不愿意看见她活得这么拘束。

明天下午五点半；星月茶楼；二楼海音阁；郁女士。

袁庭玉想，老年人很容易孤独的。当他们孤独的时候，找一个人聊天是一个明智的行为。

这场雨下了一天，袁庭玉就在家里待了一天。午饭后，他选了一张巴赫的曲子听着，声音调得低低的，刚好能穿过风雨声传到耳边。他又搬了一只藤椅子，坐在走廊上看雨中梅花。风是小的，雨更小。初春的东西都是软弱无力的，经不得碰的。风一吹，雨就斜了，花也斜了。地上落了一层淡绿花瓣。一只喜鹊飞过来，停在梅树上，晃晃荡荡地站住了，搭出一张"喜鹊登梅"图。它努力地展示了一会儿，到底在雨中站不牢，张开湿湿的翅膀，飞走了。

今天没有人给袁庭玉打电话。袁庭玉不在乎别人，只惦念王南风。但是他不敢给她打电话，怕她又在开会什么的。

五点半过后，西边天空忽然云开，一轮金灿灿的太阳冒出来。绵绵细雨被阳光映射着，变成了一条一条金色的雨丝。湿透了水的梅树被阳光照亮了，黄黄的人脸也被照亮了。

袁庭玉进屋去穿了外套，也不打伞，走着到了星月茶楼。坐到海音阁里，打开窗户，外面的雨完全停了，太阳和雨水交融，到处都是极亮的光。

来了一位年老的瘦削的女士，她一走进来，就微笑着说："我就是姓郁的那个人。我没迟到吧？"她的声音竟然小姑娘一样娇柔而愉快。她穿着浅灰大衣，里面是粉红的套装。她一走进来，小小的一间屋里立刻充满了香水味道。

两个人坐定，喝着茶，打量着对方，不知怎么都有些鬼鬼祟祟的。袁庭玉发觉事情不对头。说是来聊天的，这位上了年纪的女士非但一直不说话，反而略微显出害羞来。两只眼睛却炯炯有神，鸡蚀米似的在袁庭玉的脸上一下一下地蚀，蚀得袁庭玉坐立不安。

老女人从包里掏出一只红纸包，放在袁庭玉面前，轻声说："不好意思，规矩是这样。"袁庭玉扭捏起来，再也想不到自己会在这种情形下收受钱财。老女人看他不好意思，善解人意地温柔地把红纸包朝他面前推了推。袁庭玉还是没有动。老女人看上去有些着急了，问："你是嫌少吗？"不等袁庭玉说话，她就拿回红包，转过身去朝里面又塞了一些钱。然后她把红包从桌子底下递过来，说："拿着，拿着。你不要的话就是不愿意了。"

袁庭玉迟疑地在桌子底下接过红包，一搭手觉得沉沉的。他起了疑心，手没敢撤回，说："王秋媛跟我说，陪您说说话。"老女人笑了："王秋媛？她是我弟媳妇，他们刚结了婚呢。"袁庭玉把手一缩，红包掉在地上。老女人脸色变得煞白，喃喃地说："请您捡起来。王秋媛说，您爱看书，爱听音乐，一表人材，我碰到了您，是个幸运的女人。"

袁庭玉明白了。

他睁大了眼睛仔细打量老女人的脸，老女人迎着他的目光，坦然地微笑一下，表示同意袁庭玉的猜想。

手机响了，是袁庭玉的。他一只手去接电话，一只手还在桌子底下捏着红包。王南风粗喉大嗓地嚷嚷："你死到哪里去了？一整天没来电话。我刚才听铁头说，苏小妹把你家的门修好了，是不是？看上去要喝你们的喜酒了，哈哈……"袁庭玉说："你别胡闹了，我在谈生意。"王南风说："耶！长进了。你谈吧，回头跟你说苏小妹的事。"

袁庭玉打电话时，老女人一直在观察他的神色。他放下手机时，老女人说："是女朋友吧？你最好把手机关了。"

袁庭玉闷着头把桌子底下的那只手收回来，放到口袋里去，另一只手颤抖着关了手机。接着他上卫生间，什么也没干，认真地抽了自己一个耳光。

出来后，老女人说："叫我老郁吧。人家都这么叫我。"

五

袁庭玉小时候，隔壁住着一个还俗的道士，这道士会讲些阴阳五行，也会些算命看相。他与袁庭玉的父亲相处得好，让袁庭玉叫他干爹。一次下棋，他私下里对袁庭玉的父亲说："你那儿子有些异相。"袁庭玉的父亲问究竟，他就说："这孩子眉眼之间流着一股水，只怕将来是靠女人吃饭的。"袁庭玉的父亲慌忙说："那有什么用？那不是和我差不多，一辈子被女人掣肘，又离不开她。"说着，扔了棋子就哭。道士说："哭嘛也不要哭，命不是一成不变的，也会转向的。譬如他被人毁了容，或者发奋图强，那就不会靠女人吃饭了。再说，为人在世该乐观一点，靠女人吃饭有什么不好？一说靠女人吃饭你就朝坏处想，也许他比你有福得多，靠着女人吃饭，又不是胡作非为。"

袁庭玉的父亲想，被人毁容是不太可能的，唯一可能的是让他发奋图强。于是他就编了一个顺口溜让袁庭玉背，对外面说闹着玩的，让孩子矫正他的口吃。顺口溜这么说道：

大名袁庭玉，住在小柳巷。生来命运强，长大做宰相。

念了多少年下来，口吃依旧，也不像是做宰相的料。倒是昆剧团的团长看中他，又有歌舞团看中他，让他去。袁庭玉的父亲说："不行！我家儿子是个顶天立地的男子汉，怎么能去做这些婆婆妈妈的事？宁愿当叫化子，大不了让人说懒，也不要像个女人似的被人说娘娘腔。"这话说得可笑，他自己也觉得，所以他又补充道："我已经这么娘娘腔了，不想儿子再像我。"

这句话过了二十多年，在袁庭玉爸爸无法想到的一盏灯具下面，他的儿子和一个年老的富贵的女人相对而坐。而后，他们离开这盏灯，到门外，上了一辆汽车。汽车开进一幢别墅内，把他们带至另一盏灯具下面，同样是袁庭玉的爸爸无法想象的那样：美丽的，时尚的，脆弱的……映照着人心。

这第二盏灯就在老郁的卧室里，它照亮了这间大大的屋子。这屋子温暖而清新，散发出茉莉的香气，使它像一个年轻女人的房间。事实上不是，它的主人历经沧桑，又无比寂寞。眼下，她穿着长长的金色睡袍，站在床前，一只手斜斜地扶着红木太师椅的靠背，微笑着仔细打量袁庭玉。

床沿上坐着袁庭玉，两只手捧住脸。

老郁说："你的脸一直有点红的。"

袁庭玉动了一动身体，把手放下来说："什么？我脸红了？没有啊。再说灯光下怎么看到脸红？"

老郁说："对我这样的女人来说，一盏灯算得了什么。"她的声音清亮悦耳，显示出年轻女人那样的充沛精力。她刚洗过了澡，嘴唇上重新涂了口红，眼睛上也重新打上了深深的眼影，在明媚的灯光下她显得有些新鲜。她夸奖袁庭玉："你发育得很好！"

袁庭玉在想，对于这样的女人是不应该拥抱或亲吻她的，甚至于连微笑都可以省略。

灯关了。灯很快又开了。袁庭玉还是那个姿势坐在床边，老郁也还是那样站着，没发生什么事。其实，这世上真正发生的事，我们都看不见。

袁庭玉站起来，他看见老郁的眼光瑟缩了一下，脸色惶然。他觉得歉疚，过去笨手笨脚地拥抱她，然后把钱放在桌子上。老郁把钱放回他的衣袋里，轻声说："就算我借给你的。你告诉我，你这么急需要钱干什么用？"袁庭玉说："给我的女朋友，买一样东西。"老郁扫了他一眼，说："我以为你是个极端自私的小男孩儿，原来还有真情。"

袁庭玉头也不回地冲出房子。老郁掩着睡袍，跟在他后面，提醒他走出去的时候，小心被台阶绊倒了。在大门口，她追上袁庭玉，朝他手心里塞了她的名片，对他说："藏好它，有一天你会用得着我的。"她目送袁庭玉的身影消失在夜里,说:"你会来的。你跑不了的。"

再说袁庭玉,他一走出社区就碰到了打劫的。那家伙迎面蹿过来,把袁庭玉撞了一下,立马就跑。袁庭玉心中一凉,一摸口袋,钱不见了。他发疯似的跟在那人后面狂追。他们从一条路追到另一条路,始终保持着一段距离。袁庭玉跑得大汗淋漓,气喘吁吁。跑着跑着,他想起王南风,一个跃步赶上打劫的,伸手扯住这家伙的衣服。没想到手一空,这家伙使了一个金蝉脱壳计,把衣服脱在他手里。袁庭玉急了,大喊道:"这是救命钱!"说完他双腿一软坐到地上,好长时间回不过气来。

总算打劫的家伙有点天良,他回过来说:"你骗人!你进去出来的时候我都看见了,你是只鸭子。你还不如我呢!"他说完,拿出钱,点了几张,轻蔑地朝袁庭玉身上一扔,拿了衣服走了。袁庭玉坐了片刻,站起来往回走。数数小偷扔给他的钱,有一千。心里不是滋味。要不是为了给王南风买戒指,他才不会这样没有尊严地与小偷在路上赛跑呢。

袁庭玉拦了一辆车回家了。推开门,一阵梅香亲亲热热地扑鼻而来,好像等了他许久。他洗了澡,给自己的身上喷了些香水,就睡了。这个夜晚是错误的,本来以为今夜会很难过,没想到被一个打劫的混闹一番,就这么糊弄过去了。

六

第二天是晴空万里,袁庭玉骑了自行车准备到街上去买戒指。路过桥头,苏小妹眼睛一溜看见了他,马上低下眼睛。袁庭玉不想和她搭话,趁机一踩车子,冲了过去。

他从自己一千块钱的生活费里抽出五百块,与昨天"赚"来的一千块钱放在一起，买了一只细细的铂金戒，上面有一粒芝麻大小的钻。不管大小，总算也是铂金钻戒。装戒指的盒子上写着：今生今世缘，爱情不打折。

吃了午饭，他给人才交流中心的费主任打了一个电话，问她工作的事有没有眉目。费主任是个中年离异的妇人，与袁庭玉很熟悉的，一听见他的声音就开玩笑说："你啊，长得这么标致，找什么工作？还不如做鸭去。那是赚大钱的。"袁庭玉听着刺心，脱口就说："做鸭？下流生意，祖宗的脸都丢光了……"他刹住话，找了一个借口赶快挂了手机，但已经来不及了，心在片刻之间郁闷难当。

这阵郁闷很快就过去了，他想到王南风，心里实实在在地高兴起来。他爱王南风，他爱爱情。现在的人不相信爱情，那是没有碰到爱情。

他马上就会知道，他碰到的是他一个人的爱情。

袁庭玉是下午回家的，回家的路上也必定要碰到苏小妹的，只此一条通道。这回他主动停下自行车，与苏小妹打招呼，"小妹，你今天脸色不好，早点收摊回去吧。"他说。苏小妹看看他，没有说话，脸上也没有表情。袁庭玉想，是不是她知道买戒指的事了？那又怎么样？一人一个命。就在这时苏小妹说话了，她说："一人一个命，我的生活就是一滴一滴油炸出来的。"

袁庭玉吓了一跳，苏小妹的话像刀子一样戳了他一下。

他转身就走，好像听见苏小妹在身后凄然冷笑，且不管她。回到家，准备晚上与王南风小聚的酒菜。他实在没有钱下馆子了，这没啥，情调不是钱给的，爱情也不是钱给的。但是没钱的时候，制造爱情和情调要麻烦些。

一切准备停当，他给王南风打电话。

"你在哪里啊？"

王南风简短的两个字："在家。"

"那你过来吧。我准备了你爱吃的红烧肉、土豆丝、清拌马兰头……还有我的爱心。"

王南风说："什么过来过去的，我马上就到飞机场去了。"

袁庭玉说："怎么这样？你没告诉我。"

王南风说："你别烦了！我看这世上就你一个闲情逸致的人。我快忙死了。"她挂了手机。

袁庭玉又打过去，她叫起来："我马上就走了，你不要缠人了。"

袁庭玉说："你在你家门口等着我。"

他拿了戒指，跑到王南风家门口，她坐在汽车里，驾驶座上放着一个行李包。袁庭玉递给她戒指盒，她接了，大大咧咧地打开来，笑眯眯地看着。她今天化了妆，好像匆匆忙忙的，粉多了些，口红也厚了些，脸上的表情看上去是滞粘的，迟钝的，不如平时那样清爽敏捷，添了一些肉欲。袁庭玉是爱她的人，爱人的每一个细小变化都会放大着看，有她这份沉甸甸的肉欲镇压在那里，袁庭玉任凭她皱眉、撅嘴、嗤笑，屏住了气一声不敢吭。

王南风看完戒指，还给袁庭玉，说："唉，你真不容易啊！总算买了一个像样些的东西……你放着吧，以后总会用得着的。你用着的时候，就会感谢我了。"

袁庭玉一口气憋了半天，才说："你、你、说、说、话不算、算……"

一句话没说出来，王南风的车子已经走了。

袁庭玉一伸脖子，咽了一口空气，生生的把自己剩下的半句话咽下肚子。

回到家去，独自对着一桌子酒菜，简直想哭出来。他定了一回神，忍住泪走到走廊里，把自己缩手缩脚地团在椅子里。可恨夕阳无限美，但那个人却不在此地与他同赏同乐。

天黑了，有色彩的东西都退出了，门外的声音不能进心里去，在世界以外的地方琐碎地响。天是空的，地是空的，惟独剩下袁庭玉和他的一树浅绿梅花。等到天黑尽，又等到无人声，梅花在一阵风里"簌簌"一响，落下一地的花，袁庭玉才在椅子里动了一下，说：

"天知，地知，花知。"

<h2 style="text-align:center">七</h2>

苏小妹又来了。她总是在恰到好处的时候来。

袁庭玉躺在床上，他昨天在外面几乎坐了一宵，到早上就觉得脑袋沉重，浑身乏力。他自懂男女之事起，受了父亲的暗示，一心只想在女人身上取得成功，"关乎灵魂"的希望工程早就开工，可惜事与愿违，越是上心的地方就越是不能遂意。

苏小妹这次来什么借口也没找，袁庭玉开了门，她就跟着一直到了里屋。袁庭玉上床，她就上前给他掖被子。摸摸他的脑袋，给他倒了一杯茶。熟门熟路的，就像结婚多年的夫妇。然后她坐在床边，凝神屏气，看着袁庭玉的脸，听他说什么话。

"小妹，"他说，"不瞒你说，我又做了一场春梦。幸亏没几天就醒了。"

苏小妹听出意思来了，但她认为现在不是说话的时候。不说话不等于真的沉默，她又伸手给袁庭玉掖掖被角，此时无声胜有声，她的手比刚才更柔和，脸像清水一样温情脉脉。

她知道现在必须让袁庭玉说话，他说得越多就越好。

袁庭玉说："人最难过的事就是总要面对现实。"苏小妹想，其实难过的不是现实，而是每个人的现实都不一样。她点点头，表示同意袁庭玉的话。她再想听他说下去，他却住了口不说了。于是她站起来把外面桌子上的菜拿到厨房去热了一遍，回来时袁庭玉已坐起来靠着床头了，脸色黄里带着红晕，眼睛明亮。

"你吃点饭。"她轻声劝说袁庭玉。从她走进来到现在，短短的时间里，袁庭玉的心里已经发生了一件事，或者说完成了一件什么事，这次他走得很快。

"我不吃！"他说。苏小妹哄他："吃吧。吃点东西身体才会好。"袁庭玉说："我要这身体干什么用？一无所长，一事无成。"苏小妹说："你不爱惜自己，叫我以后靠谁呢？"袁庭玉恍惚觉得自己成了一个女人的靠山，这感觉十分美妙，有一刻他简直冲动得要把戒指送给苏小妹，但是他随后就清醒过来。横亘在他与小妹之间的是一个大问题，是性的问题。他把小妹的脸看来看去，怎么都觉得不能与她睡在一张床上。

他说："其实你长得比王南风好。"小妹点点头，"嗯"一声。他又说："你知道不知道，你身材也不错的？"小妹又点点头。他伸过手去，摸摸她的脸，心里好像有点想要她了，就说："你喂我吃。"苏小妹听话地端起饭碗，朝他嘴里喂了一口菜。他说："你以后要正眼看着我，不要不好意思。"说着他就穿着短裤下了床，对苏小妹命令道："我去洗个澡，你把小桌子端到房间里，我们一起喝点酒。今天你就不要回去了。"

他舒舒服服，慢慢悠悠地洗好澡，神清气爽地回到房间，小桌子摆在那儿，菜也摆放得整整齐齐，苏小妹不见了。他一着急，浑身出了一身汗，以为苏小妹不辞而别，这个人丢大了。他正在着急时，苏小妹一身光鲜地回来了，原来她是回家换衣服的，顺便把家里的事安排一番。她手里还捏着一个小塑料袋，装着一条三角裤和丝绸吊带睡衣。她把它们捏成一小团，放在上衣里面靠腰的地方。她从家里出来的时候，正好碰到了铁头，铁头问她到那里去，她大大方方地说，到袁庭玉家里去。铁头吹了一声口哨，连声恭喜，然后又问她肚子那里怎么大了许多，是不是藏了一个小孩。苏小妹笑笑说，什么都会有的，小孩当然也会有的。

苏小妹藏着短裤和吊带睡衣，先溜到卫生间去洗了淋浴。她穿着吊带睡衣走出卫生间时，心想：原来生活也有这样过的？她十分激动，把头顶着门，两眼淌下泪水。幸福生活来之不易，她必须牢牢把握。

袁庭玉一个人在房间里先喝上了，他喝得生龙活虎，苏小妹坐到他对面时，他朦胧着双眼，从床边拿出戒指盒，扔给苏小妹，说："我，我就，就这么一点理想了，你成，成全我吧！"

苏小妹二话不说，马上成全了他的理想。她戴上戒指，跑到袁庭玉的被子里藏起来。说真格的，袁庭玉的心里已丝毫没有亲近她的意思，只好一杯一杯地喝酒，到后来双手一撒倒在了地上。头碰到地上他是知道的，因为他听见"嘭"的一声，脑袋有些痛，但他乐得不管。管他娘的，先昏过去再说。

早晨他醒过来时是一个人，苏小妹不见了。他摸摸脑袋，脑袋还在。想想哭了起来，眼泪在脸上乱窜，自己也不知道哭泣是高兴还是不高兴。他的直觉告诉他，这次没有谈恋爱，但是有了一个老婆。哭完了他给苏小妹打了一个电话，没头没脑地问她：

"你听不听我的话？"

苏小妹倒也配合，哑着嗓子说："听你的话！"

"你变不变化？"

苏小妹还是哑着嗓门很乖地回答："不变化。"

他满足了，即刻挂了电话，说："王南风，你一阵风一阵雨的，这下任你风风雨雨，咱俩真的玩完了。但愿你过得好，要是你过不好，也是活该。"

他睡在床上，一心等着苏小妹过来。将近中午，他的妈来了。原来苏小妹打电话把他妈叫过来了。他心里不乐意，觉得苏小妹这会儿开始有心计了，不像王南风那么憨直。想是这么想，抱着理解万岁的态度，他还是客气地让他的妈妈进来了。

妈妈是个身量矮小的女人，眼神明亮，头发整整齐齐地朝后梳，露出干净的前额。她说话的声音很轻，不仅轻，简直有些鬼鬼祟祟的，就像在人的耳边挠痒。就是这么一个女人，再也想不到她会让一个男人怕到死。她后来又嫁了人，住在男家。她与后来嫁的男人关系紧张，所以平时不大过来，一门心思地在那边镇守江山。那男人虽说怕她，但不像袁庭玉的父亲那样，他着急了，拳头不认人，所以妈妈的身上经常有些青瘀肿块。她挨了打，眼睛更加发亮，嘴里却从不埋怨谁。

她进了门，四下里看一看，吸吸鼻子，露出一副不屑的样子，说："你把家里搞得真是……"她不说下去了。她习惯说半句话，下面半句留给听的人想。袁庭玉从小就听她说半截话，听多了，就成了口吃，连半截子话也说不好。

"你中午吃……"她回过头来看袁庭玉。袁庭玉回答："有的吃、吃、吃吃……"她打断袁庭玉的"吃"字，又说："苏小妹给我打电话，说……"袁庭玉睁大了眼睛愣愣地说："说、什么？"她不接儿子的话音，却说："我不喜欢她，这个女孩……"袁庭玉正想听她说下去，只见她眼睛四下里一溜，皱皱眉头不说了，不知看到了什么让她不愉快的东西，或者什么东西勾起了她不愉快的回忆，她想念起家里的老头子，她从家里出发到这里，时间已经过去了一个半小时。就是说，老头子在她的视线里消失了一个半小时。她决定走了，走之前，她说了一句完整的话："我要走了。"袁庭玉也不再结巴："那我不送你了。"她猛地回过头，说："你还恨……"袁庭玉知道她要说的要什么，飞快地回答："我不恨你。"

妈妈开了门，吓了一跳，差点碰着金老虎的鼻子。原来金老虎和铁头就在门外。妈妈不高兴地说："你们敢偷听？"金老虎和铁头站在她面前一声不敢吭。等她走了以后，铁头才对袁庭玉说：

"你妈妈还是老样子，一点没有变。我们刚到你家门口，真的没偷听。"袁庭玉摇摇晃晃地朝屋里走，一边说："没关系的，我小时候也经常被她怀疑偷听。其实她有什么见不得人的事？她的事我都知道，跟哪个女人有仇，给什么人使了一个心眼，在厂里顺手牵羊捞了什么东西回来……"

兄弟三个懒洋洋地在走廊里坐下来。太阳是金光灿灿的一团，它的热力透过外套敷在肌肤上，像多了一层更温暖的皮肤。

金老虎对袁庭玉说："苏小妹说你生了病了，我怎么看不出来？"袁庭玉说："真有点不舒服，这种天气闹点小病有些意思。"铁头冷笑了一声，把抽着烟的嘴仰到天上去，一副看透人生的样子。他说："我知道你根本没病，小妹打电话的意思我也懂。这种女人心眼多，你要提防着。"袁庭玉眨巴眨巴眼睛，这句话说到了他的心坎上，但他想到昨夜两个人一夜共枕，又不愿意自己想得这么残忍。他沉静着，把香烟从嘴巴上拿下来，扔到阴暗的墙角边。虽然春天到了，太阳也非常暖和了，但墙角边仍旧是阴暗的，像憋着一口气，没有回暖。

铁头后来承认他心里有点忌妒，但他又说，他深深地替袁庭玉担忧，因为他从来没有见过一个女人像苏小妹那样，对待男人是毫无保留的，要点脸的女人都不会那样。袁庭玉开始反驳，问他，前两天，铁头还在说苏小妹好，一个男人怎能说话颠三倒四的？铁头辩解道，那是把她与王南风比。金老虎上来调停，说，苏小妹对袁庭玉是好的，一个女人只要对男人好，天大的事也过得去。铁头冷笑了一声，说，放屁！你不懂！

铁头这个外号是大有名堂的，他小时候父母常打架，父母一打起来，他就朝桌子底下躲，看着父母乱打一气，然后两个人又高高兴兴地携手出去。这样过了一年又一年，有一次，他照例朝桌子底下躲藏的时候，一时慌忙，忘掉自己已经长高，头撞在桌子边上，这一撞不好，惹得他性起，爬起来一头朝墙上撞去，撞得头破血流，半天才醒过来。从此大家就叫他铁头，把他的真名真姓忘了。

一会儿，苏小妹也过来了，拿了两瓶啤酒，一样小菜过来，把昨天的剩菜热了，放在走廊上。她像主妇一样招呼完这个又招呼那个，这个房间进，那个房间出，没有一点生疏，袁庭玉看着心里高兴，把她拉拉扯扯地弄到膝盖上坐着，她拘束地坐了片刻，找个借口走了。

酒入肚肠浑身轻。天空里有一只风筝，不知被哪位高手高高地放飞着，它飞得那么高，令人心旷神怡。三个人男人仰头有滋有味地看，嘴里"啧啧"有声。铁头说："风筝啊，你代表着我的理想。"金老虎说："你有啥理想？你的理想和我一样，就想多看几个女人。庭玉，你说是不是？"袁庭玉说："我的理想就像这风筝一样，后面有个好女人牵着，我在前面飞啊飞，飞得老高，一辈子都觉得幸福。"他目光迷离地看着风筝越飞越高，身子也飘浮起来。这几天他忙坏了，今天突然安静下来，好像幸福就在前面不远的地方，看得见摸得着。他不禁傻笑起来，把另外两个人也惹笑了。三张幸福的脸在强烈的光线作用下，热哄哄的，又大又光润，轮廓肥而清晰，像一觉睡出来的双眼皮。

八

王南风是个多变的女人，这一点她自己知道。她有许多张脸，一会儿这张一会儿那张，她也搞不清哪张是真的哪张是假的，不管真假反正都属于叫王南风的女人。至于为什么多变，原因应该是很多的，其中最重要的一条就是：她认为多变有着莫大的趣味。多变这个特性让她有恃无恐，永远立于不败之地。最近的一次失恋让她尝尽了酸涩，原因就是她变得慢了一些。这不，她正好出差，到那个男人的城市去，有机会让那个男人看看她的心里到底有没有他。

那是个北方城市，这里花红柳绿的时候，那里还是枯黄一片，风沙满天。因为工作的关系，王南风第一个见的就是他。她站在他的面前，非常诧异：怎么会爱这么一个毫无魅力的男人？他面目猥琐，举止拘谨，身上散发出烟酒过度的浊气。王南风在这个城市度过了愉快的五天，最后一天她失踪了，她与一个新认识的小伙子跑到了乡下，在灰尘扑扑的小酒店里大碗喝酒，大块吃肉，又是猜拳，又是唱歌。她喝多了，差点没栽到泥沟里去。

然后她高高兴兴地回来了。几日小别，乍见故乡，她突然地不习惯，觉得这是一个醉生梦死的场所，人在这里就只能浮萍一样地飘着，永远找不到根。过了一会儿，这个感觉就消失了，取而代之的是，她想深深扎根在这种生活里，永远做生活的主人。

她回到单位里，先处理了一些公务，然后取了车回家。在桥上没看见苏小妹，苏小妹的娘在夜色中懒洋洋地炸臭豆腐干。她停下车，对苏小妹的娘说："嘿，今天怎么是你在干活？"苏小妹的娘抬起头做了一个鬼脸，说："哎呀，大干部回来了？你问苏小妹嘛，她跟她男人鬼混去了。"王南风察言观色，冷不防说道："她有男人了？该不是袁庭玉吧？"苏小妹的娘绽开苦瓜脸，说："你猜对了，有奖。乖囡过来，我给你吃两块臭豆腐干。"王南风不理她，开了汽车回家了。

她躺在床上想休息一会儿，但是脑子里打着架，怎么也不能安静下来，想着袁庭玉，想到他的好处，觉得有些该讲的话还是必须三番五次地说说，谁让她比袁庭玉水平高？

她旋即起身，衣服也不换，穿了睡衣睡裤走去按袁庭玉的门铃。袁庭玉的电视机开得震天响，她按了好长时间，袁庭玉才来开门。门一开，看见是她，脸上有些紧张。王南风何等精怪，说："什么了不起？不就是家里藏了个人？有必要这样大惊小怪吗？"她把门一推，说，"让我进去！鬼头鬼脑的，有什么见不得人的？"袁庭玉跟在她后面，嗫嚅地说："家里没人，就我一个。她不在这里，刚刚回去了。"王南风返回身来，斜着眼睛说："她？她是谁呀？哪家的大家闺秀呀？"袁庭玉的脸"腾"地红了，一直红到了脖子，幸亏在暗地里，王南风不会发觉。

　　王南风抿住嘴悄悄地笑了一声，走到走廊里坐下，吸吸鼻子说："有酒味啊。你最近总是在这里喝酒赏梅吗？正经事不做。你的工作找得怎么样了？"袁庭玉说："还没有消息，我不着急，工作总是找得到的。"王南风说："我知道你的心事，你着急的是女人，对不对？"她说着就把拖鞋脱下来，扳起左脚看看。袁庭玉也俯身去看她的脚，问："脚上怎么了？有刺吗？"王南风说："不是的。这次出差，和一个小伙子到乡下去玩，走了好长的路，脚底下走出来两个泡，不知道消了没有？"袁庭玉坐到她对面，拿起她的脚仔细观察一番，说："我只看见一个水泡，靠脚跟。"

　　两个人正说着，苏小妹推门进来了。她现在有了袁家的大门钥匙，想什么时候来就什么时候来。刚才她回去，听娘说王南风回来了，心里有些猜忌，把家里收拾好就来了。恰好看见这一幕，站在门边，眼泪快掉下来了。王南风拉住袁庭玉的手，恶作剧地说："是你啊小妹，快请坐！庭玉，还不泡茶去？"

　　苏小妹的眼泪一下子掉下来了，她扭头就走。

　　王南风叫喊起来："他妈的，她还真的爱上你了！袁庭玉，你快跟她结婚吧。我是不能跟你结婚的。她给你当老婆，我给你当情人，怎么样？"袁庭玉讪讪地到屋子里去，一会儿，王南风就听见袁庭玉在电话里给苏小妹赔不是，她估计屋里的话快说完了，又喊起来："袁庭玉，你出来。"

袁庭玉出来了。王南风说:"我有话对你说,你去给我打一盆洗脚水来,水里洒点你用的香水。我在这里一边泡脚,一边赏梅,一边和你说话。这梅花真的很好看!"袁庭玉给她端了一盆热水,说:"泼妇,你洗了脚快点走吧!有什么想对我说的,也快点说吧。"

王南风洗好脚,站起来走了,一句话也没有。袁庭玉在她身后大声说:"你,你,你不是有,有话吗?"王南风说:"没话。你好自为之吧。"

门一关,袁庭玉在院子里浑身一冷,满心狐疑。他又慢慢地在走廊里坐下,一瞬间万般无趣,觉得这世上所有的事都是没滋没味的。这种感受让他一阵心酸,几乎落下泪水。他忍了忍眼泪,不让它掉下来。然后他乐观地想,许是春天了,花开花落,伤春吧?

这样想着,就出了门去找苏小妹。苏小妹家的院墙是乱砖头砌的,只有半人高。去年,老娘突发奇想,要把屋子面前的一块空地拦成自家的院子。捡了一个多月砖头,花了半天时间砌成这样。正暗喜得手,居委会的人马到了,不让她家砌起来,她家又不肯马上就拆,这半截子墙就这么僵持着到了今天。过了一个冬天,几场春雨一浇,墙上生出了几株草,有些绿意了。

袁庭玉两只手撑在墙上,唤了几声,苏小妹出来了。虽然一个巷子住着,从小互相看着长大的,但从高中以后,他们就不大往来了。他从来没有到她家门口,这样隔着半堵墙暧昧地说话。墙里的院子长着冬青和月季,这都是公家种的绿化。院子里还圈着一个漂亮的小花坛,像一个漂亮的富家的小姑娘。把它与苏小妹家的房子圈在一起,怎么看都是不伦不类的。隔着墙和院子,老房子里亮着灯,些许的温暖和酸涩,像心里的一个什么希望。

袁庭玉满心的话,到了这时说不出来。两个人四目相对,好像看出点意思来了,又好像没有。只听得门口"嘭"的一声,老娘端着脚盆出来倒水,没当心连盆带水全翻了。袁庭玉连忙走了。

　　老娘不去捡盆子，先盘问苏小妹："你那个结巴来干什么？怎么看到我就逃走了？"苏小妹说："我看他一肚子的心事呢。他心里犹豫不定的——也不知道他为啥犹豫。"老娘说："他是个经不起事的人，跟他的爸爸一个样。"苏小妹说："没关系的，我会管教他。他大不了是个需要女人管的男人。"

　　这一夜，苏小妹断断续续地睡不踏实，做了一些乱七八糟的梦。她的娘原是安徽人，从小跟着母亲要饭过来。后来母亲嫁了城里的一个老头，母女才定居下来。这母女两人虽说安居了，但心里从来没踏实过，所以苏小妹从小就听她们不停地讲要饭的故事，她们讲完了就吵架，指责对方多放了茶叶或者多吃了一块排骨。一直到外婆死了，这故事才正式宣告结束。苏小妹很少做梦，但凡做梦，一定会看见外婆和娘两个人在雪地里蹒跚而行，一副饥寒交迫的样子。今天夜里，苏小妹又做到了这个梦，天空里仿佛有个声音告诉她，她也会这样漂泊。她在梦里哭出声音。早上醒来，看见窗户外面蔚蓝色的天空，知道梦是假的，才放下一颗心来。

　　给袁庭玉打电话，没人接。打他手机，是关着的。苏小妹对娘说："这个人到什么地方去了？真正是个冤家。"娘回答："才勾搭上几天就这么管头管脚的，我要是个男人二话不说就把你蹬了。"苏小妹说："你说谁？袁庭玉想蹬我？他才不会哩，这世上只有我这个女人对他最好。"老娘瞪瞪眼，奚落苏小妹："当然你是对他最好的——你恨不得把自己割碎了喂给他吃。"

九

　　袁庭玉也是一夜睡不安稳。第二天一大早，提了两瓶黄酒和一条香烟去找老道士。老道士早就还了俗，在山水清丽的乡下住着，养了一头羊，一群鸡，雇人种着几亩果园。他闲来无事，就晒晒太阳，翻翻周易，算算卦，发发牢骚。四乡八邻都把他当做异人。前几年他喝醉了酒，从桥上摔下去，跌跛了一条腿，走路都依着拐杖。

他以前是把袁庭玉唤做干儿子的，现在一见袁庭玉，大为高兴，一口一个"干儿子"。到自己的酒窖里取了家酿的米酒，也不用下酒菜，与袁庭玉一人一碗，笑眯眯地先干了半碗，胡子上滴滴答答地滴着酒，眼睛睁大了猛然说："我干儿子要大喜了！三十而立嘛，我干儿子是该结婚了。"袁庭玉站起来恭恭敬敬地说："干爹，就为了这事才来找你哩。"干爹说："坐下坐下。你和你爸爸长得真像，脾气也像。当年我们经常这个样子喝酒，不用下酒菜……瞒着你妈谈女人。"袁庭玉问："干爹，你说话轻点。"干爹说："为什么要轻点？"

这时候，老道士的老婆从屋外走进来，脸上不慌不忙地堆上笑容说："哎呀，这不是庭玉吗？怎么留了一脸的胡子？"老道士打断她的话："你又跑到哪里去卖骚了？这半天不在家。快去弄两样小菜给我们吃。"老婆拉下脸说："对不起你，我马上就要出去。村东头的李家讨媳妇，等着我去张罗。"老道士从桌子底下抽出拐杖，打了老婆一下，说："说谎的东西。"老婆给他打得原地一跳，又笑起来，说："好，好，我给你们弄两个小菜。"转头问袁庭玉，"你晚上还在我家吃吗？"袁庭玉说："我吃了这顿饭就走了。"老婆一边走一边说："阿弥陀佛，走了好！走了好！"

袁庭玉坐在凳子上浑身难受，捱了一会儿他站起来说："干爹，我走了，我来了给你添麻烦了。"老道士拿拐杖戳戳干儿子的腿，亲热地说："坐下坐下，刚才还说你像你父亲——真正不假，脸皮薄得像一层纸。喝了喝了，你不是有什么问题要说吗？"

两个人又喝起来。袁庭玉脸上笑着，心中到底是闷闷不乐的，没想到干爹的生活如此糟糕。早知这样，干爹还不如回到三清观去。

老婆端来了几样下酒菜：腌萝卜，风肉干，炒鸡蛋，还有一盘蜜饯。老道士夸奖她："人长得不好，手巧呢；嘴巴像刀子，心好呢。"老婆听了夸奖，高高兴兴地与袁庭玉道了歉意，屁股一扭，一阵风似的走了。

老道士说："这下咱爷儿两个清净了。你说说你有什么为难的事。"袁庭玉说："干爹，我快结婚了，但是心里总是不踏实，不知道为什么。"干爹说："哦，我知道了，你不开心。"袁庭玉说："你老人家给我拆个字或者算个卦什么的，看看我婚姻上的命好不好。"干爹摇摇头说："不行不行。那是骗人的，我不能骗自己的干儿子。"袁庭玉说："干爹，我这个人信神，也信鬼。"说着就朝地上一跪。

老道士傻了眼了。他眼珠子骨碌骨碌地转来转去，没奈何转到了门外，外面是清清朗朗的太阳天，家里是两个男人，一个跪着，一个坐着，他显然想到了什么伤心的事，哭起来，一边哭一边说："我没办法呀，我没办法呀……"哼哼着哭完，他拿袖子擦掉鼻涕眼泪，说，"我真的没有办法呀！"袁庭玉不高兴地说："干爹，我不过就是要你拆个字算个卦，你老人家就这么大惊小怪，叫人不明白呢。"干爹说："不是拆字算卦的事，跟你说不明白。譬如说我，老婆嘴坏，就打她的嘴；她的心使坏，就打她的腿。打完了再哄哄她。所以这么多年我们过得还不差呢，我要是离开她，她准保去跳河……我过日子的窍门就是不用脑子，这样就过着高兴了。我们都是小人物，没有思考的必要。就是亡国，我们左右也是这么活着。"他伸手把袁庭玉拉了起来，端起碗喝了一大口。

袁庭玉不想听他这番话，张眼眺望门外的风景。风刮得很大，满山遍野的花花树树全张开着，要向远处飞去的样子。袁庭玉看呆了，不禁想，自己不也是这山上的一棵树？要乘风而去，可惜被土地羁绊了。

太阳渐渐斜过去了，风吹进屋子有些凉。袁庭玉知道拆字算卦的事没有希望了，这么喝着酒不说话是件不舒服的事，于是他向干爹告辞。干爹喝得脸和脖子都红了，涨着脸，喷着酒气，跛了脚，在家里东找西找，搜出一些果脯豆干腌菜什么的，扎了一个包，让袁庭玉带着，然后一跛一跛地跟在袁庭玉后面，送他出去。

干爹说："庭玉，我想你爸爸，做梦看见他好几回。多好的一个人！"袁庭玉听见他在后面擤鼻涕，也不理他，只管在前面走。干爹走得一颠一颠，胡须在风中乱飞。路过一家人家时，干爹说："庭玉，你慢点走，我要歇歇脚。"

袁庭玉只好站下来，发牢骚说："我又不是找不到大路，你还是回去吧。"干爹指指这家人说："你看他家的桃花开得多好，比别人家的开得早……他家的闺女你没看到呢，真是比桃花还美三分。"话音未落，屋子里走出一个十六七岁的闺女，手里端着一个脸盆，瞄了他们一眼，冷着脸把水泼到树底下，说："臭道士，你又在别人面前拿我嚼舌头根。"干爹四下里一看没人，吓唬那闺女："哼，当心我强奸你。"说完就跑。袁庭玉跟在他后面，看他的趔趔趄趄的样子，笑了起来。干爹说："笑什么？这种便宜赚一个就少一个。你以为你爸是不风流的？我就知道有一个女人跟他相好，不过他这个人就是太认真啊！芝麻绿豆大的屁事也经受不起，弄得没滋没味的，这个又叫做心高命不强，尽生小姑娘……"他住了口，打了自己一下。

老道士把干儿子送到大路上，看着汽车来了，上来拉着干儿子的手说："庭玉，女人都是一样的，你要准备一根结实的棍子，嘴坏打嘴，腿忙打腿。越简单越好。"

袁庭玉坐上了公交车，想起桃花下的那个女孩子，突然一惊，他不是做过一个这样的梦吗？桃花开着，桃树后面一个屋子，屋子里走出一个女子。可惜当时根本没去看这女孩子长得如何，是不是像他的梦中女孩。

袁庭玉这才觉得自己的生活好像有问题，当女孩子从屋子里走出来时，他在想什么呢？王南风？不是；苏小妹？不是；王秋媛？更不是……

十

到了四月初，苏小妹怀孕了。女人若有了男人，对自己便是十分小心的。这不，她早晨用试纸一试，阳性，是早孕。她咧开嘴笑了——这一阵子她的生活就是晾在门外的短裤，不怕袁庭玉后悔。

她告诉袁庭玉。袁庭玉心里猛地一跳，不知道是高兴还是难受。但他知道，生活从此就不一样了。他说："怪不得昨儿梅树上喜鹊飞来飞去的，敢是好消息不断啊！刚才人才交流中心的费主任来电话，说有三个好单位要我去试试呢。"苏小妹愣愣地说："你还没表态呢。"袁庭玉说："有啥好说的？这肯定是我的儿子，全世界都知道。你等着，我明天就开始修房子，尽快把你娶进家门。"苏小妹笑了一声，说："咱们别慌忙，消消停停地做事，早点晚点怕什么？我就想大着肚子不结婚，让王南风说两句嘴呢——看她敢说不敢说？"袁庭玉不高兴地瞧了她两眼。

苏小妹发觉了袁庭玉的眼光，只当没有看见。她现在不能承受这样的目光了，回去对老娘说："娘，我看庭玉这个人，将来还是收不住心的。"老娘回答："你好不容易得到了人，又想起人家的心来了。这便宜占大了。"苏小妹揉了她娘一把，说："谁让我没个好爹好娘，自己又没本事做局长开汽车，只会一步一步算计着占便宜。你说我有什么？这些年来都是为你们受的累，我好不容易有了喜欢的男人，当然要当个宝贝似的看管着。"老娘嘀咕道："怪不得人家说你是如饥似渴呢。"苏小妹叫喊起来："谁？谁他娘的多管闲事？"老娘把苏小妹拉到明处照照，诧异地说："你今天是怎么了？人家袁庭玉马上就要修房子了，修好就娶你回家。你大功告成了，反倒作怪起来了。"苏小妹甩开老娘的手，坐到凳子上哭起来："娘，我心里不踏实，我总觉得他不是我的。"老娘吆喝她："嘿，说不得，说了就当真了。我去年生的那场大病，就是被风吹了，我对自个儿说，要生病了，要生病了。好，立竿见影，回来就生病了。还有你过世的公公，他老对人家说要生癌了要生癌了，果真就生癌了。你婆婆，我听人家说，她结婚那天早上起来对一屋子的人说，她才做了一个梦，两只鸟，栖在树上，一只鸟无缘无故地朝地上一倒，死了。"老娘说得自己浑身打了一个冷战，耸起肩膀说，"不说了不说了，这些陈芝麻烂谷子的事。"

苏小妹擦擦脸上的眼泪，瞪了老娘一眼。这一天她没有心思去籴她的臭豆腐干，晃着两只手，走进商场里一股劲儿地买东西。她总共买了三条短裤，两条丝巾，七双袜子。她本来还想买一瓶春夏天用的护肤露，但是与营业员吵了起来。那营业员是个下巴颏尖尖的女人，两条美容院绣出来的假眉毛高高地扬着，和眼睛离得很远，但是眼梢不甘心，尽力地往眉尖上靠拢。这女人一看就不是个等闲之辈，偏偏苏小妹一眼看上了她，拍着柜台嚷嚷，说这女人拿的货色不是她要的，她明明要的是另外一瓶。

营业员斜了她一眼，手脚快捷地把另一瓶拿了出来。苏小妹把那瓶子拿在手上，说："以后嘛，做生意的时候不要净跟旁边人说话。我说了几遍你都听不清楚……"那旁边人说："你一过来我们就不说话了。你声音那么轻，一时听不清也有的。"说话间那营业员把柜台上的化妆品一把撸走了。

苏小妹说："你把东西收起来干什么？留着挺尸的时候用啊！"营业员笑着说："留着你挺尸的时候用。"苏小妹说："你哪有这么好心的？我一看你就不是个好东西。你还是留着自己挺尸的时候用吧。"营业员说："不客气。你一进来我就知道你挺尸的时候缺化妆品，又舍不得买。"

两个人嘴里不干不净地正骂得带劲，那旁边人搡搡营业员，说："来了来了。"营业员朝远处一看，顿时低了头不吭声了。苏小妹想，肯定是商场里的值班经理下来巡察了。这个便宜她不想沾的，她本来就只想拌个嘴。她拍拍柜台，逼视着对方，营业员这时候已经是低眉顺眼了。苏小妹说："饶了你。你给我记住！"

她说完就走。吵了架以后，她觉得心情舒畅了，觉得又坚强起来。这下好了，她又可以当袁庭玉的保姆了。她始终认为袁庭玉不如她成熟，不如她那么果断。一个家庭要有主心骨，她就是将来家庭的主心骨。

重新坚强起来的苏小妹拣了一个黄道吉日训斥袁庭玉，她是属羊的，袁庭玉属蛇，那日历上说，这天叫"三合蛇羊"。想来"合"这个字总是好的。另外她夜里做了一个梦，梦里一片汪洋大海，日历上有周公解梦，说梦见汪洋大海将会发生好事情。

除了讲究这个，别的苏小妹可不讲究。她黄着脸，头发没梳整齐，后脑勺鼓起了一块，朝下耷拉着嘴在袁家厨房里忙活了一阵，突然关掉煤气，转过脸来对袁庭玉说："庭玉，我有话对你说。"袁庭玉从碗上抬起头，嘴巴上还带着长长的苋菜梗，说："吃饭的时候说什么？你也来吃吧。我吃好就要出去，费主任约好了人，等着我去面谈。"苏小妹拿菜勺子打一下桌子，说："不行。"袁庭玉扔下筷子说："不吃了……不、不、不吃、吃……你以前和我说话脸要红的，你以前多柔顺啊！"苏小妹淌着眼泪，揉着小腹说："能柔顺吗？我俩都一个样子，还不让人吃了吗？"袁庭玉看看她的肚子，咽了一口气说："我什么样子？……好吧，你有什么话快说。"苏小妹擦擦脸，说："我们从小就是邻居，家里有什么事大家互相知道的。你家里就是女人当家的，你家的男人全是心在天上飘的，讲究爱情什么的，理想什么的。我告诉你，那都是假的。我们是普通人，结了婚，就该过普通人的生活。该赚钱的赚钱，该养家的养家。你想骂我就骂，想打我也行。我什么时候心情不好，想啰嗦的时候你得忍着。我看紧你的钱袋，你看紧我的裤带。大家认命，老老实实地过日子。"

袁庭玉举起一个碗，狠命地往地下砸烂了，声音之响，连他自己都吓了一跳。他朝地下一看，只见白花花一地的烂瓷片，院子里都有。他连忙走出去，只觉得脚下碎瓷片咯吱咯吱地响，到大门外响声才消失。苏小妹在他身后哭起来，说："我就是不相信，这世上治你的人只有王南风？"

袁庭玉站在路边弯腰喘着气，嘴唇还在哆嗦。片刻，金老虎骑着车子过来，哼着歌，故意把车子骑得歪歪扭扭。他问："老兄，你的脸怎么腊黄的，生病啦？"袁庭玉恍若未闻，反过来问道："我是个不想老老实实过日子的人？"金老虎一听，说："妈呀，又来了。"他像碰到鬼似的，骑上车子一溜烟地逃走了。

袁庭玉无精打采地打了一辆车，到费主任那儿去。上了楼，忽然想去卫生间。在卫生间洗了手，对着镜子整整衣服——奇迹出现了，他在镜子里变成了他爸爸，穿着甲胄，整个人金光闪闪。背后雷声隆隆，似有千军万马之声。那甲胄十分沉重，让他挪不动步子。

半响，他的元神才回过来。镜子干干净净，里面还是他自己。水和镜子会变魔术的，他相信刚才看到了一场魔术。定了定神，他抖着手给费主任打了个电话，告诉她自己今天生了病毒性感冒不能来了。

他腿脚软绵绵地走在路上，满眼春光，他无动于衷。还好，王南风给他打来了电话，说单位派她到美国的大学进修一年，今天晚上她没有别的安排，他们还在那家咖啡馆里碰头，告别一下。

袁庭玉不想回家，苏小妹最近天天在他家里，他不在家的时候她也在那儿。这个女人既然愿意守空房,那就让她守着去吧。不必给她打电话,她不配。

王南风先到了咖啡馆,点了一桌子的东西气派很大地在吃着。袁庭玉坐在她斜对面,这样两个人就是各吃各的。悄悄地吃了一阵子,王南风朝袁庭玉的盘子里扔了一只酱鸡蛋,这是袁庭玉爱吃的东西。她扔得粗鲁,盘子里汁水四溅,溅了袁庭玉一脸。袁庭玉说:"你就是个无聊的女人!"王南风说:"没错,我非但无聊,还颓废。"袁庭玉说:"你这种女人到美国去,人家会欢迎你的。"王南风说:"那当然,我是不准备回来了,就在那里找十七八个男人。我乳房大,我用乳房去占领美国。"王南风的乳房曾经是男孩儿取笑的目标,袁庭玉看看她的胸,笑出了声。他还是喜欢王南风,她有趣,明朗。他劝王南风"要积点德,当心报应。"但是王南风斩丁截铁地回答:"我不信神,也不信鬼。"

袁庭玉心里替她发虚,他是个信鬼神的人。

隔了一会儿,王南风开始邀请袁庭玉到她家里去,她竭力引诱袁庭玉,家里有许多玩意儿,什么南非的羚羊头,印度的大象牙,北极的熊皮,海南的大玳瑁,明代的一张八仙桌,清朝的一只红木床……一直到英国的女士情趣内裤。王南风加上一句:还有一个女人健美的乳房——这些东西都是很占地方的,幸亏家里大,还放得下这些东西。

王南风在那儿东西长东西短地说个不休,袁庭玉心里已经肯了,但是脸上还在沉吟。王南风住了新房以后,他就没有去看过。他在想,苏小妹应该排在王南风后面的,跟排在前面的那个人旧情复发,错也错不到哪里去,是可以原谅的错误。他叹了口气,是对自己的。

于是到王南风家里,开始做那件事,熟门熟路的,虽然环境变了,人也不再是以前的那个,但俗话说一回生二回熟,既然熟悉,就少了一些惶恐。结束以后，王南风果然带着他参观了不知道什么地方搞来的羊头、床、桌子、玳瑁、熊皮等等，至于英国的情趣内裤，她说早就送人了。

参观完这些东西，王南风从抽屉里掏出一包香烟和一个精美的打火机，替他嘴里放了一根，破天荒地温存地点上火，然后问他："感觉怎么样？"

袁庭玉苦笑了一声。说真的，他没什么感觉，就是有点累，他妈的！王南风看了他一眼，笑着说："早知道还是留着念想好。咱们都不要后悔了，就当嘴巴干了，一起喝了一壶白开水吧。"她拧了袁庭玉一把，开玩笑道，"你那一壶里的开水多还是我这一壶里的开水多？"

袁庭玉的手机响起来，他一看号码，以为是小妹打来的，却是小妹的老娘。老娘压低了嗓门说："小袁，"她一时一个主意，以前称袁庭玉为庭玉，现在称他为小袁，——"小袁，我看见你和王南风这贱货到她屋子里去了，你们两个人做了鸳鸯了。你现在就回家，还来得及。"

十一

老娘在一个角落里候着，袁庭玉一到面前，她就冷不防地站出来，袁庭玉拍着胸说："你吓死我了。"

老娘还穿着棉袄，人像个球似的，说的话却是刀子："吓死你个偷嘴的！你这种人活不好，还不如早死了算。"袁庭玉上下一打量她，鄙夷地说："你觉得你活得好吗？"老娘跟在他后面一路小跑，劝说："王南风不过就是个副局长，咱副市长里头就有两个女的，她没啥了不起。小妹虽说是个汆臭豆腐干的，可她贤慧。你懂吧？"袁庭玉说："你想哪儿去了？我到她家里去看看红木家具的式样。"

老娘说:"你哄鬼哩?你在老娘面前打马虎眼,瞎了你的心哩。你在她家里待了有三个小时。"袁庭玉说:"我们听了几个曲子。"老娘在后面鸡啄米似地点头:"我懂了!原来你们俩是一边听音乐一边跳舞了。嘣嚓嚓……"

袁庭玉一愣,站下来回头看她,只见她双手拢着袖子,木呆呆地直视袁庭玉的眼睛。袁庭玉拿她没辙,只好说:"天这么暖和,你还嫌冷啊?"老娘悠悠地说:"今天王南风,明天就是王秋媛,弄得好,后天就是王九妹。"袁庭玉问:"你从什么地方给我弄出个王九妹来了?"老娘一字一顿地说:"王八的妹妹,就叫王九妹。"袁庭玉气咻咻地瞪她一眼,想,这种生活还不如一个人在家里赏花喝酒,想入非非呢。

他打了一个寒战。他好像明白父亲真正的死因了。

他迈开大步,想把老娘甩掉,老娘并不追赶他,反而停下了脚不走了。老娘是个病人,他不敢造次,只好回头问她:"你怎么不走了?"老娘摸着脸说:"我脸上发热呢,你刚才心里骂我来?"她放下手,赶上来,认真地说:"小袁,小妹爱你爱得发昏,今晚的事我没告诉她。不过我真的很担心你,你说话行事跟你父亲简直没两样。"袁庭玉说:"你去劝劝你女儿,叫她不要像我妈。她不像我妈,我就自然不会像我爸。"老娘拍着手说:"小袁,是你先像你爸爸,她才像你妈的。"她笑眯眯地看着袁庭玉,陷入往事的回忆中。她心里藏不住话,想到什么就说出来了:"想当年我也是看上你爸爸的,可惜他看不上我。其实他也看不上你妈。他心里只有一个女人,那个女人简直不是个女人,脸上有麻子,身上有狐臭,两颗大门牙,手又大又粗,都是老茧。个性就和王南风差不多,高喉大嗓的,人来疯,一喝酒就烂醉,把男人朝怀里扯——简直不是个人。奇怪,你爸爸命里就服她,和她偷偷往来了六七年,一直到她调到北京,两个人才没了联系。阿弥陀佛,幸亏走了。

那是个害人精，你爸爸为她上吊，割脖子都干过。"

袁庭玉心里恍惚不定，不知道父亲到底是个什么样的人。所有的人都说他像父亲，一个人经不起这么多的人暗示的，说的人多了，不像也像了。可他还不知道他像的人到底是个什么样儿的，穿甲胄的，还是抹脖子的，喜欢女人或者不喜欢女人的……就像照镜子，照不到自己。

袁庭玉把老娘送到她门口，掏了五十块钱给她，让她自己去买点心吃。老娘做作地作个揖回屋里了。

袁庭玉打开自家大门，只有卧室里亮着灯。他到厨房里去泡了一杯茶，坐在院子喝。不知为什么，眼泪下来了。茶是隔年的旧茶，梅花是新鲜的。太阳晒了一天，地气是暖暖的，带着嫩草的清香，从他身边升到空气里。月亮爬到了天顶，小小的一个圆，四周的线条颤颤地不整齐，像孩子刻意画着，一边画一边心里犹豫，终究没有画好的样子。梅花快要开完了，但这个不是让人伤春的理由，这个季节热闹得出奇，梅花开过桃花放，桃花带着玉兰香。接着樱花、紫藤、琼花来不及就要登场。

小妹在里头叫了一声："还不早点睡？明天一大早匠人来修房子。"袁庭玉嗡着鼻子回答："不要修了。我不想结婚。"

屋里头寂静着，没有声音。

一夜无话。

第二天早晨，四个匠人上门修房子。袁庭玉把他们拦在门口，一个劲地赔礼，说这两天家里有事，过几天再说。匠人头不客气地骂他一声"精神病"，快快而去。

苏小妹穿着她那件质地不好的丝绸睡衣，站在大镜子前梳头。她听任袁庭玉在她身后走来走去，就是不说话。梳好了辫子，她才说："你不想结婚，行！我把肚子里的东西打掉。但是你要告诉我这是为什么？"袁庭玉忙活了一阵，终于找到了香烟和打火机，满不在意地甩了一句："告诉你,你懂吗?"点着了香烟喷了一口。

苏小妹目不转睛地瞧着他,说:"庭玉,我不能明白你。"袁庭玉说:"你能明白些什么?"苏小妹把手里的梳子愤愤地扔到地上,说:"你别以为和王南风睡了一觉就长学问了,你脑子清醒点,她真的爱你,就嫁给你了。"袁庭玉浑身一哆嗦,脸刷的白了:"你说什么?我听不懂"。苏小妹说:"不要脸的东西,有胆量上别人的床,就有胆量承认。你不想想,哪有娘瞒着女儿的?再说娘那张臭嘴,夹得住什么?"

两个人干瞪着眼,面对面僵持了好长时间。只听得两颗心脏在他们中间怦怦作响,蚂蚁在地上"沙沙"地爬,响得就像春蚕吃食。一片什么叶子掉到了院子里,"啪"地像打了土地一个耳光。屋外一个孩子哭起来,震耳欲聋,天空里都有回声。

苏小妹一甩辫子走了。她走到小柳巷桥边,老鞋匠早就摆上了鞋摊,看见她,问:"小妹,你今天出来啦?"她不回答,走到桥中间,低头看看下面的水,觉得这水软软厚厚的就在眼前,十分亲切。于是她跨过栏杆跳了下去。老鞋匠大叫一声:"来人啊!苏小妹跳河了。"

苏小妹是会水的,像一只煮熟的馄饨浮在水面上,悲伤地慢慢地游来游去。

老鞋匠一喊,四周围很快聚满了街坊,一个个伸长了头颈朝河里看究竟。一个居委会的老太太喊着说:"小妹,你啥事想不开呀?走这条路。"苏小妹抬起水淋淋的头说:"没关系的阿姨,我是意外怀孕,想把胎打下来。"那老太太皱着眉又喊:"想打胎到医院去啊,朝河里跳干什么?"苏小妹喘着气,流着眼泪说:"这是新式流产,不花钱,无痛苦,见效快,没有后遗症。"

正叫嚷着,袁庭玉到了。苏小妹一下子浑身来了精神,在河里尖声大哭,脸上又是水又是泪,头发沉甸甸地贴在头上脸上。她无助地尖哭着，凄凉地叫喊着："袁庭玉，你不要我了！你不要我了！"

王南风开着汽车经过这里，还不知道是怎么回事，就听见苏小妹说这句话。她赶快停了车子，扒住桥栏往河里一看，正好看见袁庭玉抱着小妹游到岸边，两个人湿淋淋地朝下滴水。她知道是怎么一回事了，笑了一声，回到汽车里，说："袁庭玉，苏小妹，老天在上，但愿你们幸福——不幸福也是活该！"

十二

这不，袁庭玉乖乖地把苏小妹抱回家，下午就给匠人头打了电话，叫他带了人明天到家里整修屋子。要结婚了，他看不出高兴的样子，但也说不上不高兴。脸上似笑非笑，一天到晚嘴上叼着一根香烟。眼神游移，魂不守舍，脸上的胡子渐渐多了起来。巷子里的老人都说他越来越像他父亲。这句话说的人太多了，让人觉得毛骨悚然，什么地方蕴酿着一场阴谋，幸亏春暖花开，不至于阴森森的。

但下雨天呢？总不会天天阳光灿烂吧？

下雨天的时候，巷子确实是阴森森的，好像一错眼就会看见众多游荡的灵魂，它们被雨淋得浑身湿透，站在青苔生出的地方，睁着空空的眼睛，满怀希望地看着路过的人。

作怪的是袁庭玉自己。下午他给匠人打过电话以后，天就开始下雨，他对苏小妹说要睡一会儿，但是又不睡，坐在床沿上不停地抽烟，嘴里嘀嘀咕咕地说自己要生病了。苏小妹摸摸他的额头，没有一丝温度，看看他的脸色，也不像生病的样子。苏小妹心疼他，就让他坐到外面看梅花去。那梅花谢了一大半，却有向西的几枝刚开了花，在雨中格外显得娇贵。袁庭玉不耐烦地大喊道："看什么梅花？我什么时候喜欢看梅花了？我明天就叫匠人把它砍了当柴烧。"他手指里夹着香烟，脸色苍白，一绺头发挂在额头上，嘴里不干不净地发着火，一副妖里妖气的样子。

他在床边坐了一个下午没动窝。晚上，老娘过来，劝他吃饭。他吼道："要生病了，还吃什么饭？"老娘是个聪明不过的人，听见这话，头颈一缩回家去了。然后铁头和金老虎过来，袁庭玉还是那句话：要生病了，还吃什么饭？

这弟兄两个陪着坐了半天，袁庭玉还是那个样子。铁头烦躁起来，说："你想生病就快生，摆出这种阵势吓谁哩？"袁庭玉低了头说："我在等着病来呢。"苏小妹正好过来给他们换茶，听了这句话冲上来照着袁庭玉没头没脸的打上去，叫着："叫你生病，叫你生病。我知道你想生病，你想跟你爸一样生胃癌。你生吧，大家不活了！"

铁头和金老虎费了一些劲才把大哭大闹的苏小妹拉开，兄弟两个略坐片刻，一使眼色，一同出来了。苏小妹跟在他俩后头，把他们送到门口，可怜巴巴地说："你们明天还来看看他呀！"铁头说："看什么？我们也不知道他心里搞些什么鬼，他又不说。放着太平日子不过，这样搞下去真的要出人命的！"

三个人站在门口，同时想到了袁庭玉的父亲，心里一齐打个抖。他们都明白，大家从此以后再不能像以前那样叫着嚷着说袁庭玉像他的父亲，不能说了，得全体闭上嘴。

苏小妹说："照我看，他心里还是爱着王南风。"金老虎说："我看他谁都不爱，你真的不如放了他，把肚子里的东西流掉另找别人，你们都安安静静地过一阵。"苏小妹："这是放屁吗？"铁头推推金老虎，两个人撇下苏小妹走了。苏小妹在后面说："我爱他！这辈子决不放过他！"

苏小妹回去洗了一把脸，袁庭玉被她打了几下，想是累了，躺在床上，发出轻轻的鼾声。她坐在袁庭玉的边上给王南风打电话，她说想见见王南风，有事与她说。王南风一口回绝，明天她一大早就要出发到飞机场，没有那么多的工夫闲嗑牙。小妹说见见吧，就一小会儿工夫，简直是央求她了，王南风这才答应在她家楼下见她一面。小妹挂上电话，只听袁庭玉睡在床上脸冲着粉墙奚落她："哼，天要落雨娘要嫁人，这个道理也不懂，还没脚蟹似的乱窜。"她不吱声，蹑手蹑脚地关上门出去了。

说实话，苏小妹在夜里行走的样子还是挺美的。她撑着一把花雨伞，袅袅婷婷，步步生莲。王南风在楼下早就看见了，突然涌起陌生的感觉，这一来不要紧，心里立刻乱糟糟的，有点想哭。

苏小妹到她面前站住了。她也想哭。她们两人从小就是好姐妹，在一个弄堂里玩耍，却好久好久没有这样相看无语了。苏小妹想起几年前，有一次做梦看到王南风，两个人还是小时候的模样，一人两条辫子，牵着手哼着歌到山上去看野杜鹃。早晨醒过来，苏小妹非常想打电话告诉她这个梦，还想问她，有没有做梦看见她苏小妹？

她突然就说："昨天夜里我做梦梦见你了，我们两个人拉着手到一座山上去看野杜鹃。"这句话当然不是真的，可也不能说是假的。说到最后几个字，她心酸地哭了。哭一哭很舒服，生活的千辛万苦随着泪水化开了。王南风也哭了，她是哭自己身如浮萍，总是没个着落之处。一个为爱了，一个为不爱了。

你说奇怪吧？这两个女人早就磨拳擦掌，没想到见了面反而亲亲热热地哭起来。这也怪不得她们，哭泣也有天时地利人和的讲究，平时都忍着，撑着，最亲的人面前不能哭出来，反而到了老对头面前哭了。

后来，苏小妹往回走，王南风跟着，把她送到袁庭玉家门口。两个人略站片刻，一个垂头朝里走，一个垂头朝外走。一场会面，一句话也没说。

十三

第二天一大早，雨过天晴。王南风开着车子到飞机场，王秋媛到香港去，搭她的便车。一路上两个人总共说了没几句话，其中两句是：

"你信男权主义还是信女权主义？"

"管他妈的男权还是女权，没有钱，啥权也没有。"

"信不信爱情？"

"当然信。我看爱情片会哭得神魂颠倒的。"

"袁庭玉这个人怎么样？"

"我喜欢的男人肯定不是袁庭玉……也不是现在这个男人。你跟袁庭玉也好过，你应该知道他是个什么样的人。他没能力，很容易堕落的……我知道他堕落过，比我的堕落还堕落。"

问话的人是王南风，回答的人是王秋媛。

刚才王南风开着车子路过袁家门口时，鬼使神差的手一动，按了一下喇叭。苏小妹突然醒了，睁眼就说："王南风走了！"她一说话，袁庭玉不知怎么的也醒了，　　　　　地爬起来，把衣服穿整齐了，洗漱完，又回来坐在床边。苏小妹一看老架势出来了，连忙起身，把屋子让给他，回去了。

老娘一个人在院子里绕着花坛小跑步，敞着怀，棉袄襟叶一扇一扇的，像一只飞不起来的老鸟。苏小妹走过她身边，到厨房去收拾货担。这货担跟了她三年了，每天都是她管它，使用它，护着它。有苏小妹在它身边，它是鲜活的。每天吸取纷繁的人声鸟语，吸取苏小妹的情感和气息，它快成精了，就差着一口气。这几天苏小妹的心全在袁庭玉的身上，丝毫不去理会它，它缺了几天的滋养，形神一落千丈，倚在墙角落里，积了一层薄灰，黯淡无光，扔在大街上也没人要，只配扔在垃圾桶里。

苏小妹给它全身擦干净，给它的瓶瓶罐罐里装满调料。经过苏小妹的手简单地一摆弄，它马上显出神气来了。老娘在门口一探头，惊讶地问："你怎么又回来弄这个了？"苏小妹神情坚定地说："我发现，我负的责任越来越大了。这货担说不定哪一天就不让摆了，我就只好到商场里站柜台，或者到外资去做流水作业。钱少不说，又苦又没自由。趁现在还让摆着，做一天是一天。从今往后，赚的钱都给儿子存着，让他到外国读书，不要回来，免得他将来像他老子或者像他爷爷。我还要替儿子积德行善，余豆腐干的油从正规店里买。"老娘说："谁知道养个什么？养个闺女像你这样的有什么不好？"苏小妹掉了眼泪，说："妈，不知道怎么的，我的脾气慢慢地不像我自己了，什么话都说得出来。"老娘说："你水平高了。"

苏小妹把摊子摆到小柳巷桥头边，叫老鞋匠先替她看着，自己回家去看袁庭玉。

袁庭玉还像昨天一样坐在床边。苏小妹忍着气哄他："吃早饭吧，吃了饭出去玩玩。"袁庭玉板着脸"哼"了一声："你叫我到什么地方去？我还没生病呢？"苏小妹说："以后再生病吧，你看现在多忙？我怀了孕，又要修房子又要办婚礼。"袁庭玉想了一想，脸上有些动心，嘴上还是坚持道："那也得等我生过病再说。"苏小妹到厨房去热了一碗泡饭，一手端着它，另一手端着油炒咸菜，风风火火地一头冲进卧室，迎面只见袁庭玉那张木呆呆的脸，不禁气冲脑门，左右开弓，把泡饭和咸菜通通砸在地上，头也不回地走了。她经过袁庭玉的窗户边，抬起手敲敲，咒骂："你这样憋着，迟早像你爸爸一样憋出胃癌。"

这句话袁庭玉听见了，他从床上跳了起来。窗户拉着淡蓝色窗帘，从苏小妹来了之后，窗帘总是规规矩矩地暮合晨开。他拉开窗帘，满世界光明，街对面白房黑瓦上密密匝匝地铺设了一层

金黄色阳光。他想起父亲临终前交给他的那封信，也是这样一个
阳光灿烂的早晨。经过一夜的哭泣伤心后，他背着众人在房间里
把信打开。当天早晨，不知什么原因断电了，他拉开窗帘，借着
从外面照进来的阳光读父亲的遗书：

> **孩子，我快死了！我这辈子只得到一个经验：女人都
> 像狐狸精一样会变脸……**

袁庭玉想，爸爸一辈子伴了一个他不喜欢的女人，看上去自
己也好不到哪里去，恐怕这件事上儿子要辜负老子的期望了。那
就这么着：女人先搁一边去，当务之急，就是要做一件父亲一辈子
做不出来的事，免得大伙儿都说他像父亲。父亲在地下肯定不愿
意听见大伙儿说儿子像老子。

他跨过地上的泡饭和咸菜，恍恍惚惚地朝外面走去。他看见
苏小妹在桥头氽豆腐干，老远就闻到阵阵香味，他很想上去对她
说："来两块。我肚子饿得慌！"今非昔比，这个人已经是他的女
人了，既然是他的女人，那么就必定存在着妨碍甚至威胁他的因素。
他走过桥头，望也不望苏小妹一眼，苏小妹嘴里朝他喊了些什么，
他也不想听见。仿佛看到她苦笑了一下，他也跟着苦笑了一下。

街道上，柳树下面，一个男人拿着一个又破又脏的绿色塑料
盆吆喝，然后有两个上菜场买菜的女人上前看把戏。那男人从口
袋里掏出一卷白胶布，对她俩吹嘘这胶布就像万能胶一样，贴什
么什么就不漏水，简直神乎其神。两个女人中的一个说，她家里
有一只汤碗，还是她婆婆留下来的，前些日子裂了一道缝隙，一
盛汤就漏，不知道这胶布贴得好贴不好。男人说，你看看，这塑
料盆中间裂了一个大口子，我现在用胶布把它贴起来，你不信的
话到河里去舀一下水试试。"

烫着短发的妇女沿着河阶去舀了一盆水，上来对卖胶布的男人说，贴着胶布的地方朝下漏水呢。那男人一把抢过盆子，说，这怎么是漏水？你看清楚了，这是它下了河沾上的水。烫短发的妇女瞪大眼睛说，你才要看清楚了，沾上水哪有这样崩漏的？男人说，啥崩漏？难道它也是个女人吗？

另外一个妇女一拉烫短发的妇女，说，走，这种男人坏透了，不要理他。那男人头仰着，直着脖子大叫：女人不坏，男人怎么会坏？男人都是被女人搞坏的。烫短发的妇女不依不饶地回过头说，男人先坏，女人才学坏了。

那男人一把拉住袁庭玉说，老板，你评个理，到底是男人先坏还是女人先坏？袁庭玉被他扯着，想了好久也想不出个道道，差点落下眼泪来。那男人松开手说，说不出来没有关系，老板可怜可怜我吧，买我两个胶布。这胶布专贴各式各样的漏缝，你不信的话下河去舀一下子水试试。

袁庭玉掏出钱买了他五个胶布，五个五十块钱。

卖胶布的男人拿了钱就走了。到底是男人先变坏呢还是女人先变坏，也许他拿到下一个卖点去说了，反正这是一个无法说清的问题。只苦了袁庭玉，这个问题就像火上浇油，把他烧得一脑子烦躁。

耳边猛地听见汽车喇叭声，他转过头，只见一辆汽车缓缓地开在他身边，车窗里有一个女人笑着朝他招手，是老郁。袁庭玉停下步子，像主人一样上了她的车。

十四

老郁这次招待他不是在卧室，而是在院子里。

院子里安放着一套藤桌椅，高高的遮阳伞。老郁的院子很大，有草地，有鱼池，有假山，有回廊。回廊上的一架紫藤盘根错节，开得如火如荼，甜香扑鼻，引来许多蜜蜂和蝴蝶。这是老郁的白天，是她生活中的一个幻象。她的真相属于黑夜。

阿姨给他们泡了新茶。老郁端起茶喝了一口，感叹道："啊！性感的新茶叶！"这茶叶清新紧致，芽尖朝上，根根竖在水上。袁庭玉看了一眼就吓得不敢看了，心想老郁不会再老调重弹吧？幸亏老郁没有深入地探讨这个话题，而把话转向了别的方面。

她说，这世上有许多认识上的错误，譬如，认为年纪大的女人就具有母性，老实巴交的男人一定会对家庭负责。像她自己，从来没有具备过母性，她的身体排斥母性，从来都处在等待状态。这不是她本人的错误，她的身体是一个正常的普通的身体。像他袁庭玉，她刚才看见他一个人在街道上神魂出窍地游荡，那一刻，她判定他不是个喜欢家的男人。

袁庭玉说，他看到一个卖胶布的男人，有些羡慕这个人的生活。他东游西荡，没有时间的流逝感。自由自在，没有任何人的意志强加于身上。

老郁"哦"了一声，眼睛望着别处，漫不经心地说，那你这个人应该到外面去闯荡。到南方去，那儿有她家族的连锁企业。如果他想去的话，她可以预付他一笔费用。

袁庭玉叹着气说，他快要结婚了。他将过无聊黯淡的生活，就像他父亲曾经经历过的那样。所有的症象都预告了这一幕，他非常害怕，但他已无处可逃。

老郁慢慢地伸过一只手，盖在袁庭玉的手背上。她伸手的时候，一直在小心地观察袁庭玉的神情，只要他出现一丝一毫的不愉快，她就马上收回手。袁庭玉没有拒绝，他感到老郁的手十分清爽温暖，出奇的柔软。他的神思开了小差，想起别的女人的手，王秋媛和王南风的手都没有这样柔软，苏小妹的手是坚硬的，摸她的手，先是碰到骨头，然后才是皮肉。他的心猛然一动，恍惚觉得他已融入老郁的生活里，无可置疑的是，老郁的生活是华贵鲜艳的。她的态度很明显，她很在乎他，愿意让他分享她的生活。

老郁的眼睛一亮。

而后她开始赞美袁庭玉，她认为他是一颗未被发掘的珍宝，一堆没有引发的原子堆；没遇到文王前的伍子胥，还在茅庐里的诸葛亮……她脸上的皮肤在阳光下像油纸一样透明，温润而有紧致，年轻时候的白底子，岁月给予的微黄。她是一头老而温顺的鹿。

袁庭玉打了个寒战，站起来告辞。王秋媛见钱眼开，王南风是个荡妇，苏小妹越来越可怕，老郁的年龄让年轻男人不能启齿，他所能做的就是回到现有的生活中去。

老郁这次没有起来送他。她宁静地瞅着袁庭玉的背影，她真心地喜欢他，但是不知道用什么样的网才能捕到他。

人世是奇怪而有趣的，若特别在乎的一样东西，必定难以到手；从不放在心上的一件事，往往吃它的亏。

在这时候碰到老郁，袁庭玉心情难以平静。茶喝多了，头晕乎乎的，好像醉了茶一样。老郁的"明前"新茶质高味淡，再怎么喝也不会喝醉人的，只有老而劣的茶叶才会喝醉人啊！

从心底里说，他是看不起老郁的，要上老郁那张仿清的雕工复杂的红木大床，有着难以越过的重重大坎。但仅仅过了没几天，就在刚才，他发现除了老郁的年龄，似乎不存在任何障碍。老郁比苏小妹温存，还有着高超的智慧，平和而精致的生活。最难得的是，她没有危险性。

男人碰到感兴趣的女人，总会算计着是不是把她放在心里，把她放在心里的什么地方。袁庭玉一路走一路算计着老郁。这件事让他有了成就感，心里也高兴起来。不知不觉走到了巷口，苏小妹还在桥头上汆臭豆腐干。她敏感地一抬眼睛，看见袁庭玉晃晃悠悠脸色泰然地走过来。这个男人左看右看都是英武挺拔朝气十足的。苏小妹心里打翻了五味罐，差点哭出来。

袁庭玉甩着手从苏小妹面前经过，回到家，把地上的泡饭和咸菜扫了，蚂蚁在饭菜上挤成了一团，扫帚一动，它们飞快地拨动小爪子，"轰"地一下跑散了。袁庭玉看着笑出了声。然后，他从角落里摸出半瓶啤酒，坐到院子里，对着残梅喝起来。院子里汪着一大摊雨水，照着梅花的一个枝条，袁庭玉好奇地把脸凑过去，满想看到他的脸与梅花一同映照在雨水里，不料他的脸只是一团漆黑。他兴趣不减，津津有味地临水顾盼，嘴里结巴着说："瘦、瘦、瘦了，瘦了。"

苏小妹一脚踩进来，接着话音说："谁瘦了？"她流着泪走过袁庭玉的身边，到厨房弄出高低不同的各种响声。她是回家弄晚饭给袁庭玉吃的，原本要他听到声音进来问个究竟，赔个不是的。没想到袁庭玉把酒瓶朝雨水里一扔，水花四溅，瓶子破了，花枝也碎了。

他转身进屋去躺着。

苏小妹听见院子里一声响，出去看时，袁庭玉不在了，一只酒瓶子横倒在雨水里。她努起嘴，嘴唇"吧嗒吧嗒"上下翕动，无声地骂了几句"冤家，神经病，白痴"等等，略略出了一口气，又返回厨房弄饭去了。

三月的春天是一瓶香水，夜晚降临时，它的瓶盖打开来，花香四处弥漫，掺杂着每家每户的菜香和饭香。神圣的香味四处飘散，谁闻到了不涌起感激和赞美之心？可惜袁家门里，一男一女两个人心不在此。

苏小妹做好了两菜一汤，盛了米饭，在厨房的小方桌上摆放得整整齐齐，到院子里把酒瓶捡起来扔进垃圾筒里，擦干净手，到房间里找袁庭玉吃晚饭。

袁庭玉听到她的脚步，慢慢坐起来，说："你先去吃吧，我浑身不舒服，好像要生病了。"苏小妹问他："是不是王南风走了，你心里不痛快？你要是想她就和她联系嘛，弄成这样子怪吓人的。"袁庭玉歪着头想想，说："我想她？不，不，我不想她。你们都不值得我想念。"

苏小妹垂下眼睛，上去扶袁庭玉起身。她决定不去理睬他的话。

两个人在厨房里坐下，悄没声儿地吃着，春风在门外呼的一声刮过去，呼的一声刮过来，闹得人心里怪怪的。苏小妹忍不住就说话了："你工作的事到底怎么样了？"袁庭玉置若罔闻，只顾低头扒饭。苏小妹又问他："你到底想不想找工作了？"袁庭玉还是不说话。苏小妹嘀咕了一声："你想靠我养啊？"

这句话袁庭玉听见了。他几口把米饭扒拉完，把空碗递给苏小妹："给我盛一碗来。"苏小妹又嘀咕道："你倒是能吃……"

米饭端上来，袁庭玉一手竖起一根筷子，恭恭敬敬地把它们插在米饭上，说："我祭我爸爸！"苏小妹的脑袋嗡的一声，差点晕倒。急忙中两手抓住了桌子边，半晌才觉得魂回到了身上。袁庭玉指指筷子，说："这是两棵枯掉的柳枝，等会儿它们就活过来了。"苏小妹想，这时候哭哭闹闹是没有用的，谁让她爱上了这个男人？她伸手拔出筷子扔到地上，说："以后别老是提你爸爸了。你爸爸要是现在还活着，看到我们这样子别提多高兴了。"袁庭玉说："高兴个屁！我要过的日子和他的差不多。你还我筷子，我要祭祭他！我祭他就等于是祭我自己。"苏小妹起身给他拿来一把小勺子，袁庭玉不要。苏小妹想了一计，说："我们不吃饭了，我们吃苹果吧。"她拿来水果刀和一个苹果，手脚麻利地削去皮，再切成片，香喷喷地放在袁庭玉前面。袁庭玉打了一个喷嚏，苏小妹惊讶地说："哎呀，说生病真要生病了。你看你，人不能作怪的。"袁庭玉说："不是要生病，是我爸爸想我了。他为什么想我呢？因为我和他像。"小妹说："你是存心气我来？我知道的。你是个促狭的男人！"袁庭玉点点头，表示同意她的话，说："你知道我促狭就好。我不好惹的，你放了我吧，我要过自由自在的生活，像天上的风筝一样。我不想过琐碎庸俗的生活。"小妹说："行！你去叫河水朝西边流。"

话说到了这里，就是到了尽头。两个人静悄悄地坐着，一动不动，一言不发，你看着我，我看着你，彼此不让。

苏小妹咳了一声，放下水果刀，站起来，说："你要不像你爸爸也不难，有种的把我们娘儿俩都杀了。"她慢慢地转过身去，今晚她不想留在这里，她想回她自己的家了。

袁庭玉傻子一样张着嘴打量小妹的后背，因为常年低头弯腰，小妹的后背略有些驼。她的后背结实有肉，决不是婀娜薄削的。它平易近人，亲切温暖，可以承受生活的重担，也欢迎一把小刀的光顾。

袁庭玉悄悄地站起来，拿起水果刀朝苏小妹宽宽的后背扎下去。这世界不分白天昼夜充塞着各种声响，这一刀下去，却是静悄悄的。

十五

袁庭玉从家里逃出来，一路上躲避熟人，畏首畏尾，就像畏光的夜虫子。走过苏小妹的家门口，他站住了，突然心里十分难过，扶着那个半截子围墙翻江倒海地呕吐起来，一面不停地敲门。

老娘从门里出来，见到他这样，就问："小袁啊！你又喝醉酒了？"他摇摇头，指着家里的方向，对老娘说："小妹被我扎了一刀。你快去看看她吧。"老娘捂住脸，哭了几声，然后她伸手去揪袁庭玉，一把揪了个空。

袁庭玉跑出小柳巷。

夜是野猫和流浪汉的世界，现在也是他的。流浪汉躺在角落里，野猫在墙头上出没。他走着走着，灯越来越安静，越来越明亮；夜渐渐地深了，渐渐地宽敞了。他还不知道自己要到哪里去，但是心激动着。多好啊！他不必瞻前顾后，装疯卖傻。没有时间，没有思维，世界是静止而单纯的。

他哼哼起一首歌曲，好像叫做什么《大刀曲》。他记得这是他小时候爸爸教会他的第一首歌，他今天唱着有些结巴：大刀、刀……向鬼子们的头上砍、砍，去……

他还记起父亲有一次站在桌子那儿，一把菜刀掉下来，可可的砸到他脚面上，出了血。父亲看见血就晕了过去。妈拎着父亲的头发，对着他的耳朵大喊大叫，说什么"杜丽娘来了！杜丽娘来了！"父亲马上睁开眼睛四下里逡巡，好像真的杜丽娘来了一样。

再说老娘，三步两步地赶到袁家，只见厨房里灯火通明，小妹一个人坐在桌子边，背上插着水果刀。她向老娘转过脸来，老娘看到她脸上居然带着微笑。

"你要把我吓死了！"老娘拍手大叫，上去把刀子取下来，一股血顺着衣服蜿蜒下来。苏小妹说："你别叫喊，让人听见了不好。你怎么来的？"老娘告诉她，是袁庭玉去叫门的。这小子想当英雄还是怎的，居然戳了老婆一刀。还好，是水果刀，刀口也不深。苏小妹说："先用棉花捂着吧。咱们上医院去收拾一下。"老娘说："叫铁头来，给你伤口这里拍个照，当个证据留着，以后打官司用。"苏小妹说："铁头来了会笑话我。他们男人是互相包庇的。"

苏小妹扶着桌子，轻轻一站就起来了，看上去那把水果刀确实没把她怎么着。她把水果刀扔到角落里去，拿起桌子上的苹果吃了一片。老娘奇怪地打量她，像见了鬼一样。苏小妹说："他扎得好！就是要他出这口气。他扎了我一刀，这辈子他就是我的人了！"

　　苏小妹在老娘的帮助下，穿上了外套。她细心地关了煤气，拿上钥匙，把她和袁庭玉的自行车锁在一起。出了门，恰恰碰到了铁头和金老虎。这两个人骑着自行车，满面喜色，看见苏小妹母女两个，一个问："出去啊？"另一个问："袁庭玉呢？"没听到回答，两个人骑过去了。一个说："今天那两个女的好像对你我有点意思。我喜欢长头发的那个，说话眼睛总是瞄着人……"另一个说："我喜欢长头发的那个，短头发的那个我也喜欢。只要对我有心，我都喜欢。"

　　母女两个人搀着走出巷子，苏小妹叹了一口气说："咱这小柳巷夜里挺美！"

　　正好一辆空三轮驶过来，她们就上了车。路边的柳树叶子珍珠般的一串一串，灯光下像笼着一层轻纱。苏小妹斜着身子倚在老娘怀里，一路瞅着柳树发呆。她想起一件事，问："我听人说袁庭玉的爸爸也出走过，有没有这事？"老娘说："这事我不清楚。那年我回安徽老家去生你，回来听说小袁的爸爸不知为了什么事要扔掉家里出走。小袁的妈是个有本事的女人，在后面紧追不放，连鞋子都追掉了，两只光脚血淋淋的……追到轮船码头，扯着男人的袖子上了轮船，到了杭州，过了几天又回来了。男人终究拗不过女人……"突然老娘指着柳树下的一个人说："那不是袁庭玉吗？手里还拿着一枝柳。"

　　苏小妹妹偏过头去一瞧又合上了眼，胸有成竹地说："不是他。妈你不要担心，他这种人在外面活不了，会回来的！"

小女人

星期五。早晨。

昨晚刮了一夜的急风，没有下雨。早晨开始起，风缓了，风里头飘着雨丝，雨丝比风更长。于是，昨夜里落在地上的树叶就沾满了雨水。此情此景，就如一个悲伤了一夜的妇人，到了早晨，身上还没来得及收拾，显出一片狼籍。凤毛推着自行车从家里出来，给一只蝴蝶撞着了脸。这是一只灰白的蝴蝶，翅膀被雨水打湿了，狼狈而慌乱，急着找一个地方晾干它的翅膀。它撞了凤毛一下，觉得大难临头，这一下它更加惊慌失措，采取了一个不恰当的行动：快速地无目的地扇动翅膀。它上升，斜斜地颤栗着上升。幸运的是，它没有撞到混凝体浇铸的墙体，而是撞到了一扇还算干净的玻璃窗。它看到了玻璃窗上的光亮，就觉得它的归宿应该在玻璃窗里面，拼命地用身体拍击玻璃，像一只小手一样，"咚"地一下，"咚"地一下……玻璃上留下一片模糊的蝶粉，像哈出来的热气。

这是凤毛一大早从家里出来时看到的景观。她不是个多愁善感的女人，但她不缺乏女人的自恋情绪。她看见这只蝴蝶，联想到一样东西：她自己的嘴唇。镜子里的嘴唇。没有上口红的嘴唇。失血的焦虑的嘴唇。嘴唇会营养不良吗？当然会。蝴蝶的翅膀也会营养不良。嘴唇会颤抖着说不出话，蝴蝶的翅膀就像凤毛镜子里的嘴唇，失血、焦虑、无法诉说。凤毛放下车子，走过去把蝴蝶从窗上摘下来，拢在手心里，放到楼梯下面干燥通风的地方，对着蝴蝶叹了一口气，显出自嘲的样子，说："啊呀！你这么固执，这么无能，这么孤单，肯定像我一样，是个女的。"

她的神情是矫情的。从来没有机会这样放松地矫情，所以她是愉快的。

一年来，凤毛感到生活中存在一个严重问题：她无法再在生活中寻找乐趣。她告诉自己说，等等看，也许会有乐趣出现在面前。她的乐趣包括：到银行里去存一点钱；下馆子或自己做一顿清淡可口的晚餐；到商场去给自己或女儿菲菲买一件衣服；和自己的男人睡觉。

婚是她自己要离的，她在协议离婚书上是这么说的：夫妻生活不和谐。她的丈夫叫姜有根，姜有根有些怀疑地问她："我们不和谐吗？"她理直气壮地反驳："我们算得上和谐吗？"姜有根想了半天，老老实实地回答她的问题："是算不上。"办理离婚手续的工作人员是个四十来岁的女人，一看这个理由，就深表同情地说："唉，什么事都好商量，就是这个事没法商量。我知道。"姜有根和凤毛是一个厂的，离了婚以后，姜有根的脑子突然拐过弯来，他盘算着：和谐当然就是和谐，但是，算不上和谐并不就是不和谐。算不上和谐是和谐与不和谐之间的中间状态，大家都是这么过的，凤毛为什么不像大家一样过？他找到凤毛的立织车间，对着凤毛叫嚷："凤毛，你到底想干什么？我不打你不骂你，只要你给我一个答复，你到底想干什么？"凤毛支起眼睛看了他半天，才懒洋洋地说了一句："想干什么？我也不知道。"

她当然知道，只是不说。不说的部分原因是不容易表述。这世上的事并不是什么都能轻而易举地表述的，譬如你找得着的一条路，但你不知道这条路的名字。

后来，凤毛真的后悔了。她离婚不到半年就遇到下岗的事，下岗让她对离婚产生后悔情绪：她没有男人可以诉苦，更没有男人分担她日常的生活开销。一个小街小巷里的女人，为把自己的生活过得舒缓而有节奏，这两样东西都是必不可少的。姜有根在厂里碰到她时，云里雾里地说："唉，好强的女人命都苦啊！"凤毛简洁地说："我认命。"她斩钉截铁地护卫了内心的种种企求，那里是她自己的，柔软、阴暗，容易失控，易于崩塌，需要用强悍的外表掩护。

此刻，凤毛叹完蝴蝶的命运，急急忙忙地骑着自行车到一家新开张的超市去。朋友介绍她到那里去做营业员，一个月五百块人民币。五百块钱对于她来说不是小数目，除了可以支付她一个月的水费、电费、煤气费、电话费外，还可以支付她和菲菲大半个月的菜金。

她骑着车子经过一条小马路，那里有一条她熟悉的巷子，算不上刻骨铭心，但绝对是了如指掌。看到它，往日的气息扑面而来，芜杂又慌乱，令人不快。气息蔓延之处，腐肉蚀骨。所以，我们的凤毛气都喘不匀了，她放慢了车速，以哀悼者的目光打量昔日的做法事的道场。这一打量，就出了问题。她看见姜有根和一个女人同撑着一把伞从巷子里出来了，他们睡眼惺忪，又掩不住地快活。这点小雨算什么？小雨里正好大大方方地搂在一起，做一些琐碎的但意义重大的事，譬如一起去喝豆浆。

他们就在凤毛的车子前面抢先过了马路。他们不怕凤毛的自行车，他们知道这是一个女人。至于这个女人的外貌体型，他们

没有兴趣打量一眼。有一瞬间，伞碰着了凤毛，凤毛看见他们的
嘴巴在动。奇怪的是，她全神贯注地伸长了耳朵，却听不见他们
嘴巴里发出一点声音。他们走了之后，被伞碰着的肩膀火烧一样
疼痛起来。

　　反正，今天这个下雨的日子不是个吉祥的日子。凤毛找到超
市的部门经理，那经理再把她带到总经理处。总经理告诉她，很
抱歉，他们暂时不需要她了，等需要人手的时候再通知她。

　　这种事情她经历得很多，今天她特别沮丧，因为下雨，因为
看见前夫搂了一个女人。其实这两件事并不是不寻常的事件，但
因为在时间的序列中紧挨着发生，所以她特别沮丧。她穿着雨披，
在超市边上的栏杆上坐下，失神地打量潮湿的地面，心中隐隐约
约地又是伤心又是害怕，或者伤心和害怕原本就是一回事。她坐
了有五分钟的光景，站起来找她的自行车。她放自行车的地方已
空了。她继续找，以放自行车的地方为轴心，向外一圈一圈地扩
展着找，还是没找到。终于，她接受了一个事实：她的自行车被偷
了。她只好安慰自己说，啊，还有比我更差的人。我至少没有穷
到去偷盗。

　　其实，穷和偷盗之间并没有必然的联系。凤毛这么想，那是
她已经下坠到一个地方了。不经意地，她就下坠到这个地方了。
这个地方有一个显著特征：不必为区分是非去操心。许多事情的两
个方面，没有是与非的关系，只是非与非的关系。在正常情况下，
坠落是生活延续的主要方式。

　　没有了自行车，凤毛只好坐公交车回去。下了雨，公交车猛
然拥挤起来。她不是坐车族，不熟悉公交车上的种种手段。结果，
下车的时候，她被人推了一下，一脚踏空，把腰扭伤了——这回
是真痛。

　　到医院去是不行的，起码得花掉百把块钱吧？从公交车上下

来，她强忍着疼痛上了一趟菜场，买好今晚和明后两天的菜。她吃得不多，女儿菲菲吃得也不多，她们的胃口都像鸟儿那么小。她买了一棵白菜，一斤鸡蛋，一斤豆腐，一斤咸菜，四块钱肉丝。就这点东西，十元钱左右，母女两个人能吃三、四天。

她住在四楼。现在，她躺在床上了，腰部贴了膏药，只要轻轻一动，腰间的某个部位就狠狠地疼。她维持着一个姿势过了有半个小时左右，预感到腰会继续疼痛下去，就撑起头给母亲家里打了个电话，让母亲到学校里把菲菲接回去两天。她还要强地告诉母亲，家里买了很多菜，明天她就送些菜过去。母亲说："你留着自己吃吧。"凤毛本能地偏开话筒一些，她从来就没有习惯母亲说话的生硬口气。母亲是犟的，显山露水地犟。她也是犟的，不露声色地犟，这是她做人里的一样长项，许多事，就在不露声色里水到渠成了。

窗外的天色渐渐黑下来，黑到某种成色，再也不朝下黑去了。夜空是青灰色的，雨在青灰色的夜里紧一阵慢一阵。将是一个漫长的雨夜，凤毛睡了一觉，醒来后感到寂寞难耐，就给前夫挂了一个电话。电话没人接听，姜有根和那个女人还有那把伞在哪里呢？她放下电话，腰又火辣辣地疼起来。寂寞和疼痛一起攻袭她，她咬住被子的一角抽噎起来。眼泪像熔浆一样烫，流过的地方很快干了。

现在的情况是：她很忙，心中很焦虑，她的生活充满了危机。即便是这样，只要一有空，她就开始寂寞。男人对她有很多种用途，是她脆弱的生命中不可或缺的。但是现在，离婚一年来，还没有任何男人走进她的生活。她敞开大门，没有人走进来。这合理吗？

后来，有人敲门，来的人是三楼的柴丽娟。

凤毛住四楼，柴丽娟住三楼。柴丽娟的男人是一个香港人，听说在香港也有一个老婆。按他的行为推断，他的正式婚姻有点问题。他做生意，在大陆上到处跑。也许在大陆的什么地方还养着像柴丽娟这样的女人,他为她们买房子,然后把她们装进去。他颇像个养蜂人,只是他经常不在蜂巢边上。他到那里去了?他做的是什么生意?诸如此类的问题,柴丽娟从来不去探索。甚至她是不是个被抛弃的女人,她也从不去设想。这不是个问题,问题在于,她每个月都收到他的一大笔赡养费。有了这一大笔赡养费,柴丽娟就有资格成天闲得发慌,无事可干。她从大门的猫眼里看见凤毛歪歪扭扭地走上去,晚上又没见她开灯,女人对待同性,时不时地会有一些真切的关心,于是她就来关心她了。

凤毛恰好需要关心。她开了门,看见柴丽娟,心里就鄙夷地想:"原来是她?香港人包的二奶。"她感到自己不再虚弱,因为相比而言,她的生活中存在着理直气壮的因素。柴丽娟从门外走进来,她显得比凤毛的生活还理直气壮。"哎哟!"她先叫唤了一声,笑嘻嘻的,是良家妇女的笑,"快到床上去躺着。没吃晚饭是不是?我来给你做。"于是凤毛转了一个位置想:二奶也是人,她过得比我好呢,她不用到处找工作受人白眼。

以前她看不起柴丽娟,她认为一个女人不靠自己的劳动而享受生活是可耻的。今天晚上,就在刚才,她为原谅柴丽娟找到了理由。这种寂寞的雨天,加上疼痛,谁都会软弱的。

这两个从来不热络的女人在这个雨夜里格外亲热,说了很多话,互相理解到对方最本质的地方。这种谈话是有益的。柴丽娟认为凤毛最缺的不是钱和工作,最缺的是可依靠的男人。有了可依靠的男人,就有了钱,工作就显得不是太重要了。她给凤毛提供了几个可供选择的男人,凤毛选了一个:五十岁的中学语文教师,离异无子,住三室一厅。

柴丽娟说这人是她的一个远房亲戚,性情温顺,很懂礼貌,从不乱花钱,可惜是个秃头。凤毛犹豫了一下,随即抿着嘴笑了一声,说:"人家还不一定要不要我呢。"

这件事情就在语言中交流成功，千难万难的事情，竟然就这么轻飘飘地谈成了。两个女人都很兴奋，接下来的事情看上去会顺利解决的。

凤毛今年刚三十岁，离婚一年，在一年当中她又失业了，她这种女人是无人问津的。不过她总是安慰自己说，面包会有的，男人会有的，一切都会有的。心诚则灵，她不信自己什么都得不到。

果然，柴丽娟给她介绍了一个教师。剩下的那些青灰色的夜她过得很踏实，做了一个关于选购宝石的梦。和谁在一起选购，选什么样的宝石，她忘记了。这不影响她满腔的踏实。其实说穿了她还什么都没有得到呢，这就是女人，捞着一根稻草也当成是凤冠霞帔。

早上起来，她觉得腰已经好了。她撩起睡衣，站在镜子面前打量自己的腰，那儿有些赘肉，但总的说来还是可看的。她慢慢地抬起一条腿放在椅子上，这腿也是匀称的，可看的。她慢慢地放下腿，对着镜子一笑，有点笑靥如花的意思，嘴唇上也有了血色。镜子里这个想找男人的女人还是说得过去的。

今天是星期六，女儿不在家，不必为女儿忙碌。她穿着睡衣，蓬乱着头发，久久地站在西窗前眺望。这是个晴朗的日子，天空蔚蓝，棉絮似的白云在天空里不紧不慢地飘，阳光是一年中最纯正的金色，它重重地落在每一个地方，看上去它很光滑，光滑得像黄铜一样。桂花还在香着，太阳一出来，它的悠长的香味就变成了暖香，散漫而没有节制。西窗下面来来往往的人很多，各式各样的人走动着，不经意地流露出每一种细小的生活习惯。她看的不是这些人，她对来来往往的人没有兴趣，她看的是不远处的那座著名园林，这座园林名叫秀园。

秀园，像一个女人的名字。

晚六点，凤毛和胡老师在秀园门口见了面。胡老师手上拿了一把扇子，他果真是个秃头，但是凤毛觉得他器宇轩昂，没有头发反而给他增加了几分干练。他们互相看了一眼，然后又互相用力地看了第二眼，站在那儿不说话。柴丽娟见此情景，就去买了门票让两个人进园子。

园子里的一个地方，张灯结彩，穿着旗袍的演员坐在椅子上唱着曲子。这是深秋了，夜里的风有点凉。满天星斗，灯光也明亮，演员卖力地唱着，弹着弦子或琵琶，虫子到处乱撞，奇怪的是这一切并没有让园林热闹起来，反而让它显出秋末的悲凉。

凤毛跟在秃头教师后面，心里有点浮萍般的漂泊。教师看台上的人，她看教师的背影。教师的头上一根头发也没有，却不戴假发，说明他是个自信的人。他的脖子和光脑袋连成一体，粗硕有力，具有某种威慑力。总而言之，他是凤毛愿意接受的男人。于是，她趁着台上换演员，对秃头教师说："胡老师，我们到那边坐吧。"她的态度很积极，也很坚决，秃头胡老师就跟着她到"那边"坐去了。

"那边"是一座紫藤架，两个人坐在紫藤下面的石凳上，保持一段距离，朝着同一个方向，隔了一条河听对面的舞台上唱曲子。听了片刻，胡老师从口袋里拿出一张一百元面额的钞票，对凤毛说："凤小姐，刚才柴小姐替我们付了门票，你还给她吧。她生活得也不容易。"凤毛说："我来还吧。"胡老师不吭声，把钱放在凤毛的膝盖上，然后打开手上的扇子。他放钱的时候略微在凤毛的膝盖上用了一点力气，好像是试验一下凤毛的膝盖有没有弹性。仅此而已，马上又把手收回了，专心致志地听戏。凤毛想，都说现在的教师有钱，教师真是有钱了。教师有钱是件好事，因为他们为人师表，不敢张扬。她默默地把钱收起来。秃头教师开始跟着河对面的演员唱歌了，这是一首他熟悉的曲子，他唱得有板有眼，丝丝入扣。他一边小声唱着，一边收起扇子，用扇骨在凤毛的膝盖上敲了一下，站起来走了。凤毛跟着他出了园门，又鬼使神差地跟着他上了一辆出租车。在出租车上，他们没有任何亲昵的举动。出租车停下，秃头教师的曲子还没唱到底。他付了钱，走进一所门里，开始上楼梯，一边还唱着。爬到六楼，他的歌声还是一点不乱。他是个健壮的男人。然后他就开了自己的门，打开灯，去换拖鞋，任凭凤毛惊惶地打量着这个陌生的屋子。凤毛想起那只走不进屋子的蝴蝶，蝴蝶现在破门而入了。

她看着秃头教师拉下窗帘，有情调地打开落地台灯，在机器里面放了一张评弹唱片，调整到最合适的音量，然后，他就忙着去洗澡。他忙得热火朝天，完全不顾凤毛在干些什么。事实上凤毛什么也没干，她在沙发上坐下，双手环抱身体，打量屋子。她还没有适应四周的环境。她觉得这个单身男人挺卫生的，也很有情调，是个会安排生活的人，这种男人让女人放心。

一会儿，秃头教师出来了，他披着浴衣，撩起浴衣的一角擦着头发上的水，露出赤裸的腿和阴部。他这样随便，凤毛有些吃惊，就站起来了。他问："想走了？"凤毛不知道自己想不想走，她觉得走了可惜不走也可惜。正这样思索着，她的腿已经替她作出决定，在沙发上重新坐下了。她是被动的，也是情愿的。秃头教师挨着她坐下，说："好，好，你这样就好了。走了多可惜？我们还没有做事呢。你是喜欢听我说话还是喜欢我不说话？"凤毛不说话，胡老师自言自语地说："那我就不说话了。其实我不想说话。"他掀起凤毛的裙子，脱掉凤毛的短裤，把凤毛的两条腿用力地推到凤毛的头上方。这时候，凤毛提出了要求："不行，你还没亲过我呢。"胡老师放下她的腿，一脸错愕。他拒绝道："我不喜欢这样。"他略作思考，又怀疑地说："你是个少见的女人，一般的女人在这时候不会提这种要求。"凤毛好奇地问："哪种女人不提这种要求？"

胡老师随随便便地回答："就是那种女人。"凤毛懂得"那种"女人是什么样的女人。凤毛很失望，没想到胡老师对女人一视同仁。

凤毛想起以往曾经有过的接吻：平等互爱的吻，缠绵细致的吻，渗入灵魂深处的感动，让她升腾到一个清灵世界，让她入迷地喜欢爱与被爱……等等。她对胡老师说："女人和男人不一样的。"胡老师说："当然不一样，一样的话，我怎么会和你这样呢？"他看着凤毛的眼睛，希望凤毛做一个妥协，但凤毛避开了他的眼睛。是的，她从离婚以来，尽管生活很糟糕，但只要有可能，她就会做男欢女爱的梦，她的梦里有相当部分的接吻的内容，这部分内容对她来说很重要，因为它既隐秘又快乐，相当于一个女孩子躲在暗处觊觎老祖母晒在天井里的古董。

秃头胡老师拿下搭在沙发上的浴衣，穿起来，坐在凤毛的腿边调整呼吸。他意识到，进入这个女人会是一件麻烦的事。问题是，他厌恶大动感情地和一个女人接吻，这是一件无聊的事。绝大多数的男人，二十岁时还会接吻，三十岁开始反感，四十岁开始抗拒，五十岁就彻底不愿与女人接吻了。

胡老师考虑了一下，觉得凤毛还是个不错的女人，看上去很懂道理，在男人面前也愿意被动。于是他伸出手，虚虚地搁在凤毛的大腿上，看上去像要进行一番抚摸的样子，手慢慢地朝上游走，忽然之间，迅雷不及掩耳，他拉下凤毛的裙子，把她的大腿盖住了。这个动作快速得有点可笑，它直白地表示出教师内心的恐慌和放弃的不情愿。凤毛暗自一笑，原谅了秃头胡老师。今天这件事到此为止是最好的。

凤毛走了之后，胡老师来到电话边，几次伸手，最后还是决定给柴丽娟打个电话。他在电话里是这么说的："她多大年纪了，还这么让人麻烦？"

凤毛回来的时候是夜里十一点钟。柴丽娟独自呆在阳台上，手里拿着一把鹅毛扇驱赶秋天飞来飞去的小虫。阳台上有几盆花，也许正是这些花招来小虫子。正有些恼着，看见凤毛从新村大门走进来了。凤毛的走姿是紧张的，脸上也有一股暧昧之色。柴丽娟回到屋里去，打开楼梯上的指明灯，弓起身体，从猫眼里朝外瞄着，像一头可爱的猫咪。凤毛走到一楼时就注意到了三楼的灯光，她上到三楼，挨近门边，用指头不满意地戳戳猫眼。柴丽娟朝后一让，仿佛真的给凤毛戳中了眼睛。她打开门走出去，跟随凤毛到四楼的屋子，自作主张地说："菲菲不在家吧？我今天睡你这里，我们好好说说心里话。"

而后，凤毛和柴丽娟一人一头地睡在了床铺上，开始了一场不成功的谈话。

当然，首先是谈胡老师。柴丽娟问话："哎，怎么样？"凤毛翻了一个身，背对着柴丽娟，这并不是表示她不愿意畅所欲言，而是无言地告诉柴丽娟，出现问题了。柴丽娟欠起身，说："人家刚才给我打电话，说你很麻烦。我不知道你们怎么了。"凤毛闭眼假寐片刻，才说："刚才我到他家里去了。"柴丽娟坐起来拍拍凤毛的屁股，亲热地说："你做得对，喜欢的人马上把他抓紧，一上了床他就逃不了啦，男人过不了女人这一关……快说结果。"凤毛停顿了一会儿，慢悠悠地说："我不知道。"柴丽娟躺下去，惋惜地传达经验："有时候，机会一过就不再来了。这个人虽然没头发，年龄也比你大多了，但他有钱有房，身体也健康，失去他很可惜。你要现实一点。"凤毛说："我从小，我妈就说我是枇杷叶子，今天是这一面，明天是那一面，两面的样子不相同。"柴丽娟说："那你为什么要这样？"凤毛说："不知道。"这回，她是真的不知道。昨天她还很现实，今天又不现实了。不幸的是，今天和昨天一样坚决。柴丽娟换了一样问凤毛："你几岁了？""为什么问这个？""你是三十岁的女人了，三十岁的女人不能要求男人有多称心如意，三十岁的女人能抓到什么就是什么。"凤毛不置可否："哦。"柴丽娟说："你又想马儿跑得好又想马儿不吃草，什么地方有这样的好事？"凤毛还是不置可否："哦。"两个人一时冷了场。柴丽娟掀起被子，说："我走了。我回去睡了。"凤毛一把揪住柴丽娟的睡裤，说："别走。我们说点别的吧。"柴丽娟微笑着，又躺下去。她本不想走，她有一肚皮的辉煌奋斗史要倾诉呢。

下面，是柴丽娟的奋斗史。

从前，有个女人，长着一张粉嫩的讨人喜欢的圆脸。二十五岁时，她嫁了一个老实的丈夫，住在四十多平米的小屋子里。三年后，她还是住在那屋子里。于是，她在小屋子里想，生活不能这么过的。她辞了工作，拿出所有的存款，跟着一个男人跑到俄罗斯倒腾货物。她刚强果敢。她有赚有赔。最困难的时候，把自己还卖了一回，当时她已经饿了两顿了。那是个外国人，圆胖的脸，两只手像熊掌。说实话，他对她很客气，先是让她吃饱了，还制造了一点小情调，最后出了大价钱，并感谢她的配合。很划算的一件事。

凤毛嘀咕道："罪过，罪过。"

"我在家里也和丈夫上床睡觉，他能给我什么？我感觉不到愉快，一个女人，与其与丈夫毫无意义地睡觉，还不如让睡觉变得有用一些。"

柴丽娟说这番话时，显得十分坚决，她轻易地为曾经有过的堕落找到了意义。这意义代表了一种力量，却是不正当的力量。凤毛暗暗叫好，但是后来她担心起来了，觉得自己会像柴丽娟一样，柴丽娟的话实在蛊惑人心。她想象了一下：两个三十来岁的女人，一头一个躺在床上，没有梦想，不能骄纵，辛酸地谈着出卖自己的事。凤毛下了床，拿起柴丽娟放在梳妆台上的钥匙，把柴丽娟连人带衣服拽起来，推着搡着，把她推出门。柴丽娟大叫："你干什么？你有神经病吧？深更半夜的。"凤毛说："是，我有神经病。"继续把她朝楼下推，推到门口，打开门，把柴丽娟搡进门里，"乒"地一声关上门，在外面用钥匙锁成保险状态，才解气地扬长而去。柴丽娟还在里面叫："你发神经病吧？"凤毛不理她。

三十岁的凤毛，一朵花还在开放。这世上脑子正常的女人都知道，花容月貌需有好心情维持。女人好心情的条件是：拥有一个好男人，拥有一笔维持日常开销的存款。三十岁的凤毛，早上起来照镜子的时候，总是忍不住地焦虑：本来手上还有一些生活的乐趣，譬如吃好晚饭后一家三口出去散步，拿工资的那天往卡上打进去一点钱。自从离婚以后，这一点点乐趣都没有了，而且看不出目前有什么改善的迹象。有时候，她暗暗地骂姜有根："死东西，叫你离婚你就离了？"姜有根很怕她，她叫他做什么就做什么。

姜有根在厂里搞宣传工作，凤毛是车间里的技术能手。姜有根的头发总是梳得锃亮，皮鞋上一尘不染。凤毛即使在大冬天，也要穿着裙子上班。姜有根的西装全是凤毛做主买的，凤毛所有的裙子全是姜有根熨烫整齐的。他们看上去很般配，般配的夫妻往往会离婚。

两个人的婚姻说散就散了，凤毛除外，所有的人，包括姜有根一时不能适应。姜有根离了婚以后还常常来车间里找她，有时候悄悄地抱抱她，有时候把唾沫吐到她脸上。凤毛并不生气，姜有根不是个坏男人，他只是无能，脑子也不算好使。这种状况一直到凤毛被厂里"精简"掉才结束，这个消息是姜有根最先告诉她的，他倒是一本正经的样子，不像幸灾乐祸。

唉，精简精简，从字面上可以这么理解：去芜存精，去粗存细。一筐含金的细沙，必须要筛去沙子。一块猪肉，要剔出的是肥肉。

谁扮演沙子和肥肉呢？当然是沙子和肥肉。

凤毛记得是"梅雨"季节，外面下着绵绵细雨，空气里湿答答的，到处都有滴水声，各式各样的花在阴暗的梅雨季节里鳞次而开，长长短短的香味在雨中悄然弥漫。忽然就在什么地方，一朵什么花儿浸透了雨水，不堪沉重，"笃"地掉落在地。此情此景，说不出的忧愁。为"精简"这事，凤毛早就惶惑、忧愁过了。今天她有种特别的想法，觉得一定要抓住一点什么，她快被这单调而强悍的忧愁埋葬掉了。她向姜有根张开湿润的睫毛，睁大眼睛，她的瞳孔收缩得异常的小，小而有神，十分迷人。

姜有根不太镇静地问她："你想干什么？"

她说："今天晚上……你来吧。菲菲想你呢。"

姜有根犹豫着："好吧……你还没找到男人吗？"

过一会儿，他又说："不，不行，这样像在开玩笑。以后吧。"

凤毛遭到姜有根拒绝以后，并不生气。脆弱的情绪一晃而过，第二天她就不想与前夫睡觉了。隔了几天，姜有根在车间门口等她，上来搭讪："怎么样，还需要我替你消火吗？"她说："不要了。谢谢你，以后再说吧。"

姜有根很了解她，他说得对，她决定离婚是个危险的举动。事实上也是如此，她要的并没有得到，还存在着另一种危险：可能会今不如昔。

凤毛的长相是说得过去的，她生着小小的骨骼，肌肉略丰，但因为骨骼是小小的，所以这丰满在她那儿就是骨肉匀称。她的行动和说话都是不紧不慢的，稳妥而有味，衬映得这个人像玉一样温润。与之配套，她生着一张小小的白果脸，眉眼干干净净，一张清水白果脸。她自认为不是大美女，但在任何美女面前也不会自惭。这种心理让她心气高了一些，有时行动便不免骄纵，口气偶尔也会尖刻。她给自己指定的生活是中等偏下的生活，中等偏下的生活就是一套一百平方左右的房子，稳定的家庭生活，有一辆或两辆摩托车，夫妻两个人的月平均实际收入是二千块左右，女儿在好一点的学校里读书，一家三口有能力上上小馆子，可存一点钱，可买一点漂亮的有品味的衣服。具备了以上种种，生活就有了乐趣。

这是凤毛的打算——一年以前的打算。这也是个充满矛盾的想法，因为正像她所说的，她是一张两面颜色不同的枇杷叶子。

她感到内心的信念所存不多了，这种信念的慢慢消逝与容貌渐损一样让她害怕。是的，有很长时间了，她站在镜子前，就感到害怕。镜子里的她和镜子外的她都让她害怕，她发现自己的脆弱越来越不可消除。

这一天早晨，她又站在镜子面前了。"这一天"，就是她到园林里相亲的第二天，星期天。镜子一向是女人最亲密无间的朋友和死敌。女人与镜子结下了不解之缘，她们对待同性的态度也如对待镜子。凤毛站在镜子面前打量自己那张清水白果脸，感觉它黄了，皱了，脱水了。她重重地叹了一口气，声音很响，屋里有回声，回声撞到镜子上，镜子上又吐出来"嗡嗡"的回声。她看看镜子，一错眼，镜子就在那时候突然皱了一下，她吓了一跳，捂住脸半天不敢动弹。

稍后，她梳妆打扮，假装将要做一些很重要的事。她在屋子里游荡着，无所事事。她想不出要干些什么，这让她恐慌。她又穷又年轻，竟然没有事情干了。忽然想起一个人，姜有根，她马上打过去一个电话。她问："你在干什么？"这其实不是一句问话。姜有根在那头气息可见，暧昧不清地问："你是谁？"凤毛眼前出现一张睡眼惺忪的脸，她有些急迫地说："我是凤毛。前天早上我在路上看到你了。"姜有根说："你有毛病吧？你离了婚的日子不是很好过吗？还来找我干什么？"不容分说地挂上了电话。凤毛看着"嘟嘟"空响的话筒干笑了一声，心中急速地虚构一下前夫床上的风景，心里涌上复杂的滋味。姜有根至少过得还是不错的，比她的境况好多了，他没有下岗，还有了女人，他们这时候还赖在床上。他再也不可能想和她睡觉了。

一受刺激，她想起今天要干的事还不少：

一、放柴丽娟出来，向她讨要胡老师的电话；

二、给胡老师打电话，看看两个人之间除了上床，还能不能干些别的事，就是说，还能不能发展下去；

三、如果她和胡老师能干些别的事，则必定先要到母亲家里去一趟。非非从星期五下午就在母亲家里，她必定要去听一听母亲的唠叨。

下到三楼，开了柴丽娟的屋门。屋子里是黑暗的，窗帘紧闭。凤毛先去拉开所有的窗帘，然后坐到柴丽娟的床边，把钥匙和胡老师还的一百块钱放在她的床头柜上。

"什么时候了？"柴丽娟从被窝里探出睡得毛毛的头，说，"咦，你打扮得这样干什么？还涂了口红。"凤毛垂着眼睛说："你把胡老师家里的电话号码告诉我，我还是想和他联系一下。"柴丽娟赶快从被窝里坐起来，夸奖凤毛："哎唷，你真像我，不屈不挠的。"凤毛转过头去不看她："还不屈不挠呢，自己怎么当了香港人的二奶？"柴丽娟眼睛一亮："你想听？晚上早点回来，我讲给你听。"凤毛说："不想。我不想听你的堕落史。"柴丽娟叹了一口气，拎起电话，嘴里嘀咕："算了，还是我给你打吧……你别去丢这个人。"

柴丽娟开始打电话："喂，大学问家，你在干什么？你在做家务？做什么？告诉我嘛……拣菜？你怎么干这个？凤毛等一会儿过来，你都交给她干好了……别客气，我们也不想求你什么，反正她有空。她是我派去帮你忙的，谁让我是你的表妹呢？好了好了，你不接受我的帮助，我要生气的。"说完她就挂了电话。凤毛在她的脸上亲了一下，低低地说："好厚的脸皮！"柴丽娟说："你要多多磨炼自己，让脸皮越来越厚。喂，你要走了？今天晚上别让菲菲回来，我讲爱情故事给你听，好浪漫的。你知道吧？现代浪漫的爱情纯粹就是体力问题。体力好情绪才好，情绪好才能感受到浪漫的情调。"这一次，凤毛真心地赞美她："你懂得真多，与你比起来，我就是一个傻X！"

　　过后不久的另一时，凤毛坐在了母亲家里，在桌子上帮母亲包馄饨。母亲头上梳了一个髻，髻上插一朵金黄的小野菊。她端坐在凳子上，脸上没有表情，两只手稳当地配合着包馄饨。但凤毛还是能感觉到母亲内心的烦躁和一触即发的怒气。母亲年轻时是个娴静的女人，不知不觉地变成一个又犟又爱唠叨的女人，近年来，更是进了一步，学会了羞辱自己和咒骂别人。自尊心很强的样子，却建立在毁灭自尊心的基础上。她是个奇怪的女人。
　　果然，母亲开始发话："隔壁弄堂里的小王夫妻两个，离了婚。小王搬走，小王老婆带着儿子住在这里。小王的情况我不清楚，可是小王老婆的情况我是知道的，她找了一个又一个的男人，带回家来睡觉，男人都补贴她生活费，还给她做家务——她跟做鸡的有什么区别？最奇怪的是小王，外面转了一圈又回来了。两个人也没办复婚手续，就这样住着。小王看见我们说，他也是没有办法。小王老婆看见我们也说，她也是没办法。你说这是什么样的世道人心？滑稽不滑稽？以前的人没有这样的，再穷再苦也是要体面的。就说你妈我，你妈我不是一个好东西。虽然我不是一个好东西，但是我也从来不屈服。妈四十二岁那年的冬天，早上五点，失去了你爸……我也一个人硬挺着过来了。不接受男人的施舍，少享点福罢了。要说现在的人，真是与我们那时候不同，以前的人，到人家家里去喝茶，走之前要把茶杯朝桌子中间推一推。以前的人听评弹的时候，从来不敢大声说话，吃宴席的时候，也不能大声喧哗的……你怎么不说话？"

凤毛说："我只听你说小王小王，耳朵里灌满了小王。"

"那你说。"

"我不说，我喉咙有点哑。"

"你感冒了？吃点药。"

"没有感冒。我不过是夜里和三楼的柴丽娟多说了话，早上起来喉咙口就火辣辣地疼。"

"柴丽娟？就是那个香港人包的二奶？她是个精神空虚的女人，又无聊又俗气。你知道吧，这种女人就是鸡。"

"她给我介绍了一个对象。"

"她介绍出来的没有好货，你别上当。"

"我这种条件，只要有人介绍，就要去看。不然的话，也只能去当鸡——当鸡也卖不出价。"

母亲提高了声音，说："毛毛，你要坚强一点。"

凤毛扔掉手里的一只馄饨，几乎叫喊起来："我不想坚强。"她拿了自己的手提包，感觉到手在颤抖，她放低了声音说："我坚强不了……我走了。"

母亲站起来担心地问她："你到哪里去？"

"我到柴丽娟介绍的那个人家里去。"

"你不要去看……好吧，你实在想去就去吧。那个人条件怎么样？"

"那人比我大一岁，一头浓发，身高马大，一个月的收入有四千块，还肯养我和菲菲。有一大群女人争着嫁他，女老板、电影演员、大家闺秀，我是最差的一个。"凤毛说完就走。

母亲在她身后激烈地叫喊起来："你和我怄气有什么意思？你

总是和我怄气，啊？"

凤毛神魂未定地到了胡老师的家里，坐在那只沙发上，喝了一杯又一杯的水。她眼神发亮，面色潮红，有点让胡老师想入非非。胡老师仅仅是想入非非，并没有付诸行动，想起昨晚的一幕，他有点怕凤毛。

凤毛也在怕胡老师。凤毛一看胡老师的神色心里就有数了，这一次，她心里咬定主意不妥协，这是能不能产生感情的关键。没有感情的男女在一起是不幸福的，这就像一加一等于二那样清楚。她喝到第三杯水，抬起眼一瞧，胡老师已经拿着一根牙签在剔牙了。她站起来说："我来给你拖地板吧。"胡老师也站起来说："那好，那好。我付你劳务费，一次三十块。"凤毛笑着说："太多了吧？人家劳动一次是十块或者十五块。"胡老师说："不多不多。你这样的身份付得再多也不多。"凤毛的鼻子略略酸了一下。然后，她愉快地去找抹布、拖把、"碧丽珠"、"洁厕精"等。胡老师已经吃过饭了，她不好意思提吃饭的事。她饿着肚皮足足做了整个下午，才把胡老师的三室一厅收拾干净。这其间，胡老师听着评弹，一边听一边在沙发上小憩。五点过后他就去热中午吃剩下的菜，然后他招呼凤毛一起来吃。他吃着饭，若有所思地对自己一个字一个字地说："明——天——要——上——班——了。"说完他拿眼睛瞄准了凤毛。

凤毛想：算了，他如果还想要我的话，我就依顺了吧，别管那么多了。刚这样想，心里又出来了另一个声音：不行不行，我不能马马虎虎。

胡老师先吃好饭，他到里屋去忙一番，出来时面目一新：白T恤，米色长裤，一双白球鞋。他的心情显得好极了，走到凤毛的背后，两只手轻轻地搂着凤毛的两肩，拿着架式说："凤小姐，请你陪我到秀园去听评弹好吗？"凤毛回过头，脆生生地答应："好啊！"声音如此之脆，把她自己都吓了一跳。胡老师接下来的举动令她十分失望，胡老师从裤兜里挖出钱包，从里面掏出三张十元面额的人民币，说："这是你今天的工钱，以后你每个星期六或者星期天到我这里来打扫卫生。你拿着吧，没有什么不好意思的，这是劳动所得，干净钱。"凤毛想，如果她执意不要的话，胡老师会有想法的，会认为她别有所图而中止和她往来。

　　她接过三十块钱，心里不高兴，嘴里称了谢，洗了碗，和胡老师双双走出门，来到大街上。旁边有个男人，她感觉良好。风清爽可爱，所有的人也清爽可爱。感觉良好的事还有：胡老师把她拉到"的士"后座上一起坐下，还对她说："凤小姐，我喜欢评弹。你喜欢吗？"凤毛说："不是太喜欢。"胡老师闭上眼睛，把头靠在后座上，说："我喜欢评弹，喜欢干净，喜欢漂亮小姐，还喜欢吃红烧肉……我不喜欢白居易的诗，不喜欢外来民工，外来民工把这个城市的整体文化修养降低了……凤小姐，我也不喜欢柴丽娟，这一点我不得不告诉你，因为我还想和你继续结交下去。"凤毛听了他那么多的不喜欢，慌得赶忙表态："我也刚刚和她交往，我也不是和她太好。"她心里一动，暗想：我真是个不要脸的女人啊！

　　秀园，明朝后期建筑，据说是一位富商为其表妹所造。表妹叫"秀"。秀表妹住进园里仅一天，就在园子中间的莲花塘里溺死了。她溺死的这天，富商正派人将婚庆大典用的礼单送给她过目。秀死后，事情的真相才渐渐显露出来：她有意中人，是个穷秀才。这件事除了她的丫环，几乎没人知道。秀不说，因为她知道不可能。就在她住进园子里的当天晚上，秀才从墙上爬了过来。丫环说，他们两个人藏在秀的闺房里，一直说着话，不知说了些什么。后来，房门开了，秀挽着秀才的手，把他大大方方地从正门送了出去。

秀死后的某一天，秀才的尸体也从荷花塘里浮出来了。门房一个劲地对天发誓，说他看门很严的，那怕是苍蝇，他也从来放母的进去。那秀才一定是翻墙头进去寻死的。

秀的寡母盼星星盼月亮，盼着女儿过上好日子，她想不通那秀才凭什么拆散一件好事，她也想不通女儿怎么会喜欢那个秀才。秀才性情古怪，说话尖刻，全世界都像欠着他的。她想不通的事情大家也想不通，后来，文人把这件事编成曲目在秀园里唱，富商和秀的寡母成了面目可憎的杀人犯。更让人想不通。

秀园里死了一对鸳鸯，怨气就重，有许多传说。凤毛和胡老师到了园子里，戏台搭好，演员还没到。两个人坐在河边的紫藤架下，面前的河就是昔日的莲花塘，河水依旧，莲花不再。夕阳已下，落霞还在西边的天空上徘徊。"落霞落霞"——这是从太阳那里掉落下来的云霞。落霞转瞬就燃烧完毕，剩下满天空的黄昏。黄昏就是昏黄，昏黄的光线柔和地垂在黑夜的额前。黑夜快降临了，风里有点凉丝丝的，是从黑夜紧闭的大门里放出来的。

凤毛和胡老师这一次挨得很近，胡老师还是拿着他那把扇子，一下一下地轻摇慢晃，给他自己扇脖子里的汗。凤毛从小就住在这一带，以前住的是平房，大杂院。后来大杂院拆除了，造了高楼，作为老居民她又回迁了。她开始对胡老师讲她从小听来的关于秀园的故事：秀园的夜里，经常会有奇怪的事情发生，红灯笼自己在空中走动，鸭子会突然从荷花塘的水底下冒出来……有人看见，一头癞哈蟆被一根细红线牵着满地跳……

胡老师沉静地说："我是个无神论者。"

凤毛便低下头，不好意思再说下去。在胡老师面前，她连抱怨都不敢，她害怕胡老师不讲理由便弃她而去。这和她对待姜有根是一样的。

胡老师等着戏开场，凤毛再一次陷入无所事事的境地。她回过头去想刚才自己说的那些传说，心里不觉艾怨起来，这艾怨是不牢靠的，像风一样抓不住。她转头去理会园子里的花花草草。秋末的花草，全都疯长，看似旺盛，却没有春天的鲜润，遍身笼罩着灰败的气息。可以预测到一场秋雨来临后，它们会呈现怎样的狼藉？她放弃了花草，又去看别处：这些屋子，这些花径，在夜深人静的时候，会不会响起轻轻的脚步声？凤毛的眼睛随着心恍惚了一下，她看见石榴在秋天里熟了，垂得很低，像爱情中的人，沉思而谦虚，恍惚而敏感。石榴树下有一丛金黄色的小菊花，开在绿草中间，明亮得像一种假象。那边还有一株丹桂，开着熟鱼籽一样的花，在这座清雅的园子里显得格外地"荤"。

凤毛的心里霎时充满了忧愁一样的渴望。

荷花塘对面，戏子在舞台上开始唱。凤毛把手朝胡老师那边探过去，坚决得绝望。她的脑子里有片刻是真空状态，她不知道把手伸到胡老师的什么地方了，但她知道胡老师把她的手捏住了。胡老师在犹豫，终于他拉起凤毛的手，说："你家近。我们到你家去吧。"

凤毛尽量让自己显得有经验，他们是走回去的。凤毛一路上用手安抚着胡老师，让他感觉到这一次的男女之欢是舒服的。他们悄悄上了四楼，进了门，不打二话，胡老师就把凤毛推倒在沙发上。这只沙发比胡老师家里的小，但也足够一对男女使用了。然后他慢悠悠地收起纸扇子，放在桌子上。做好这件事后，他才开始脱自己的裤子。程序和第一次一点不差：胡老师掀起凤毛的裙子，脱掉凤毛的底裤，把凤毛的两条腿用力地压向头前方。凤毛的心里喊叫着："亲我！亲我！"她闭上眼睛，准备什么也不想。正在这时，电话铃刺耳地响起来。电话就在沙发边的小茶几上，凤毛赶紧拎起电话。

"喂，谁呀？"她惊慌地问。

"凤毛啊!"是柴丽娟,"你回家了?我打了你好几个电话没人接。我上来吧。"

"不,不,不要。"凤毛赶紧拒绝。这时候,胡老师放下了凤毛的腿,直起了身体,眼睛看着他搭在沙发上的裤子。

柴丽娟还在那头说:"你怎么了?不舒服?我有一件事要告诉你。不过,你先告诉我,你和胡老师下午搞得怎么样了?有没有进展?"

凤毛期期艾艾地说"还可以……马马虎虎罢。"

"你听好了。我有一个同学,就在我们地段派出所里,姓董,也许你见过他。他今天给我打个电话,说派出所旁边,有家卖烟酒杂货的小店,店主生了重病,想把小店租给别人开。小董问我要不要租下来,我一想就想到了你,就替你答应了。租金很便宜的,离家也近,就在秀园的西边。你从东向西走,过秀园,看见第一家烟杂小店,就是它了。"

胡老师的眼睛从自己的裤子上转过来,俯身观赏凤毛的大腿。凤毛放心了一些,她不想放弃胡老师,也不想放弃柴丽娟说的那家小店。

"好姐姐,你长话短说吧。"她不耐烦地催促柴丽娟。

"我都替你想好了。你要租小店,必定要一笔启动资金,不多,最多一万吧。你不是说搞定了老胡吗?我知道他有钱,你去问他借,他不会拒绝你的。"

"好的。我知道了。"

凤毛放下电话。胡老师欣赏了凤毛洁净的大腿,突然变得兴致勃勃,他把凤毛的腿再次压向正前方,还关心地问:"谁给你打电话啊?"此时,凤毛的脑子里完全被那家小店占据了,她利令智昏地对胡老师说:"胡老师,我想跟你借一万块钱。我会很快还你的。"

胡老师的反应非常之快,他放下凤毛的腿,就去拿自己的裤子。

他把自己穿戴好，打开扇子，坐在凤毛的腿边给自己的脖子扇风。他对凤毛说："在这种时候，你向我提出借钱是不道德的。"

凤毛在沙发上穿上裤头，拉下裙子，光着脚在地上四处找鞋子。她觉得胡老师说得对，她完全像个不道德的女人。她的眼泪掉在地上，清晰地"吧嗒"一声。

凤毛把胡老师送出新村的大门。在大门口，她向胡老师道歉："胡老师，真对不起。今天借钱的事你就忘了吧。"胡老师说："没关系没关系，你也别放在心上。你别送了，我还要到秀园去，那里要唱到十点钟呢。凤小姐，再见。谢谢你今天陪我看戏。"

凤毛看着他的背影，有一件事她百思不得其解：她为什么不痛痛快快地叫胡老师滚开？为什么还要像个颇有学问颇有肚量的人一样，送他到楼下，客气地道再见？

夜里，凤毛做了一个梦：

一个洁净的下雪的日子，凤毛躺在床上，满心里喜欢，因为她的身后躺着胡老师。胡老师的手规规矩矩地搂着她的腰，嘴里呼出温暖而湿濡的气息，像玻璃上迷蒙的水汽。凤毛感觉到胡老师的气息喷在她的后背上，后背一阵一阵地温暖。窗帘没有关上，窗户就像一张豪华的屏幕，两个人在屏幕上观赏外面的雪景。此情此景，一派安详纯洁。男女之情，在这时候不多也不少，是女人需要的。

只是雪下得有点奇怪。雪下得很谨慎，一团一团，沉重的分量，在空中连绵着朝下坠落。它在窗户的一半处，分成两种动态：上面一半，雪缓慢地飘落，漫天的大雪花缠绵温存地充塞了空间，像有什么喜事快要到来了；窗户下面一半，雪急速地向下坠落，快得令人心悸，它的速度让人感觉到下面是一个无穷无尽的深渊——一个充满危险的深渊。

凤毛看着这两种景象，一会儿喜一会儿愁，心里忙得不可开交。她喜欢窗户上半部分的喜景，虽说是虚妄的，但能让她感到目前的生活是安全的，有保障的。

凤毛醒了过来，雪景不见了，她对着空荡荡的窗户发出一声假假的笑声。这不是个纯粹的性梦，是一个巧妙掩盖了需求真相的梦，它的完美之处在于：性和金钱被好运气不露痕迹地搓合了。可惜这是假的。

今天是星期一，这两天凤毛忙坏了：星期五，她到超市去找工作；星期六她去相亲；星期天她到胡老师家里去干活并赚了三十块钱。菲菲还在母亲家里，她不放心，她要在菲菲上幼儿园之前去看看她。

她先给柴丽娟打了一个电话。柴丽娟在电话里说："你烦死了，这两天我每天一大早就被你吵醒。"凤毛说："姐姐，我是有重要的事找你商量。那家店我想承包下来，钱你先替我垫着，利息照算。你不要拒绝我，我是个没本事的女人。"柴丽娟叹了一口气，说："好吧。我知道你这么早找我绝没有好事。不过，亲兄弟明算账，利息照银行的算，你一分钱不能少我。"凤毛心中略感轻松。

到母亲家，母亲看见她，说："你怎么又来了？菲菲已经上幼儿园了。"

她知道母亲上菜场的时候就把菲菲送走了，她一声不埋怨，连忙又朝幼儿园里赶去。时间太早，整个幼儿园里静悄悄的，凤毛的乖乖女孩儿一个人坐在小小班的教室里玩积木，她决定不进去打扰了。

凤毛走出幼儿园，看见一个刚刚发育的女孩子，手里拎了一只食品塑料袋，塑料袋里装着生煎馒头。这女孩子穿一件布睡裙，洗得又旧又软，像质地很沉的丝绸。她疾步而走，睡裙里面的两只小乳房还无法戴胸罩，硬挺挺地凸现在睡裙上。凤毛心里一酸：

她的菲菲需要她花多少心血才能到这个时候？

她一瞬间差点崩溃。

接下来，她按照柴丽娟说的方向，去找那家烟杂店。她从西边的大马路上走进巷子里去，先是看见派出所，再看见烟杂店。小店关了门，门板上方歪歪扭扭地用红漆写着：勤奋烟杂店。红漆已褪色，更显得这家小店冷冷落落的。烟杂店过去，不远处就是秀园。秀园的门前大院里，一东一西，相对开着两个过路的圆形边门。东边的门套着西边的门，像一模一样的两个月亮。穿过两个边门，再向东边的巷子里走，走不远，穿过巷子，就是凤毛住的新村。

凤毛在派出所、小店和秀园之间来回走了几趟。以后，这条路就是她每天的必经之路。她不能走别的路，走别的途径，要绕很远的路。

她这样来回地走了好几趟，以便确定这路上没有危害她的东西。当她再次走过派出所门口时，引起了一个民警的注意，这民警骑着他的摩托，刚到单位。他把摩托车推进院子里，回过来，职业性地从头到脚打量凤毛，不客气地问她："你找人吗？"凤毛突然想起柴丽娟讲过，她的同学在这家派出所里，姓董。她问这个对她好奇的民警，派出所里是不是有一个姓董的警察。那人说，他就是，董长根。董长根说完又进院子里去了，他看到他的摩托车在漏油。

凤毛看见董长根就忘了胡老师，所以胡老师将从我们这里暂时销声匿迹。董长根和姜有根，两个人的名字里面都有一个"根"字，此根不是那根，人家是什么人？趾高气扬，说着行话，腰里藏着小手枪，身上的气息是汽油混合着油墨。

凤毛的脸自作主张地红了。她不敢有所表示。

她隔着院子的栅栏和董长根平静地唠家常："柴丽娟说你是她

的同学。"董长根蹲在地上头都不抬："哦,是的。这么说来,你是想承包烟杂店了?这里生意还是有得做的,首先我,香烟全在这家小店里买。"

董长根举起两只脏手走出院子,对凤毛说:"裤子左边口袋里。"凤毛伸手到他左边的裤袋里掏出一串钥匙。董长根命令她:"跟我来。"到烟纸店门口,又命令她:"开门。"门打开,是一个短而窄的过道,仅容一人侧身通过。过道底侧着一个小口子,从那小口子里面进去,是一间十平方大小的房间,用货柜一隔为二,后面放着一只小桌子,小桌子上摆着碗筷之类的东西,角落里放着一只痰盂,还有一个水龙头和水池子。前面就是做生意的门面。

董长根在水池里洗了手,领着凤毛到店面上去察看。

这董长根是派出所的副所长,店主发病的那天晚上,正好是他值夜班。店主是个老单身汉,巧了,就姓单。单身汉老单家里只有一个七十岁的妈和一只老猫。董长根把老单送到医院里,挂号、拿药、拍片、送急诊病房,大大忙碌了一阵。他与老单原本不熟,因为买烟的缘故,成了老熟人。生了重病需要休养的老单把店铺的钥匙交给他,说不靠爹不靠娘,请共产党给他找一个店铺承包人。

董长根说完了必要的交待,就专注地看着凤毛。这个女人干净、谦虚、坦然,一看就是规矩人家出来的。这个城市有许多像她这样的女人,生活困难,规矩,心里有一些打算。他朝凤毛笑一笑,凤毛不知道他为什么笑,也向他笑了一笑。和气生财,她是懂的。

董长根问:"你中午吃什么?"

"炒素、青菜和蛤蜊汤。"凤毛说。

"那我到你这里来吃吧。"董长根说。又说:"不行,被别人看见了,以为我和你勾搭上了。"

听了这句话,凤毛就不说话了,她不是个粗放的女人。

　　"你前夫和你还有往来吗？"董长根问。不是好奇，只是随便。

　　"没有往来。"

　　"真可惜。你多会烧菜啊。我那位只会做炒鸡蛋。"

　　以上一席对话是在凤毛和董长根之间进行的，他们刚认识了两天，已经熟悉到能这样说话了，可见他们是投缘的。星期一，凤毛去看了店铺，星期三早上八点钟，她就去做买卖了。下岗后，她给人家看守过五金商店，对买卖这一行并不陌生。移接交手续办得很快，押金、半年的房租、库存商品的盘点、进货渠道的安排，有董长根在里面斡旋，凤毛觉得少了不少麻烦。

　　但麻烦还是有的。星期三，也就是凤毛工作的第一天，晚上八点刚过，天上飘着雨丝，凤毛看看巷子里渐无人迹，就落下门板准备回去。菲菲在柴丽娟那里玩，她要早点回去把她领回来。

　　她在店里略略收拾一下，拎起手袋，关上店门就走了。巷子里从东到西亮着几盏昏黄的灯，灯光里纷乱地飞着小虫一样的雨丝，雨丝带着闪烁的光芒，像另一种狂乱的灯光。她一出门，就看见秀园那两扇笔直的开在路中间的门洞。从东边的门看到西边的门，两扇门之间就是秀园的大院子，里面黑黝黝静悄悄的让人想入非非。

　　现在起风了，风刮过巷子两边的墙头，把粉墙里面的树摇得呼啸不止。小雨中的风有些凉，隐隐约约让人感到冬天的气味。凤毛慢慢走近秀园边，她从两扇门洞望出去，看到对面的巷子里杳无人迹，一盏路灯亮在那里第二扇门外，黄着脸不怀好意地引诱她走过院子，这院子在夜里就变成了诡谲的深渊，深渊里头有着历代的孤魂，秀和她的秀才就浮在众孤魂之上。

　　凤毛回过头看看，身后的巷子里也杳无人迹。只有一株不知名的植物长在粉墙的砖缝里，开着黄花，在风里活了似地拼命摇摆。她一咬牙，走进门里面，刚想继续前进，她的心莫名地狂跳，脚也不听指挥地连连后退。退出门外，定定神，再一咬牙，冲了进去。她勉强让自己睁开眼睛看看四周，其实这园子里的景物都是她熟悉的：南边的四棵花树，北边的铆钉大门。大门外守着两头石狮子，一雌一雄。雌的手里抱着一头小狮子，雄的手里玩一只圆球。这里丝毫没有怪异的东西，丝毫没有威胁她的东西，她还是万分害怕，忍不住"啊"地一声惊叫，回身就跑。向西跑出小巷子，走到灯火辉煌的大马路上，她的心情才渐渐平复下来。

这天她走了一段很长的路才到家，到家里快十点了。柴丽娟不满意地对她说："你做的是白天生意，一过吃晚饭的时候就不会有什么生意了，你以后还是早点回来吧。我是你用的保姆吗？"凤毛一手抱了菲菲，一手摸摸柴丽娟的脸蛋，感觉到她的脸上火烫一样，就说："你吃了火药啦？"柴丽娟"哼"了一声，说："今天我给他打电话，我叫他来，他不肯。难道说我靠电话就能过日子吗？我迟早要找个姘头。"凤毛安慰她说："算了，你怎么想不开了？你还有个男人呢，我还没有呢。"柴丽娟气呼呼地说："我是二奶。"凤毛说："管它是二奶还是三奶，我还想找个人把我包掉呢……"柴丽娟说："你开玩笑吗？这条路不好走。我这样本事的女人还过得有气无力的，你就更不用谈了。"凤毛说："你告诉我哪条路好走？你看我吧，不会有什么好下场。"柴丽娟吃惊地朝凤毛瞪大眼睛："你怎么这样说话？不怕老天爷遣雷打你？凤毛，人受到打击时要挺起腰杆，我这样，看……"

凤毛抱着菲菲上楼，淡淡地扔下一句话："我挺不起腰杆。"

柴丽娟"吃吃"地笑起来。

这是凤毛碰到的第一个麻烦。她不是个胆小的女人，想不通自己为什么对秀园的大院子感到莫名的害怕。这是一个无法对人言说的麻烦——她认为这是一个女人的麻烦。女人的麻烦很多，包括月经、长头发、跟高鞋、菜场、妒忌、胆怯，等等。

　　夜里，情绪紧张的凤毛又做开了梦。

　　她在秀园里，站在绣楼上。陈旧不堪的绣楼，是秀曾经梳妆过的地方——不会超过三次。夜里住进去时一次，第二天早上一次，投水前一次。投水前她肯定会做一次，这就是长发的麻烦。屈原屈大夫也是长发，他投水前不会梳理头发，他满腔悲愤化作惊心动魄的吟哦。绣楼上的窗子挂着薄如蝉翼的竹帘——这是个象征，因为从这竹帘里望出去是一览无遗的，却比什么都不挂更含有某种意味。从绣楼上看下去，大门外是青石板的巷子，大门是关着的。她听见大门外有人呼唤她的名字："凤毛，凤毛。"一个陌生的声音。

　　她去开门。开门的时候，她走过一段非常复杂的路。走过的路计有：青石板路、鹅卵石路、土路、碎石子路；她走过的桥计有：拱桥、曲桥、直板桥、廊桥；她看见的屋子计有：正厅、轿厅、卧室、闺房、偏房、书屋、饭厅、米仓；她看见的花草树木数不胜数：柳树、桂树、银杏、石榴、桃树、腊梅、芍药、紫藤、竹、兰花、书带草……都是一些具有妖娆姿态的树木花草，是可入诗入画的。

　　她终于走到大门边，门开了，她首先看见是一个静悄悄的略略透光的夜，昏黄的路灯亮在那儿，不怀好意地　着脸。她把目光移到呼唤她的那个人脸上，她看见了谁？她看见了另一个凤毛。

　　她大吃一惊，赶快往回跑。董长根坐在她曾经坐过的那架紫藤架下面，呆乎乎地看着面前的河塘。她看见了救星，忙不迭地喊着董长根说："救命！外面我在找我。"董长根站起来说："我去把她赶走。"

　　凤毛做完这个梦就醒了，浑身吓得汗淋淋的。她不知道董长根要把谁"赶走"？也就是说，那个将被赶走的"她"到底是谁？她想起小时候，有一个邻居阿姨会详梦。她也是个特别奇怪的人，她只给女人详梦，人家说她给男人详梦就不准。譬如说有一个男人和一个女人做了同一个梦：在什么地方大便或者小便。她对那个男人和女人都这样说："不出三天，你要破一点小财。"三天中间，女人必定失财，男人却好好的。这个会详梦的女人很不幸，她的儿子溺水而亡，丈夫怪她是克死儿子的命，无论如何跟她离婚了。她到晚年时，经常到小菜场去捡菜皮吃，一边捡一边对自己说："世界上的菜，最好吃的是菜皮。"这里，谁家女人埋怨丈夫让自己受穷，别人就对她说："世上的菜，最好吃的是菜皮。"意思是叫她知足。

凤毛试着给自己详梦。在这个过程中，她有些厌烦自己，没有足够的理由，就是厌烦自己。头晕、恶心、腹胀、眼花，既像妊娠又像醉酒。

那为什么梦见董长根呢？她再三拷问自己，她对董长根有没有什么非分之想？拷问结束，回答：有。

星期四，凤毛上班的第二天。一大早，董长根不知从什么地方冒了出来，戴着一副墨镜，倚在柜台上，眼睛在墨镜后面直勾勾地打量凤毛。凤毛说："我昨天下午没看见你。他说："我带人执行任务去了——区局里的任务。你昨天晚上什么时候打烊的？""八点半吧。""有没有坏人跟踪？""谁来跟踪我？我这种人，一没钱二没色。""谁说的？你是个漂亮女人。漂亮女人就是最大的资本。""我不相信你说的话……你不要和我说话了。""不行，我一定要缠着你。"

这是凤毛认识董长根的第四天。他们认识了四天就肆无忌惮地说一些话了。

有一点凤毛是清楚的：董长根对她有"意思"，为此她感到高兴。同时她又很奇怪，董长根喜欢对她说一些意味深长的话，除此之外，他显得非常谨慎。看来，他更愿意用语言引逗凤毛。

董长根和胡老师不同，他不是容易被女人惊吓的男人，他对女人有一种指挥权，这种指挥权来自于他身上淡淡的烟草味，来自于他身上隐约的汽油味，还来自于职业所形成的肃杀之气。他做事和说话都是不急不躁的，仿佛成竹在胸，对这个世界已经掌握了许多。

凤毛对他持观望态度，她认为自己还是个具有"道德"的女人，虽然胡老师曾经在这方面否定过她。如果董长根直截了当地勾引她，那她会毫不犹豫地对他说："我不是那种女人。"但接下来怎么办呢？接下来一切听天由命吧！如果董长根穷追到底，她决不想当一个意志坚决的女人。

董长根并不想考验凤毛的意志。凤毛不知道，他对待女人的态度从来如此，不逾规，只是调笑。如果你不情愿，他就马上正儿八经地对你，也不会记恨你。凤毛更不知道，这一阶层的男人大都采用了这种态度，他们基本上是功成名就，家庭事业双丰收。但他们心中有一块地方是焦虑和空虚的，经常性地需要用柔软的东西抚慰一下，调情或调笑是一剂最有效的强心针。这剂强心针还有一个好处：绝不会带来危险，势如抚摸一下猫的毛皮。有谁见过抚摸猫咪带来危险吗？

董长根还在问："你有一个女儿叫菲菲吧？你回去这么晚，放在谁家里？"凤毛说："放在柴丽娟家里。"董长根说："给我拿一包烟……柴丽娟这个人心地是不坏的，但你最好不要和她搞在一起。"凤毛想，为什么男人们对柴丽娟表面上都是客客气气的，背地里却不允许他们的女人和她往来。凤毛说："我知道了。"董长根再一次意味深长地看看凤毛，对凤毛的顺从表示高兴。他抽出一根香烟，叼在嘴角上，这个无意中的姿势突然深深打动了凤毛，于是凤毛讲："我昨夜里做梦梦见你了。"董长根已经朝所里走去了，他们说了许多话了，调情该结束了。所以他头都不回地说："梦里头我没对你干什么吧？"凤毛听出来这并不是一句问话，不需要回答。她定下神来仔细回想董长根的言行举止，觉得他有点不可捉摸起来——男人和女人一样也有不可捉摸的地方。

但在董长根那一边，事情就是明朗的。他一本正经地抽着烟回到所里，这个地段是一个太平的地段，除了居民的自行车经常被外来民工偷窃外，一年到头，地段上不大有恶性事件发生。只是最近，区里搞大规模的拆迁，工地上常有外地民工打架斗殴小偷小摸的事发生。当然他也有忙的时候，那是区局常有任务派下来。区局的一把手常说："董长根呢？叫董长根过来。这家伙！"每次任务他总是完成得很好，从不拖泥带水。他坐下来，眼睛落在玻璃板下面，他的老婆和儿子正互相搂着头颈冲着他笑哩。他在这儿忘了凤毛，他有他的工作和家庭，凤毛不过是一个渴望受他保护的小女人，在他的生活中，他不止一次地碰到过这样的女人——都是些好女人，他和她们之间从来就没有发生过不可收拾的事情，一男一女调调情是无伤大雅的。

到中午，董长根走出派出所的院子。这时候，他又想起凤毛了。他站在大门口朝凤毛的小店望去，看见一个身材矮小的男人两只手撑在柜台上，不停地要凤毛把柜子里的东西拿给他选择。柜台是低低的，空间又小，凤毛每次拿东西的时候总要弯着身体，头偏向一方，这是个委屈的受难的姿势，让她显得紧张而局促。她的清水白果脸再也不干净了，脸上面红一块白一块，额头上水气氤氲，像被酷夏的太阳晒了半天。

那个矮小的男人嘴里说着话，两只手撑着柜台，两只脚也不闲着，不停地在地上动来动去，很激动的样子。董长根看在眼里，不动声色地走过去，一把揪住那个男人的领子，那男人回过头，一看是个警察，二话不说，挣脱董长根的手就向秀园方向跑走了。

"是个外地民工，也许是个'踩点'的小偷，这两天你要当心一点。"董长根关照她，很真切。

凤毛说："我不怕他，他比我矮呢，看上去一米六还不到，胳膊也没有我粗。"

董长根说："这种体型犯罪的不在少数。"

"你也不喜欢外地人？"凤毛想起胡老师曾经对她说过，他不喜欢柴丽娟，不喜欢白居易的诗，不喜欢外来民工。

"不能一概而论。"董长根回答。这个回答很称凤毛的心，因为凤毛总是认为自己比外来民工好不了多少，基本上也是属于劳苦大众一类人。她喜董长根的宽宏大量。女人喜欢男人宽宏大量。

她问："你午饭吃好了没有？"

董长根已经低头钻进屋子里了，他把桌子上的菜一样一样放到鼻子边上嗅，嘴里说："啊，好香！好香！"却一直站着，并没有打算坐下来。

凤毛敦促他："你坐下来吃了再走。"

董长根说："不行，这是违反纪律的。"他说着就朝外面走，凤毛跟在他后面，想不出挽留他的法子。两个人在窄小的过道里一前一后地走，靠得很近，引得凤毛起了贪婪之心，她目不转睛地地打量前面那个高大敦实的肉体，突然涌起一个冲动：这个男人是属于她的，他会给她提供所有的一切。所以，为了这个，她一定要亲近他。

她从后面伸出手，拦腰抱住了董长根。

董长根愣在原地不动，嘴里说："哎呀，你这个人胆子好大哟！"他用手轻轻地拍打凤毛的手背，客气地，理性地，所以，凤毛的手只好落了下去。

凤毛有些着急，说："你到底对我怎么样嘛？"

董长根不说话，留了长长的一段空白给自己和凤毛，然后他感觉良好地说："凤毛，我要你怎样就怎样。"

凤毛问："怎样？"

董长根说："不要怎样，和以前一样。你想想，我们能怎样？"

凤毛想，董长根的话是对的，也是错的。她现在只能认为他是对的。她把董长根送出门外。昨天夜里下了雨，今天的空气里一股湿润的气息。凤毛眯起眼睛，目送董长根朝巷子西面的大马路上走去，她看看空空的天和空空的巷子，心就像在某些夜里一样，寂寞得无以言说。

她回到小店里，饭菜原封未动地摆在那里，她斜着眼睛瞥了它们一眼，一点食欲也没有，坐在那里，不知道心里该想些什么。所幸的是，秀园里来了一支旅行团，一些游客向她的小店奔过来，买烟或饮料。她顿时手忙脚乱，把刚才的事抛到了脑后。

下午，凤毛看到柴丽娟从派出所的大门里走出来，董长根送着她，两个人说说笑笑，一起朝凤毛的小店走过来，看上去一副郎才女貌的样子，凤毛心里又是一荡：最令人心疼的就是这类男人，和每一个漂亮女人都能郎才女貌。董长根来到小店，拿了一包烟就走了，对凤毛笑着说："刚才忘记拿香烟了。我心情一激动，就会丢三落四。"凤毛知道他在影射什么，脸红了。

柴丽娟看看董长根的背影，再看看凤毛的脸色，开玩笑地把脸凑近凤毛的脸，仔细地观察凤毛的眼睫毛，她还用手去碰碰凤毛的眼睫毛，说："从来没见过你的眼睫毛这么漂亮，又油又亮。一个女人，身上什么地方突然漂亮起来，肯定身边有情况了。我那时候，漂亮起来的是嘴唇，红得像化过了妆——其实没化妆。"

凤毛讥讽她说："你那时候……什么时候？碰到香港人的时候？"她不理会柴丽娟，从柜台里取出一面鸭蛋镜，照照自己的脸，又放下了。这两天她手上忙着，心里也忙着，脸上灰灰的，嘴唇是淡红的，清水洗过一样。她不禁叹一口气。

"我是个骚女人，这么忙，还在惦念男人。"她凑近柴丽娟的耳朵告诉她，用的也是开玩笑的口气，但她说的是真话。

柴丽娟安慰她："这很正常。"然后，她退后一点，以便观察凤毛的神情，她说："董长根家里有老婆有儿子，夫妻关系很好，他老婆也是我的同学。有一次，一个女人告诉他老婆，说董长根老在外面调戏女人。他老婆说，我们董长根，工作忙，神经紧张，不过是借此放松放松。我不原谅他谁原谅他？"

凤毛避重就轻地回答："我不过是寂寞。"

柴丽娟说："真是这样倒好了。你今天这样想，明天又那样想了。今天要物质，明天又要精神了。凤毛，你这个人很难弄的，你比我复杂多了。我的生活很简单，我厌烦自己去辛苦赚钱，就靠一个男人养着。我对男人要的不多，就是钱。"

凤毛说："女人对男人，要钱的时候痛苦，还是要精神的时候痛苦？"

柴丽娟说："当然是要钱的时候痛苦。女人得到男人的钱时，同时也得到了精神。所以在男人那儿，钱等于精神，精神不等于钱。男人乐于给精神，不乐于给钱。但也有例外，譬如我，什么都有了，就是缺少床上的温暖。"

凤毛说："真是恬不知耻。"

柴丽娟捶了凤毛几下，不服地叫嚷道："你骂了我多少了？以后不许这样骂我，听见没有？"

凤毛说："好了，以后不骂你了。下午你给我去接一下菲菲……明天就不用你去了。明天是星期五，我叫我妈去接她回家。"

柴丽娟临走时，真心诚意地对凤毛说："凤毛，其实我很佩服你的。你下岗的工资是多少？二百四。扣掉养老保险才多少？你这样还在不停地梦想。女人都爱做梦，但像你这样坚定的不多。"

凤毛说："你不如骂我吧！"

柴丽娟走了之后，凤毛接到一个电话，是胡老师打来的，她很吃惊，不知道胡老师为什么给她打电话。胡老师说没有别的事，只是想请她后天星期六的晚上一起到秀园听评弹。他听柴丽娟说，凤毛就在秀园边上开小店。凤毛不解地说："我以为你再不想和我往来了。"当然这也是一句问话，胡老师说："凤小姐，我怎么会那样想？你身上有一种特质吸引了我，那就是你的独立和坚强。我崇敬这一点，我希望你不要嫌弃我，答应我。"凤毛说："我靠小店养家活口。"胡老师慌忙说："不要马上拒绝我！我们可以晚点去，我等你打烊。好不好？你考虑考虑再回答我好不好？"凤毛说："好的，我考虑考虑再回答你。胡老师，谢谢你，还想着我。"胡老师说："不客气不客气，不必客气。但愿你不要认为我很无聊。我这个人寂寞是有点的，无聊是没有的……我真的很寂寞，凤小姐。"

凤毛挂上电话，长长地叹了一口气，这一口气叹完了她觉得心中很舒畅。然后她乐观地想：不管怎么说，这是个好兆头。从今以后，生活也许会好起来。怎么个好法？不知道。不知道的事太多了，可以不必计较不知道。

这是星期四。上星期五晚上，柴丽娟给凤毛介绍了胡老师，这事情一晃过去了快一个星期。这一个星期中，凤毛生活的重心是小店的营运，董长根也算是她的生活重心。她一开始并不敢存奢望，只是胡乱想想，胡乱做做春梦而已——拿董长根做梦总比拿胡老师做梦好。

今天，与往日不同。胡老师来过电话后，凤毛突然想起今天晚上董长根值夜班，这是他对她说的，也许含有深意，也许只是顺口言道。这都没有关系，重要的是：凤毛已经感到内心有一种力量升起来了，坚决、强悍、疯狂，就像她的离婚阶段，中了魔似的，只剩下一点点理智与外界脆弱地联系着，联系着的也就是日常生活中不可删除的皮毛。现在她又进入了这种状态。今晚董长根值夜班，她在盘算着，晚到什么时候打烊才好？太早不行，派出所里有闲人。太晚了也不行，太显山露水，毕竟董长根对她只是嘴巴上调调情。那么，秋天的夜晚，什么时候会安静到就如两个人的世界？

　　很快到了晚上，下午五点，秀园关门了。秀园一关门，巷子里萧条起来，小店就少有人光顾。今天没下雨，到了傍晚，天开始阴沉下来，满天的灰云，把星星全遮掩了。凤毛记得今天是农历一十六日，月亮最圆的日子。如果天上没有灰云，那会有怎样一轮明月？明月之夜，该会有怎样的浪漫心情？凤毛又想，就是没有明月，女人的心情也该浪漫的。就是没有好容貌好条件，女人也该是浪漫的。女人只要能吃饱穿暖，心情就该浪漫起来。

　　凤毛大大咧咧地这么想着，关了店门。这时候是晚上九点钟，她听见小店后面的一间屋子里传出老式报时钟的"当当"声。她知道是九点，不用数，不用看。

　　这时候去最好。早了有尘土之气，晚了有诡谲之气。秋夜的九点，清洁、神秘。

　　她朝巷子的西面走，她想，如果回家也向西边走多好？她就不用过秀园了，还能路过派出所。可惜的是，她必须向东走。

　　就到派出所了，看见栅栏里面的的灯光，凤毛的心没有来由地一疼，这一停顿让她的思维略为清晰了一些，她手扶栅栏，苦思片刻，终于做出决定，不进去了。

　　她仿佛坚决地走向巷子的东边，走近秀园。这一次她比昨天更胆怯，甚至不能跨进门里一步。她在边门边徘徊，理智在秀园的边门处彻底崩塌，她对着那个空荡荡的黑暗所在差点大叫起来。她回转身，神经质地深一脚浅一脚地奔向派出所，奔向她的董长根。

　　今晚董长根值夜班。所有的夜班都是寂寞的，董长根也不例外，打上几个电话后，他就有一搭没一搭地翻看一本卷宗。屋子是他熟悉得不能再熟悉的屋子，屋子里每一种细微的气息他都熟悉，每一样摆设都经年不变。屋子就像他的老婆，与他息息相关，熟悉得让人有些厌倦，却让人无比依赖。

凤毛来敲门。她神情里有些粗野，与往常不太一样。董长根忽略了这一点，凤毛突然出现在他面前，他很高兴。他拿出藏起来的好茶叶，给凤毛沏了一小杯茶，放在她的面前。茶香弥漫了一屋子，这是凤毛的感觉。她端起杯子，眼睛在杯子上面炯炯有神地盯着董长根。从出现到现在，她还是绷紧着粗野的神情。她告诉董长根，她非常害怕在夜里走过秀亭前面的大院子。董长根不能理解她的害怕，他不确定地低低地笑了一声，说凤毛可能小时候听多了鬼故事，或者她是患上了广场恐惧症，最好的办法是喝一点酒压压惊。

于是董长根又从文件柜的最下层掏出半瓶黄酒，给两只玻璃杯平均倒上，一杯给自己，一杯给凤毛。他是想发生点什么吗？不，他不想发生点什么。他如此大胆，只是自信能控制凤毛。他碰着了凤毛的手，凤毛的手冰凉，这让董长根的心多情起来，他差一点就要去捏捏那冰凉的手。不过他及时地咳嗽了一声，抑制住自己的欲望。

凤毛心绪不宁，迟迟不碰那杯黄酒。今天夜里，这个时候，因为有走投无路的感觉，所以她十分十分地渴望着。

看她迟迟不说话，董长根主动对她说："真的害怕啊？那我送送你吧。"其实他不想送的，他怕一送就送个没完没了。但他又想把凤毛送走，她不说话，不喝酒，让人不快。

凤毛抬起眼睛，她抬起眼睛的时候让别人感到她的睫毛是非常沉重的："我是想来看看你。"她说。她内心无法掩饰的紧张，使他也紧张起来。他决定和她说一些严肃的话。"你是个值得尊敬的人，坚强，勇敢，吃苦耐劳。我说得对不对？"他说。

凤毛睁大眼睛说："不对。"

董长根笑了一笑，凤毛跟着也笑了一笑，这使气氛更紧张了。

这紧张的气氛像一把尖刀一样，逼迫着凤毛走到语言的悬崖边上。于是凤毛说了以下这些话：

"不对，我一点也不勇敢。我告诉你一件事，我离婚以后，厂技术科科长想勾搭我，他总是打电话打到我车间里来，他工作是清闲的，所以每天给我打一个。他在电话里给我说什么呢？他总是在说，我想你，我想你。你的身体把我迷住了，我一定要把你搞到手，我们上床睡觉吧，你不知道我床上功夫多好……你看，我硬起来了，不信的话，你过来看看……"

董长根热血冲到脸上，他开始兴奋，很配合地问凤毛："那你一定很害怕是不是？"凤毛说："是，我只是一个小女人，我害怕的东西很多。"董长根说："从此以后你不要害怕了，有我呢。"凤毛说："从来没有男人对我有过许诺，你是第一个。"董长根听了这句话，马上愣了。在本质上他是个好人，他不想让这场游戏进行下去了，他负不起如此重的责任，他有家庭。他叹了一口气，喝光自己杯子里的黄酒，问凤毛："你喝不喝？"凤毛摇摇头，董长根一口又把凤毛杯子里的黄酒喝完了。然后他站起来，他一站起来，凤毛就知道接下来的夜晚不是他俩共同的夜晚了，而是互不相干的。就是说，今夜已经结束了。

凤毛心里哭喊着，她的声音没人听得到。人生最大的悲剧发生于床笫之间。你的床笫或他的床笫，上了床的或没上床的。

他们从办公室里走出来，默然地走在小巷子里。董长根伸手摸摸脖子说："好像飘雨丝了。"凤毛说："啊，是在飘雨丝了。那你不要送了。"董长根站下来，说："好吧，我就站在这里看着你过去。"

他拍拍凤毛的肩，让凤毛走过去。于是凤毛在董长根的注视下走过了秀园，走到秀园那边的巷子里去了。她转过身朝董长根挥挥手，董长根也朝她挥挥手。董长根放下手，不悦地想：一个生活很糟糕的女人！他不喜欢和生活很糟糕的女人打交道，这种女人一旦出现在他的生活里，将带给他无穷无尽的负担。

再说凤毛，她一走到董长根看不见的地方就倚到了墙上，大病初愈一样浑身乏力。现在她清醒了一些。今晚她是失望的，但办公室里显而易见的暧昧气息让她还存着一点希望，使她鼓起勇气不去否定刚才的行为。她想：滚他妈的道德！

一阵风带着雨丝猛刮过来，路灯好像晃荡了一下。她抬眼四下里一瞥，打了一个冷战。路上一个人都没有，秀园在西北方向伫立着。凤毛抓紧她的包，"踢踢踏踏"地小跑起来。

凤毛凌乱的脚步声引起了一个男人的注意。于是我们转到另一个与凤毛有关的场景。

这个男人最近一阶段总在这里晃悠，就是那个到凤毛小店里寻衅又被董长根赶跑的男人。他从很远的一个地方来到这里，在离秀园不远的一个工地上干些杂活。他是个被人欺负的可怜虫，究其原因，一是因为他不善讲话，二是因为他身高不满一米六。工地上常有老工和新工打赌，赌他到底有没有一米六，赌五块钱或一个巴掌。一逢到这种时候，他总是嘴里嘀咕着："我怎么没有一米六？回去问你妈，我到底多长她知道。"一头说，一头就跑。别人把他抓兔子一样抓起来，摁在地上，用皮尺从头到脚地测量，没有一回量到过一米六的高度。但是他总不服，赌咒发誓地说他有一米六，这世上所有的皮尺都不准。

他的外号几乎是信手拈来的——一米六。

一米六的脆弱是工地上的笑柄，没有一个男人会这样脆弱：他不敢做梦，任何梦都不敢做。如果有一夜做了梦的话，他早晨起来必定磨刀。刀整夜整夜地放在他的枕头底下，做一次梦磨一回，做两次梦磨两回……你想想看这把刀有多快？有一次，工头从他的枕头底下拿出这把刀，对他说："一米六，你要这把快刀干什么用？你也配用这么快的刀？我看你不如揪根树枝磨磨。你这样的人，不是我看不起你，给你配个好女人你也玩不起来。"

工地上干活的人都是一米六的家乡人，家乡人的亲戚基本上也是一米六的家乡人，这个城市里有许多一米六的家乡人，他们或在工地上干活，或在饭馆里、工厂里、菜市场干活。女人都老实，男人们都不怎么安分。一离开土地，女人们就管不住男人啦。男人们嫖妓、滥赌、偷盗。这三样中，尤以偷窃最盛。他们偷自行车、摩托车、阴沟的盖子，有时还会进入人家的屋子里偷东西。如果被别人发现，他们就大模大样地说："哎呀，走错门了。"他们对受害者不具有人身危险，他们不是专业扒手，不在公交车上或商场里挖人家的口袋，他们也不像有些新疆人，在大街上抢女人的包。他们偷东西有点业余爱好的意思，有点调剂生活的意思，更有一层意思：这是勇气的证明。偷一辆自行车，大至等同于部落里的勇士割下敌人的一只手指，偷一辆摩托车等同于割下敌人的脑袋。

一米六从来没有偷过任何东西，他所有的家乡人都知道：一米六不是不想偷，他是不敢偷。一个连做梦都害怕的男人，他敢偷东西？

一米六知道家乡人对他的鄙视，他决定先偷一辆自行车再说。那天他在一家超市门口打开一辆自行车锁，骑到马路对面时回头一望，看见一个年轻的女人站在失去自行车的地方发呆，他觉得事情变得有趣起来。他把自行车放到一条小弄堂里，然后他就坐在超市门口看那个女人来来回回地找寻，他很欣赏这个女人脸上受伤害的表情。人在遗失东西的时候是脆弱的，这个女人也是这样，她脸上的脆弱打动了一米六，他第一次觉得有人比他更弱。他坐在那儿一直到那个女人离开，他才站起来，大摇大摆地走到马路对面的小巷子里去拿自行车，这件事给一米六一个经验，那就是，只要想做一件事，就会轻而易举地做成。

一米六高高兴兴地把自行车骑回工地，他碰见的第一个工人问他："一米六，车子哪来的？"他回答："借的。"所有偷来的自行车都是"借"的。那个工人就走近来打量一米六的自行车，最后下结论："这种自行车也值得借？"另外一个工人说："算了，他能借什么样的车？"

一米六在偷这辆自行车的前面，曾花了一些时间察看地形，还花了一些时间观察骑车人的表情，他发现所有人都不是好惹的，直到那个被他偷了自行车的年轻女人出现。应该说，这个女人看上去也是不好惹的。问题是，一米六与她冥冥之中有着千丝万缕的联系，他看得见这个女人的脆弱。这个女人长着一张清水样的白果脸，五官都是清清爽爽干干净净的。她走进超市的时候，一米六就看见她有点心神不宁，她站在人行道上，把手放在胸口上，大大地喘了几口气才走进去。等到她出来，一发现自行车没有了，那张白脸立刻灰了，连嘴唇都灰了。然后她就拼命地找，一只手捂住嘴，好像无法接受事实的样子。这时候，一米六已经从马路对面过来，坐在超市的门旁，贪婪地欣赏这个女人的一举一动。他头一次尝到猎人的滋味，虽然是一个小小的胜利，但他已经极大地满足了。这一天，下着淅淅沥沥的小雨，一米六的家乡没有这种淅淅沥沥的绵长的小雨，他从来没有在这种小雨中思考过，观察过。腻人的小雨并没有妨碍一米六的嗅觉，他嗅到这个女人有一刻内心十分沮丧，沮丧到几乎丧失了信心。一米六回来以后一直回味那个女人到达极致的沮丧，他信心十足地想："哼，女人啊！这就是女人。女人就是这种样子。"

一米六偷自行车的壮举很快便被他的家乡人忘得一干二净，他又是原先那个被人嘲弄的一米六了，于是一米六又开始游荡在大街小巷。有一天，他走过秀园，看见了那个"勤奋"烟杂店，同时他也认出了那个女人。一米六欣喜若狂，他终于找到一件有价值的事做了。

这个城市真小，要不就是凤毛活该倒霉。

不管怎么说，凤毛这时候紧张地在小巷子里小跑起来。这一带的小巷子有个特点，巷子里几乎没有一扇门，全是高高的围墙，围墙之间狭窄得仅容两个人通过。凤毛一路跑，一路耳听四周的动静。突然她听见背后响起脚步声，轻而快，就像是她鞋子的回声。她不敢回头张望，生怕一回头就看见一张狰狞的脸。她心慌着，所幸脚是快的。飞快地出了小巷地带，看见新村的万家灯火，感动得眼泪都掉下来了。她朝后面抗议地一回头，看见一个矮小的身影站在老房子的阴影下面。她觉得有点认识这个人。

这个人正是一米六，他在夜里又游荡出来了。他是这个城市里真正的孤魂野鬼。正要路过秀园的时候，他看见一个女人在前面慌慌张张地跑。他喜欢看见别人的恐惧，他想知道这个女人害怕什么。于是他也跟随着女人跑起来了，他惊喜地看到女人更害怕了。他一路用脚步声吓唬着女人，出了巷子他就不追了。那女人回过头，他认出是开小店的女人，也是被他偷走自行车的女人。一米六站在巷口不动了。后来，他慢慢地蹲下来，看着凤毛消失的地方，他感到身体像腾云驾雾一样。

再说凤毛，她气喘吁吁地跑到三楼，敲敲柴丽娟的门。门开了，菲菲和柴丽娟同时出现在门边。凤毛一把抱起菲菲，心有余悸地说："吓死我了，有人跟踪我。"柴丽娟马上躲到门后说："谁？谁？在哪里？"看见柴丽娟这么紧张，凤毛反而安定了。她说："没事的……甩掉了。你看你，还到俄罗斯跑单帮呢，就这个样子？"菲菲面对面地抱住凤毛的脖子，娇声娇气地耍赖："我要住在这里。"凤毛说："不许。"菲菲扭动两条腿想挣脱凤毛的手，凤毛恼了，腾出一只手在菲菲的屁股搛了两下，菲菲梗着细脖子，瞪起眼睛，满脸愤怒。

凤毛又在她的屁股上揍了一下，说："小小年纪，就这么犟？长大了看你跟谁犟去！"柴丽娟上来扶住凤毛的两肩，对凤毛说："你今天不大对劲，我不放你走了。你们两个人今天都住在我这里。来，快进来吧。"

菲菲进了梦乡。凤毛搂着女儿，看她的脸上升起了两团粉红的云，嘴唇也在酣睡中变得艳红。她目不转睛地看着，看得入了迷，这样可爱的色彩只能在菲菲睡眠中才看得到。她是个营养不良的孩子，醒来后，满面的红润会慢慢地消褪掉，嘴唇也会恢复到原有的淡红。

柴丽娟在床的那头幽幽地咕哝："你有个孩子呢，我还没有呢。"凤毛没好气地顶了她一句："谁让你不生的？"柴丽娟沉默了，然后说："你今晚火气好大哦！告诉我，谁让你生这么大的火？"凤毛叹了一口气说："唉，天气不好，心情不好，生意不好……"柴丽娟把声音放低一点说："你这个人不安分。一个女人，该做人家老婆的就做老婆，该做人家二奶的就做二奶，要求不要高，踏踏实实地过日子。"凤毛说："你真是这样想的吗？我看你未必这样想得通。"柴丽娟摇摇手，说："我认定了一件事就不变了。你是个白骨精，会变来变去。"凤毛说："我还算年轻。女人到了四十岁就走下坡路了。我还有十年的时间，就是不安分，也只是十年。"柴丽娟说："行了！你是什么人？我也不安分过的，现在不是安分了？"凤毛说："其实，我要求并不高，算不上不安分。"柴丽娟说："菲菲的爸爸有什么不好？上菜市场买小菜，拿了钱全交给你，还给你搓洗短裤。我看你不如复婚吧。"凤毛说："人家有对象了……挺漂亮的一个人。那天我在路上看到他们了，下着小雨，两个人撑着一把伞，搂得紧紧的。"

柴丽娟想起当初被她扔掉的丈夫，淌起了眼泪。她淌眼泪的原因是她前夫到现在还是一个人，她给他钱，找他睡觉，他自尊心很强的样子，说，我不认识你。柴丽娟红着眼睛，动静很大地下床，到卫生间去处理脸面。再回到床上的时候，她出其不意地说："董长根今天找你了吗？"凤毛不说话，她就自言自语地说："看来我没猜错。"

轮到凤毛下床了，她也上卫生间。她把卫生间的门轻轻关上，手抚梳妆台的大理石台面，在镜子前面垂下头来。她的心一个劲地抽搐，带来一阵又一阵的酸楚。她以为这抽搐永远不会停止了。

过了一会儿，她从卫生间里出来，对柴丽娟说："晚上打烊过后，我到董长根办公室里去了。他值班。"上了床，她继续说下去："我说了一些不该说的话……"柴丽娟打断她，说："你不要总是责怪自己。你只是没有经验，多玩几回就成熟手了。"凤毛躺下来，说："他会怎么想我？"柴丽娟说："他会想吗？他一到家里就把你忘干净了。男女的事，谁先忘了，谁就得胜。你也别太在乎，你是一副福相呢，有后福。你看你的脸，颧骨一点点大，简直看不出来，这就是福相。你看我，颧骨这么高，注定要守空房。"

说完这句话后，两个女人再也不想说话了，今天的谈话空落落的，世界真大，什么样的豪言壮语都会失踪，何况两个女人的感叹？她们一声连一声地无聊地叹气，不知什么时候都睡着了。夜晚，关了灯以后，屋子里并不会完全安静下来，墙壁上还有白天和灯光留下来的残余的萤光，各式各样的家具也会释放出白天接受的响声。总而言之，女人不安静，世界不安静。这两个女人在鬼魅的轻响里睡着，睡在枕头上，自己更像一只大枕头，拙而性感。

翌日清晨，凤毛带着菲菲先起来梳洗。她一边给菲菲扎小辫一边哄话："给我们菲菲扎好漂亮的小辫子。菲菲好漂亮哦！菲菲长成一个大美人。菲菲嫁给一个百万富翁……"她从镜子里看见对面墙上挂的日历还是昨天的，一回手，就把日历撕了。今天是星期五。

柴丽娟躺在床上叫："凤毛，夜里回来当心点。包里不要放钞票。你应该买辆自行车了，走路的女人容易出事。"

凤毛把菲菲送到幼儿园，给母亲打了个电话，让她下午到幼儿园去接菲菲。母亲照例要在电话里埋怨两句："现在的女人真是不知道怎么做女人，我那时候一个人就拖大了你们几个……也不显得如何慌忙。"

她现在这么　嗦，倒是显得很慌忙。她一辈子自以为好强，其实也是个小女人，是个怨气冲冲的小女人。她让世界听到的音量总是最高的。

凤毛把店铺门打开。老天爷阴沉着脸，灰暗的云层里头透不出一点让人欣喜的光辉。凤毛仰头看看天，想：明天会是好天吧。我和天打个赌，明天若是出太阳的话，我的日子就会一天比一天好过。若不会出太阳，我的日子就不会好过起来——反正也不怎么好过。

正这样胡思乱想着，一辆摩托车咆哮而来，在小店门口戛然而止。这么气派，正是董长根。他从车子上下来，再从口袋里掏出墨镜戴上，很夸张地，这是他一向的作派。凤毛拿了一块抹布擦柜台，头不抬地问他："还是要那种烟吗？"她忽然觉得疲惫，想打哈欠，就掩住嘴巴打了一个哈欠。董长根不说话，从小边门里钻了进来，站在凤毛身后，关切地问："要不要进货了？"凤毛回答："不需要，生意不怎么好。"董长根迟疑了一下，说："你总是这样不行的。这样吧，我让老单退还你两个月的租金，你到别处去做。"凤毛不说话。董长根一眼不眨地看看她，显得多情地说："你这个人，该说的不说……你是不是想说，找不到工作。唉，谁让我碰上你这么个人，我来替你找找看吧。"董长根的语气中带着故作的欣快，他是想让凤毛高兴起来。凤毛心情淡淡的，低了头说："谢谢你，我总是麻烦你。我不想到别处去找工作了，到处都是一样的。"董长根有些失望，在凤毛身后转啊转的，转了一阵，向凤毛要了两包烟，走到外面，回过身，对凤毛说："再给我拿两包。今晚我替小刘值班，这小子一大早打电话请假，他老婆给他生了个儿子……今晚我值班。"

凤毛看着董长根，董长根也看着凤毛。凤毛想：他告诉我这个消息干什么呢？他到底想干什么？董长根也在想：我告诉她这个消息干什么呢？我又不想和她干什么。

两个人同时把眼睛看了别处，愣了一会儿，时间若有深意地"咣咣"而过，响得令人发愤。一时混浊，一时又清明起来，两个人再次相看一眼，风平浪止的，好像什么都没有了。

董长根开着摩托车走了，凤毛伤感起来，有理由又没理由的伤感。只是伤感，无可遏制的伤感，无边无际的伤感，小到针尖一样的伤感，微痛的伤感，肢解的伤感，伤感到不能呼吸，伤感到新生……凤毛无可奈何地苦笑了一声，她有理由苦笑：人，都是寂寞的！寂寞时候的脆弱多数不可信。

凤毛打起精神，把注意力放到小店里。她得微笑，对顾客，要真诚地满足现状地微笑。

今天是星期五，明天和后天是休假的日子。休假的时候，凤毛的小店会忙碌起来，胡老师的约会还在。

一天很快就过去了，今天一整天凤毛都是忙碌的。晚上九点半，她把店门关了。走到巷子里，前面是秀园，后面是董长根值班的派出所。秀园黑黝黝的像个无底深渊，派出所里有明静温暖的灯光。秀园让她害怕，派出所里的灯光更让她害怕。两者之间，她更愿意选择秀园。就是说，她想回家，她的灵魂深处选择回家。

　　她无比勇敢，轻快地向秀园的边门里跨出脚步。她跨进去了，即使在黑暗里，她还能分辨出里面的东西：南边的四棵花树，北边的铆钉大门。门边守着两头石狮子，一头雌一头雄。雄的玩圆球，雌的抱一头小狮子。她记得花树中有一棵是柿树，阳历五月份会开绿色的花，花瓣是绿的，花蕊是白的，像一个清清白白的大姑娘。还有一棵是石榴，也是五月份开花，桔红的石榴花形态如女人的裙子，风一吹，千百条石榴裙迎风舞动，要把男人一网打尽的模样，与柿子花恰成对比。她小的时候，还经常看见院墙上站着野鸽子，小小的头，走动的时候头颈柔媚地一伸一缩，脆弱，阔绰，娇气。

　　凤毛做梦一样走出秀园。且慢，她很快又要回来了。

　　她刚走到秀园东边的小巷子，背后就顶上了一把刀，她手脚一阵冰凉，脊背上一阵刺痛。她碰上打劫了。穷人碰到打劫是浪漫的，打劫让你恍惚觉得有许多钱。但穷女人是个例外，因为女人可以附凿在货币上流通的。

　　凤毛知道打劫她的人一定是昨天跟踪她的那个矮个男人。

　　一米六为了今夜打劫凤毛精心准备了一番：洗了一个澡，在身上拍了一点痱子粉，穿上干净衣服，带上那把他放在枕头底下壮胆的快刀。最后，他穿上了一双增高跑鞋。这双跑鞋里面足足垫高了五公分，他第一次穿上这双鞋子出来的时候，遭到大家一阵猛笑，吓得他从此不敢穿上脚。所以，这双鞋子是他第二次穿在脚上，还是崭新的。昨天夜里他跟踪凤毛回来，就决定要穿这双增高鞋。为什么呢？因为他细腻地发现，他只要穿上这双鞋子，两个人就基本上一样高了。他认为自己在气势上已经压倒了凤毛，那么在身高上也不能输给她。他在夜色的掩护下走出工地，感觉良好，温文尔雅，像个旧时代的绅士，而且，他的内心活动从未有过地丰富。他看见两个骑车的孩子在一条四岔路口告别，他们说：

"再见，小鸟！"一米六认为这句话太好了，他不停地大着舌头念叨这句话：

"再见，小鸟。"

他慢悠悠地在夜色里逛到秀园附近，找个地方半藏着，脸上带着等人的神情。他一点也没去想今晚的打劫会不会失败，甚至没想过应该提防些什么人。

勇气高涨的一米六在秀园旁边的小巷子里劫持了凤毛，他成功了，他没遭到女人的抵抗。他把刀子更用力地抵住女人的背，命令她回到秀园前面的大院子里去，那里面一盏灯也没有，是附近最黑暗的地方。

他们来到铆钉的大门前，在狮子后面站下来，靠得很近，像一对需要交流的恋人。一米六问："钱呢？"凤毛把包递给他。一米六拉开拉链，手伸进去摸摸，说："才这么点？你店里有没有了？"凤毛说："全在这里了。今天的钱全在这里了。"一米六想了一想说："你带我店里去看看。"凤毛说："那边有派出所。"一米六回答："我不怕。我跑得快。"一米六说了这句老实话以后，不由自主地低头看看脚。他上过小学，在小学里是长跑冠军，每次比赛他总是光着脚丫子，怕把鞋子跑坏了。但是今天他穿着这么厚的鞋子，肯定跑不快。如果要跑得快，必定要把鞋子脱下来拿在手上，那样的话是很不方便的。

一米六打消了到小店去的念头，那里离派出所太近了，那地方也不够黑暗。

他拿了包，刀子还抵在凤毛的身上——是抵在凤毛的肚子上，凤毛倚靠在狮子背后，奴隶一样，几乎是仰面朝着一米六。一米六突然发现今天穿了厚底鞋是多么英明，穿了厚底鞋以后，他比凤毛还略高一点。用目前这个姿势性交的话，是最恰到好处的。

他朝凤毛挪了挪，试探地靠近她。凤毛叫了一声，他做了个反常的举动：把包放到凤毛身上。凤毛没去接，皮包从凤毛的身上"扑"地一声掉到地上，声音来得突然，两个人同时吓了一跳。黑暗里经常会发生这种情况：两个人躲在暗地里想干些什么，突然地上掉下来什么东西，把两个人同时吓了一跳。

皮包掉下来的声音还引起了一个中年男人的注意。他路过这个阴森森的地方，原本就想快点走过，突然听见石狮子后面一声鬼响，忍不住停下自行车，把头颈伸长了朝石狮子这里凝望。他只是尽力地伸长头颈想远远地看出一点什么，满足一点好奇心，并不想朝发出响声的地方挪动一步。片刻之后，他觉得已经对隐藏着的危险没有兴趣了，飞快地骑上自行车跑了。

凤毛清清楚楚地听见自行车来了又去了，她喉咙发干，一只手求救似地紧紧攀住石狮子。一米六撩起凤毛的薄毛短裙，短裙到了腰里又掉下来。这么一个小小的来回，凤毛的白短裤像一道光似的在一米六的眼前一晃。一米六停住手不动了，凤毛的白短裤似乎对他构成了某种威胁。他有限地思考过后，觉得应该对白短裤和善一些，于是他把手伸进凤毛的短裙里，放在凤毛的胯部，犹豫地抚摸着质地柔软的棉布短裤。

凤毛浑身打战。从这件事一开始，她就丧失了反抗能力。她被人带进了一个与世隔绝的黑暗之地，这里的时间似乎特别漫长，漫长到令人倦怠，令人可以无视外在的恐惧。一米六战战兢兢地抚摸她的胯部，他的手温透过短裤传达到她的肌肤，并蔓延到她的心中。在这里，他与她一起共有这方黑暗和恐惧，也似乎一同享受着抵御黑暗的快感。凤毛慢慢地睁大眼睛，打量面前这个劫持她的男人，她的心中出现一个奇特的感受：温情——类似于爱情的温情脉脉。一米六的刀子还抵在她的肚子上，但是她知道一米六此刻是脆弱的，似乎有某种空间存在，使得凤毛转而控制一米六，凌驾于他之上——类似于爱情中的控制和被控制。

　　凤毛抓住一米六放在她胯部的手,把它移到耻骨处。对她来说,这并不是用污淖来了结污淖,而是期望保持那种类似于爱情的感受。她闭上眼睛,不想看见什么。这个举动是多余的,一米六的脸影影绰绰,根本看不清楚。你把他想成胡老师也好,想成董长根也好,想成心目中的英雄心目中的王子,都可以。

　　一念之差,凤毛马上就后悔了,那只手一到了她的耻骨处就晕头转向,它开始撕扯她的短裤。短裤扯下来以后,它又粗暴地按住她的胸,把她死死地按在石狮子背上。不等凤毛完全感受到后背的疼痛,那只手又移到了她的头颈里,卡住了她的喉咙。凤毛用尽全力弓起一条腿准备踢人,没想到被对方先踢了两脚,这两脚够狠的,使她一时不能动弹。她感到男人热乎乎的身体开始进攻她,侵占她。她快窒息了,她想喊,喊什么呢?胡老师,董长根……不,她喊不出他们的名字,他们不能给她增加力量。她的手绝望地摸到了一样东西,是什么?是一头小狮子。原来,她是仰躺在那头母狮子背上。她摸到了小狮子圆滚滚的身体,想起了菲菲圆滚滚的身体,拼力一声大喊:

　　啊……

　　啊!她成功地喊出来了,震天一声。一米六方寸大乱,落荒而逃。

　　这园子又恢复了平静。凤毛仰靠在母狮子背上,对它充满感激之心。她手脚麻木,不停地喘粗气,无法平静下来。风一阵一阵地刮,抑扬顿挫地,浓浓淡淡地,似乎要刮到时间的尽头。头顶上面,是秀园的屋檐,屋檐上面,是暗灰色的天空,天空板结得就如一块无法开掘的土地。

　　刚才那一声喊,没有惊动任何人。董长根就在不远处值班,这一声喊也没有惊动他。

　　凤毛开始整理自己，衣服、包、脱落的一只皮鞋。她摸摸头颈里的一条黄金的项链不见了，就蹲下来到处摸索。她现在已经不害怕什么了，秀园和它夜晚的黑暗不会给她增加脆弱。她的手在地上摸索，眼睛好奇地到处张望。她发现这里的黑暗是浅浅的，像黑色乔其纱，是半透明的。

　　她终于摸到了项链，项链脱了扣襻，有两处地方扭坏了。至此，凤毛才想到刚才的一幕多么惊心动魄，她浑身的伤忽然痛了，到处都痛，她委屈得想哭出来。

　　她把项链放进包里，离开了秀园。她走得很慢，没有回头看一眼。

　　这件事就这样结束了。

　　到了家，凤毛把自己泡在浴缸里。浴缸里的水一直浸到她的喉咙口，她的身体变成一个小小的球，在水里飘啊飘啊。她把头仰靠在浴缸边上，睡着了。她又做梦了，她梦见她在浴缸里洗澡，一只硕大的灰白色的蝴蝶张开翅膀贴在天花板上，她的头顶上方。蝴蝶的翅膀是湿的，它努力着，不让翅膀垂下来。风在屋外吹着，把浴室里的玻璃吹得变了形，似乎马上它就要破窗而入。一只蝴蝶和一个女人，焦灼的无助的这一刻……

　　凤毛醒了，蝴蝶和风都不见了。她轻轻地擦干净身体，她的身体在灯光下闪烁着细碎的丝绸一样的光泽，它是无辜的。

　　若干年前，凤毛在公交车上被人从后面掀起了裙子。有一次她被人偷看了洗澡，还有一次她坐在电影院的座椅上，邻座的邻座那儿伸出来一只毛茸茸的手，放到她的屁股底下。清少纳言的《枕草子》第一二八章"羞愧的事"，一开首就说：

　　羞愧的事：

　　男人的灵魂深处……

灵魂深处都有值得羞愧的事，不过是男人对于这个世界更具有想象力，所以羞愧的事就多了。这是我们好心的推测。再朝深刻的地方想去，如果女人的想象力比男人更丰富，那么女人也可以干一些伟大的事，譬如发动战争，或者强奸。

凤毛洗完澡出来，坐在那儿。这下她觉得不再头重脚轻了，她从头到脚都均衡着，散发着不正常的活力。她的身体呐喊着，要为她的精神伸冤。

她打了一个电话给柴丽娟，电话响了很长时间，说明柴丽娟是被她从睡眠里叫醒的。柴丽娟显得不情愿。"这么晚了还要出去？你太过分了吧？"她抗议，"你要到哪里去？好莱坞？巴黎？你一个人去好了。我非得去？"她从凤毛的口气中感觉到不安，"好的，我马上起来。"她想，老天，又发生了什么？

凤毛不过是特别想看看菲菲，一个人走在路上有点害怕，所以让柴丽娟陪着。柴丽娟说："我建议你不要去打扰她们。我们可以找个地方喝点酒。"凤毛说："我想看她。"

结果也没有看成，凤毛在窗户外边哭了几声，拉着柴丽娟走了。她歇斯底里的样子，让柴丽娟害怕。柴丽娟想回去，凤毛不肯，凤毛想喝酒。柴丽娟就把凤毛带到一家熟悉的小饭店，叫开门，半掩胸怀的老板娘身上还带着床铺的味道。老板娘去睡了，凤毛自己拿了两只酒杯倒上黄酒，看了柴丽娟一眼，说："今天晚上不会出事的。"

这句话的潜台词就是：今天晚上会出事的。凤毛的情绪左冲右突，只是她自己不太知道。她只知道现在睡不成，需要用什么东西消磨时间。这种状态下，她刚喝了一杯的黄酒就醉了。

接下来的事大至是这样：

凤毛大嚷着要找胡老师，一定要找，谁都别想拦住。那么凤毛看见胡老师以后做了些什么呢？她愣了好一会儿，伸手向胡老师讨一万块钱。不，不要讨，是借。她听见胡老师说，什么钱不钱的，灌多了。她劈脸唾了胡老师一口，痛斥他是个小人，小人是没有性别的，所以胡老师简直不是个男人。

见过了胡老师，凤毛叫嚷着要见董长根。她还记着他今天是值班。柴丽娟跟在她后面，一个劲地央求："凤毛，凤毛。不要去找男人，我借钱给你。"凤毛不听，熟门熟路地摸到派出所门口，捶门，把董长根叫出来了。还没来得及说话，凤毛一口唾到他脸上。凤毛今天真是豪情满怀。然后她哭了。

柴丽娟架着她朝家里走。柴丽娟夸奖她："好样的。你这样做就简单了。我不喜欢那么复杂，我喜欢你这么简单。一简单，事情就容易了。"

到明天，凤毛一觉醒过来，发现是躺在柴丽娟的床上。她浑身松懈，脑袋麻木，有些虚无。柴丽娟在厨房里弄出做饭的声音，隔壁人家传过来贝多芬的《命运交响曲》，传到虚弱的凤毛这儿，倒像是背景音乐了。

柴丽娟出现在房门口。

凤毛有气无力地问："昨天我怎么了？"

柴丽娟说："昨天你好可爱呵！"

需要说明的是，昨天晚上，董长根确实是被凤毛唾了一口，但胡老师的脸还是好好的。凤毛把一口唾沫唾到一个陌生人脸上时，胡老师正在被窝里张着嘴巴打呼噜。

所以我们不难猜测，凤毛和胡老师今后会怎样。只要凤毛想安定，胡老师会给她提供安定的机会。床笫间会不会再次发生悲剧，我们不清楚，但看凤毛会不会适时满足，会不会简单一些。

胡老师的约会还在那儿，就在今晚，秀园。

蔡东的狩猎

狩猎是早晨一点钟决定的。

早晨一点钟，蔡东、贺苏（市环保局办公室主任）、吕小雷（影视学校校长）、花朝阳（电视台副台长），四个人从一所俱乐部里走出来。蔡东上车的时候说："今天星期六，明天星期天，难道在家里守着老婆不成？"他露出厌烦的表情，仿佛正身临其境。贺苏建议说："蓝湖里的青云岛，狩猎大大的好，岛上的野鸡野鸭好肥啊。再过几天，市里的野生动物保护条例就出来了，野鸡野鸭都不能打了。我朋友在岛上有一座别墅空关着，有佣人在里面打扫卫生。我和我朋友说一声，我们就住在那里。"蔡东说："那么，十点钟碰头。"他斩钉截铁，不容置疑，透出习惯的霸道。

蔡东一手开车，一手掏出手机打起来。他拖着懒洋洋的暧昧声调说："喂——你在干什么？睡觉了？不是和别的男人吧？咦，人家不是给你介绍了一个大学研究生吗？你不是想摆脱我吗？"听了一会儿，他大声说："和我斗气没好处……九点半到我办公室。我们要到青云岛过夜，你给我准备好过夜的东西。我要的睡衣，剃须水……还有，避孕套。我要的牌子你是知道的。"说完他就关上了手机，脸上再次露出不耐烦的表情。

影视学校校长吕小雷开车开到半路，想起一事，也掏出手机打起来："花朝阳，花台长，你到家了吗？还没。好，那我跟你说——你明天带她去吗？……你带我也带，你不带我也不带。"花朝阳说："让我问问贺苏，他知道蔡东带不带小梅。如果蔡东带小梅去，我们一个也不能带，你又不是不知道小梅的脾气，她在场的时候，最好任何女人不要露面。"片刻，花朝阳告诉吕小雷："贺主任让我们谁都不要带，老大要带小梅去。"

吕小雷对着手机一时怅惘，但小梅的模样渐渐浮现出来，两个人一个在虚地，一个在实地，隔着一道无形的屏障，就像含有深意地眼对着眼。于是他的心情又好转了。对于带不带情妇，吕小雷并没有太多的想法，带也好，不带也好。相比之下，他更愿意与小梅相处一些时间，小梅是个全身都有表情的女人。……吕小雷昏沉沉的脑子里占满小梅的模样。他突然想起一句台词：你，一半是天使，一半是娼妇。他觉得这句话用在小梅身上很得体。他喜欢这种女人。他觉得蔡东也特别喜欢这种类型的女人。蔡东前后有过五、六个这样的女人，但是小梅与他相处得最久。他好像也对小梅流露出厌烦的情绪，但是过后又会愉快起来，——比以前更愉快。就像神话一样，——至少是一个奇迹。

过了九个多小时，上午十点多钟，一行人，三辆车，朝蓝湖驶去。蔡东和小梅一辆车，吕小雷和花朝阳一辆车，贺苏向来喜欢独自开车，他一个人一辆车。

吕小雷和花朝阳说着话，因为开车，他的话简短而直截了当："新情况，蔡东好像要扔掉那女人了。"花朝阳表示同意："蔡东看那女人的眼光不对头。他要是喜欢一个女人的话，他看都不看她。

他要是想扔掉一个女人的话，他会经常盯着她的脸看……他扔掉前几个女人时都有这种症兆……这女人不知道蔡东的心思吧？她还高高兴兴一副天真无忧的样子。"吕小雷说："她哪里会这么简单？她这么简单就不好玩了。你打个手机问问贺苏，这家伙老是把车开在我们前面。"

于是，花朝阳拨通手机，说了几句话旋即关上。吕小雷问："贺苏说什么？"花朝阳回答："这家伙像哲学家似的。他就说了一句话——猎枪口上的小梅。我越来越感觉到贺苏这家伙变得阴森森的。你说呢？"吕小雷实事求是地说："谁没变？你看蔡东，三十年前他在中学里是这个样子吗？我们三个，当时在一个班级，他蔡东是这个样子吗？"吕小雷停顿了片刻，语气里突然含了悲伤："三十年前？三十年前他真不是这个样子的。三十年前，我们也不是这个样子的。现在的生活就是一个笑话，甚至比笑话还糟糕。"

两个人说到这里就打住了话头，以后的一路上再也没有议论过谁，刚才的话题让他们觉得脸上好没意思。幸好就到蓝湖边了，他们忘掉了刚才的谈话，下了车子，脸上挂起愉悦的样子忙碌起来。他们把车子寄放在渔民老曾家里，租用了老曾的船。这些事都是贺苏去张罗的，他跑前跑后，忙得像一条忠实的狗一样。他在蔡东面前从来都像一条狗一样，他好像不得不如此。但他对蔡东身边的女人却从来都是厌恶的，而且不加掩饰。蔡东对此不以为忤。

花朝阳一心在打猎这件事上。他只顾抽着红壳"南京"，给蔡东背着两杆"虎"牌猎枪。他和贺苏一样，看也不看小梅一眼。他向来对蔡东身边的女人没有好奇心，或者说，他不想表现出好奇心。

蔡东空着两手，也在吸烟，不过他吸的是上好的古巴雪茄。他在湖边意气风发地走来走去，一手做指点江山状："想当初，我老头子也在这里打过一阵子游击……我家老头子，想也没想过有一天他儿子也会到这里来，抽着雪茄，开着名车，带着漂亮小姐……他要权，我要钱。他当初反对我下海，现在不反对了。我回家看他，他还递给我香烟抽，吃饭的时候夹一块鸡腿给我，我可不想吃他的鸡腿，我一转眼就扔给了哈巴狗。我小时候没吃过他的鸡腿，老吃他的棍子。妈的，现在给我吃鸡腿。我不吃鸡腿，我吃的都是五分熟的牛肉。但是这句话我不敢说，他有心脏病。"

蔡东说这番话，没有人觉得奇怪。他经常会表示出对父权的蔑视，就像一个处在青春期的少年一样。而且大家都知道，每当他发上述这些牢骚时，并不是表达不愉快，而是表达愉快。是的，他到了湖边就心情愉快，不再若有所思地盯着小梅的脸，他几乎忘了小梅的存在，眼睛只盯住芦苇丛中的猎物。

现在，只有吕小雷一个人关注着小梅的情绪。他替小梅背着放弹药的背包，谦虚地站在她的身后。站在小梅身后有个好处，就是能一目了然地看清小梅的腰、屁股和大腿，安全可靠地对这些曲线想入非非。在渔船上，有一瞬间他想起"猎枪口的小梅"这句话，心里有点悲伤的意思，酸酸的、甜甜的，像某个广告里的说词那样的，让他尝到久违的某种渴求，有点担忧，有点享受，神圣的，又是犯罪的。

到了岛上，大家发出一阵阵欢呼声，立即进入狂欢状态。

贺苏选了一个好地方。

现在是一九九九年，这座青云岛还人迹罕至，没有后来建成的青云寺，也没有任何游客。岛上住着十几户茶农或渔民。草木茂盛，栖息着各种野鸟。靠近湖边芦苇丛的地方，游弋着成群的野鸭。芦苇丛里，时不时地飞出五彩斑斓的野鸡。当野鸡振翅一飞的时候，蔡东的猎枪总是追踪而至，把它从空中打落。蔡东在部队里练出了一手好枪法，他几乎算得上是一个神枪手。他曾经说过，他是一个真正的猎手，对女人也是如此。他能生擒女人，也能猎杀女人。

从下午一点钟一直打到下午四点多钟，看着那一大堆美丽而破碎的猎物，除了蔡东，谁都不想继续打下去了。但是蔡东没有罢手的意思。他打疯了。他追逐起林间的小鸟，他打烂了许多不知名的美丽小鸟，又瞄准一条水蛇，把它打成好几段。分成几段的水蛇，像被磨断的破绳子，断口处，肌肉挣脱了羁绊，弹性地活泼泼地暴跳。

蔡东打水蛇的时候，只有小梅跟在他后面，背着两只包，一只是蔡东放弹药的背包，一只是自己日常用的军绿色布包。手里抱着他的衣服。风吹着她的头发，使她的脸呈现出少有的沧桑。她穿得很朴素，一件白色的旧衬衫，一条黄色的旧军裤。长长的头发在脑后编了一条大辫子。裤子是她父亲的，衬衫是她母亲的。那只军绿布包，是蔡东当兵时用过的，扔在办公室里，被她要了去。她以前可不是这样子，就是在零下四五度的冬天，她也穿着一件露出乳沟的吊带衫。外面披着二十几万的皮草，德国买的皮靴上面，缀满施华洛士奇水晶。

大家散坐在草地上抽烟，蔡东不说走，大伙儿不能走。那条水蛇变成烂绳子后，小梅也坐到草地上了。就是说，她也和大伙儿坐到一块了。她侧身半躺，身体呈现诱人的自然姿态。风还是吹着她的头发，让她的脸现出一种沧桑感，但这沧桑也是诱人的。

蔡东朝后面一看，发觉自己孤单了。他很敏感。他不喜欢孤单的没有人包围的感觉。他迅速回想一下孤单的来龙去脉，发现和猎物有关。你看，猎物堆成了一座小山，是多了一点，但是这不能成为怀疑或者疏远蔡东的理由，不为别的，就为了他是蔡东。

蔡东对小梅一挥手："你过来。"他又开始关注小梅了。小梅顺从地爬起来，站到他旁边。"你是不是很累？"蔡东问她，口气中却没有一点友好的成分。小梅看着蔡东的脸,说:"不累。"蔡东用枪托打了她屁股一下,说:"我看你坐到地上去了。""今天穿的鞋子不太合脚。"小梅悄然嘘了一口气,枪托很重,不是在调情,所以她很认真地回答。蔡东再次责问:"我给你在国外买了那么多的鞋子,你居然穿了一双不合脚的?"小梅略略低下头,避开蔡东的视线。蔡东居高临下地看着她的头顶,看了一阵,才说:"你走吧。你到房东那里去看看晚饭准备得怎么样。"小梅说:"嗯。"把衣服朝蔡东的手里一塞就走了。走了几步,回过头对蔡东郑重地说:"谢谢你。"

蔡东愣了一下。"谢谢"两个字透出无比的陌生,陌生中还透着一些平等,这平等是不是就在表达某一种坚强呢?他笑了起来,转脸对着吕小雷他们,指指小梅的背影说:"这个娼妇,对我说谢谢。她翅膀硬了,敢对我说谢谢。"

蔡东提着枪又开始在湖边巡视,草地上坐着的三个人都站起来,懒散地跟在他后面。吕小雷悄悄地对花朝阳说:"你看小梅,多蠢的女人?"花朝阳表示同意:"她难道一点都察觉不到危险?你看她,把衣服朝蔡东手里一塞,还说谢谢。她死到临头了。"蔡东在前面回过头问:"你们俩嘀咕什么?"吕小雷说:"我们想知道,你会把小梅怎么样?"蔡东说:"我让她从灰姑娘成为白雪公主,也能让她从白雪公主变回灰姑娘。"这句话说得恶狠狠的,吕小雷心中一疼,欣喜地想:啊,我知道疼。我是一个好人!

蔡东说了那句狠话后,大家都懒得说话。这样的状态一直到晚上喝酒时才改变。

那顿晚饭是真正的狂欢。蔡东的金管家用快艇从市内带来了红酒和香烟,还带来了蔡东老婆的一句话:她到巴黎去了。蔡东说:"她爱去哪就去哪。给足她钱,她就满意了。她是不敢乱来的。"他看看小梅,嘀咕了一声:"倒是这里有一个人想和我叫板。"

小梅还是穿着那件白衬衫和旧军裤，她就像一个真正的女主人一样，殷勤地招呼每一个人。酒是好酒，十年存的"路易十四"，蔡东专门从香港空运过来的。金管家拿来了两箱。大家就像喝矿泉水那样喝着"路易十四"，像喝烧酒一样干杯。不多久，贺苏就有些醉了，指着头上的灯胡言乱语。他是这次活动中最没有心思的一个，他不会像花朝阳那样时时看着蔡东的脸色，他也不管蔡东的猎枪对着谁，今朝有酒今朝醉，他不喝醉谁喝醉？

吕小雷最在意蔡东的猎枪口。他不知道这是为什么，他喜欢对蔡东的女人想入非非，但是他能确定自己从来没有真心喜欢过她们。也许是……也许是对一个将要倒霉的女人起了怜悯心肠吧。他去掏了烟吸着，并再次自言自语地表扬自己："真的好久没有这样的好心肠了，好像回到了纯真年代。"

蔡东就像往常一样期待着酩酊大醉。

蔡东像往常一样期待酩酊大醉，也像往常一样无法达到目的。这使他又是难过又是狂躁，擦着不由自主落到腮上的眼泪，大喊大叫："走，大家都走，拿上枪和电筒。打猎去！好日子没几天了！好好地过今天！"

他的话很有诱惑力，于是大家笑着，跌跌冲冲地随着他朝外面奔。

今夜是农历的二十二日，满天的星星，下弦月还没有出来。青云岛上，虫子和蛙拼了命地叫。除此以外，连一盏灯光都没有。岛上人节俭，又早睡。这时候怕已进入梦乡了。但是也有例外，有一位五十几岁的渔民，外号叫"老泥鳅"的，一直偷偷地跟在他们的后面，从小梅上岛以后，他就对她充满好奇，起了一点天真的色心，希望时时看到她。

小梅拿着手电筒，和蔡东走在最前面。他们到了一片树林里，高大入云的树上，栖息着成群的白鹭和各种叫不出名字的鸟，它们看见树林里走进了一群人，并不惊慌失措，只是反感地嘀咕起来。

蔡东晃着眼神朝树上打了一枪，惊起几只白鹭。正要打第二枪，小梅一把拉住了他的胳膊。蔡东说："干嘛？"小梅没有话说，只好编了一个谎言："我看到一样东西。"蔡东紧追着问："什么东西？""一只鸟。"小梅继续朝下面编着谎话，并煞有介事地用电筒在树上照来照去。"什么鸟？"蔡东好像找到了小梅的错误，他嗅觉灵敏，又是果断干脆。他心里"哼"了一声，想，耍弄我，没那么容易。你昏了头了，现在也敢和我耍手腕，想当初，我杀掉你妈你都不敢哼一声的。小梅的手电筒着急地晃来晃去，嘴里说："你看你看……"忽然晃到了一样东西，把蔡东惊呆了。这是一只他从来没见过的鸟，比鸽子小一些，比麻雀要大一些。水蓝色的身体，上面有着一道一道白色的波浪纹。头上顶着一只圆圆的鸽子蛋大小的红冠。小梅惊喜得不行，今天就像有神在保佑着她，心想事成。

这只鸟在电光下站起来，在大伙儿面前偏着身体，向后伸开一条腿，再打开一面翅膀，无所谓地伸了一个懒腰。翅膀上的波浪纹活了一样地晃动一下。这个跳舞似的姿势把大家惹笑了，但是谁也不认识这只鸟。

"老泥鳅"就在这时候站出来了。他说这只鸟，只有他老泥鳅才认识的，没有第二个人能识得这种鸟。因为他爷爷活着的时候告诉过他。这种鸟叫"骨水鸟"，绝迹起码一千年了。传说谁第一个见到它，谁就能得到他想要的权势。"老泥鳅"看着小梅，在他认为，小梅穿着白衬衫和军裤，这种装束，要么是高干子女，要么是部队里的。给她戴上一顶高帽子，她少不得会喜欢。她喜欢了，那他的目的就达到了。这是个多么漂亮的女人啊！她要是笑一笑，天上的月亮都要躲进云里去。"是这位女同志先看到的。"他说，"女同志要做大官了。"

小梅不想做官，但她还是高兴，清脆地笑了一声。

蔡东从小梅手里抢过手电筒，不客气地在"老泥鳅"的脸上晃了两下。"老泥鳅"在电筒光里无所畏惧地胡说八道："男人先看到的不算数，没用。女人先看到才会灵验。传说，武则天看到过，慈禧太后也看到过……"

他没有说完，蔡东就把手电筒扔到了他的头上。并不疼，但是他终于有点害怕了，拔腿就跑。

这个小插曲是一个笑话，谁都看出这是一个笑话，除了蔡东。蔡东也许喝多了，也许"老泥鳅"的话里有什么东西正好打在了他的心坎上。他看了看小梅，想了想什么，又看了看小梅，脸上出现了少有的严肃。他说："我们走。这林子里阴森森的。我们到湖边去打野鸡去。"

这一行人走出树林。蔡东忽然回过身，用手电筒把小梅从头到脚照了一遍，问："你为什么老是穿着这破军裤和破衬衫？我给你的钱是不是太少了？"小梅轻声说："不是，太多了。我用你的太多了，还都还不清。"蔡东就等着这句话，扔下手电筒，恶作剧地一把拉下小梅身上的军用帆布包，底朝天，"哗啦"一下把包里的东西都倒了出来，说："你想还我？你就是都还了我，你也不是原来的你了。现在大家来看看，小梅同志在这个包里放了些什么东西——这包不是我送她的，是她自己跟我要的。我想知道，她老是背着这个包是什么原因。"

贺苏喷着酒气凑上前，用手电筒照住地上一堆东西。他们看到的是什么：一把瑞士军刀，一把木梳，一支钢笔，一包纸巾，一只小小的钱包，几只避孕套，一本黑色塑面的旧《圣经》。

蔡东说："我知道了，你背着这个包不是爱我，而是爱基督。"他用指关节敲敲小梅的额头，"你真敢和我叫板？发展你信教的那个女人我已经开除了，你还敢用基督和我对抗？"

小梅机灵地朝后一跳，说："你这种样子，连基督都不敢惹你呢。"她的话，她的动作，让吕小雷笑了出来。吕小雷率先一笑，大家也就顺水推舟地笑了起来。蔡东说："他妈的，他妈的。你们都是狗娘养的。小梅同志，我待会儿和你算账。"他指着一块伸到湖里的高地说："咱们兵分三路，到那块高地集合。我和老金一路，贺苏和花朝阳一路，小梅和吕小雷一路。大家走。"

吕小雷知道蔡东这种安排心怀不善，但他不敢抗议。再说他存着私心，他十分想与小梅独处，好好说上几句话。所以他就打着哈哈，说太好了太好了，殷勤地给小梅捡拾地上的东西。看到他们都走远了，还温柔地把黄布包套在小梅的身上。"这下好了，你跟着我，好好喘一口气。"他说。

小梅在前面走着，不说话。吕小雷忍不住想搭话："你和以前不太一样了。"小梅还是不说话。"你以前那个样子很好啊，蔡东很喜欢。"吕小雷又说。小梅还是不说话。吕小雷接上一句："我们也喜欢。前卫，高贵，有品味。"

小梅说话了。她说："有一次，我走到我住的巷子里，刚进门，我听到身后有人说，婊子回家了。那天我心里不开心，赴蔡东的约会迟到了一会儿，他对我说，小婊子，敢迟到？蔡东喜欢骂人，这我是知道的。但是这天我特别不开心，后来就一直不开心。因为我知道了，我不是一个高贵前卫的女人，我是一个婊子。"

小梅又不说话了。

吕小雷问她："那后来呢？"

小梅说："后来我就成了现在这个样子。"

吕小雷继续问她："那你现在开心吗？"

小梅换了一个话题说："其实每个人都在寻找开心是不是？"

吕小雷："你和蔡东不是一条心了。我们都看得出来。"

　　小梅说："我真的想报答蔡东，但报答不了。我父母住着他给的房子，我弟弟和弟媳妇也住着他给的房子，我的叔叔，我的姨妈……都是他安排的工作。他给了我太多的东西，都是我曾经需要的，恩情似海……但是我，不能总是跪在他的面前。"

　　吕小雷恍然大悟。小梅想离开蔡东了，"猎枪口下的小梅"？到底谁真正拿着枪呢？盘点生活中的琐碎正是感情走到尽头的标志。

　　小梅和吕小雷，走着走着，脚步越来越慢，竟是散步的样子了。

　　吕小雷问："你就不用说这些漂亮话了。这么说吧，我认为你是找到别的男人了。小梅，你信任我的话，告诉我，也许我能给你出出主意。"他看到小梅很犹豫，就转过身，张开手臂说，"来，接受我一个真诚的拥抱。"

　　小梅迎面接受了吕小雷的拥抱。她感觉到了吕小雷的心跳和胸口的温暖，就说："心跳代表着爱，我感到爱了。我信任你……那我告诉你，我是找到我要的男人了。"

　　吕小雷心跳加快了，紧张地问："他是干什么的？比蔡东还有市场吧？"

　　小梅的口气里充满了欣喜："他是我小时候的邻居。我去年在教堂里碰到他的，他在那里替传道和牧师们修电脑。后来我们就一起去祷告，唱颂歌。他是一个修理电脑的，聪明能干，还很帅气——他小时候就很帅气的。最主要的问题是，我和他在一起，感觉到我自己就像一位女王。我对他发号司令，我说什么他都听的。我真的很爱他。"

　　吕小雷沉吟半晌，说："原来是这样。青梅竹马啊！"他离开小梅几步，掏出手机打给他的情妇小雨。"有句重要的话想问你，"他疑惑地问，"你看上我什么？"小雨在那头不耐烦地说："钱和权。你又不是不知道。"吕小雷说："这个我知道。你再想想，除了这个，还有没有更深层的东西？"小雨"咯咯"地笑："灵魂。看上你的灵魂了。可你有灵魂吗？"吕小雷说："你什么时候才会学会对我尊重一些？"小雨说："你是个让人尊重的人吗？算了，不说了，我要洗澡睡了。明天到我这里来吧，两天没见了，我想你了！——当然不是想你的灵魂。"吕小雷只好挂了手机。他把自己与小雨的关系想了一下，发现里面有一些让他感到不安的东西，类似蔡东和小梅的关系。他快快不快地回到路上。小梅说："我们要快一些了，他们应该到了。"吕小雷说："我知道。有一句话我要对你说，你离开了蔡东，没有好日子过。第一，蔡东有钱有势，你跟着他就有可靠的将来；第二，你是蔡东最喜欢的女人。你那个修理电脑的，你现在喜欢他，可是将来有一天你不再喜欢他呢？"小梅说："当初跟了蔡东，就是为了将来。你们也看到了，这个将来不好过。"吕小雷把手放到小梅的肩上，"蔡东对我们也……其实我们大家都和你一样的处境，但是总得要过日子。"他忽然感到自己的手指头在微微发抖，马上把手放下了。"也许你想和他结婚。"他说。小梅说："不是。我是一个没啥道德的女人，只要有爱，就甘心当别人的情妇。到老了，一个人独身也不在乎的。他看我的时候，经常从头看到脚，叫人浑身发冷。我现在的男友，他看我的时候，经常从脚上慢慢看到脸上。"

他们是最后到的。蔡东在小高地上忙着找野鸡，其他人都围着他，替他服务。贺苏和花朝阳拿着手电筒负责用光罩住野鸡，老金负责把猎物拿回岸上。

蔡东看到小梅和吕小雷，放下枪说道："你们到哪里去了？我把你们放在一起就是想看看你们会不会迟到。"吕小雷说："蔡东，我可没碰她——一个手指头也没碰。"蔡东瞟一眼小梅，生硬地说："我的女人，谁敢碰？"抬起枪朝光圈里的一只野鸡放了一枪，很盲目的，却把那只想飞走的野鸡打了一个正着。野鸡远远地掉在水里了。小梅悄悄说："别打了。那也是一条生命。"

蔡东对吕小雷大声说道："小梅的游泳技术是一流的，她当过游泳馆的救生员呢。我第一次看到她的时候，她穿着巴掌大的游泳衣，在北门大桥上朝下一跳，好半天才从河中间冒上来。我就邀请她上了我的吉普车。"蔡东看着小梅，从头看到脚，继续说，"她真听我的话，叫她上来就上来。回到我的家，我叫她脱下游泳衣，她就当着我的面脱下了。身材没的说。……小梅，现在，我叫你到湖里捡起那只野鸡。"

吕小雷不说话。倒是花朝阳小心地问了蔡东一句："天已经凉了，夜里下水不妥吧？"

蔡东还没来得及回答，小梅说："行，没啥不妥当的。"她也不脱衣服，只甩掉了鞋子，就下去了。下弦月就在这时候升了起来，风把水里面的月光吹来吹去，吹得一湖细碎的银光。因为像鱼鳞，所以整个蓝湖就像一条大鱼。空而深的夜里，大鱼驮着小梅朝月亮里去。小梅回到岸上的时候，身上好像还沾着破碎的星星点点的月光。

她刚站稳，蔡东一下就把她翻倒在地上，拉起她一条腿，把裤子捋到大腿上，手电筒照着说："大家来欣赏欣赏我的女人。"所有的人听了他的话，吓得一下子退后回避了。接下来，因为蔡东的声音越来越不雅，大家关了手电筒，朝后退得远远的。花朝阳小声说："老蔡的兴致真高！"贺苏对蔡东的女人从不感兴趣，也从不做出任何评价。此时情形诡异，他也忍不住发表意见："小梅怎么也能这样？"

是啊，小梅怎么也能这样？吕小雷想，是不是像她所说的，要报答蔡东？但心里这么想，嘴上说的却是一句狠话："她就是能这样！一个街坊里的小泼皮，小混混。真不知蔡东看上她什么？"贺苏知道自己失言，马上回应："是啊是啊。她不引逗蔡东，蔡东不会这样的。"

吕小雷想，哈哈，纯真的年代，少年的理想，狗屁！

他们坐在地上。月亮轻飘飘地在天空升高，越来越亮。蔡东和小梅走过来的时候，能清清楚楚地看到他俩的表情——他们的表情就是没有表情。

男人们都站起来，蔡东给每人分了一支雪茄，于是他们又坐下去抽烟，安静地抽烟。天上只有星和月亮，地上好像只有树的影子，人不存在，只有雪茄烟的香味。

过了许久，蔡东打了一个哈欠说："走吧。我们回别墅睡觉去。啊，天气真好啊！小梅，你说呢？"

小梅说："是的。天气真好。每天都很好。"

蔡东说："刚才的事，你是不是觉得难为情？"

小梅说："你高兴，我就高兴。"

男人们懒洋洋地站起来。蔡东一手指着小梅厉声问道："我想知道，《圣经》教会了你什么？难道就是对我一味奉承？"

小梅说："你真的想知道？"声音很轻，但是十分坚硬。她站起来，一把扯掉了潮湿的衬衫，在众人还没有反应过来的时候，又脱下了裤子。"蔡东，"她说，"你看好了，我的体面都是你给的，今天都还给你。"她毫不犹豫地飞快脱掉胸衣和三角裤，转身奔向湖边，箭一样插进了湖水里，在众人的惊叫声里奋力向湖对岸游去。

蔡东的脸上浮起笑容。"他妈的！"他骂道，"这娼妇终于按不住了，还是原来那个特性，就像我刚碰到她的时候那样，一个泼妇——我还真是喜欢她这种样子。本来我已经想扔了她，但是她想离开我，没那么容易。走着瞧，看谁斗得过谁。"

吕小雷说："蔡东，你们每次都这样，一会儿闹，一会儿好。但是这次你真的需要另找一个了。她刚才对我说漏了嘴，她有了别的男人。"

　　这句话是讨好还是凌厉的出击？

　　这天夜里，健壮的小梅，在下弦月清亮的光芒里游到了湖对岸，花了两个小时。走出湖水，她浑身滴着水珠，就像一株被大雨淋过的花树。她步伐坚定，从容镇定地走到了花码头镇的大道观，敲了门，借走了大道观看门人老邬的一件长外套。接近黎明时，她回到了家里。到家后，她做的第一件事就是给她的电脑修理员打了一个电话，说：

　　"成了。我自由了！"